蒼の悔恨

堂場瞬一

PHP
文芸文庫

○本表紙デザイン＋ロゴ＝川上成夫

蒼の悔恨　＊　目次

【主な登場人物】

真崎　薫（まさき・かおる）　刑事。神奈川県警捜査一課。
柴田克夫（しばた・かつお）　刑事。神奈川県警捜査一課。真崎の先輩。
岩井　滋（いわい・しげる）　刑事。神奈川県警捜査一課係長。真崎の上司。
赤澤奈津（あかざわ・なつ）　刑事。加賀町署刑事課。海星社社長の一人娘。
赤澤浩輔（あかざわ・こうすけ）　海星社社長。奈津の父。
角　勇人（すみ・はやと）　海星社専務。
安東博泰（あんどう・ひろやす）　弁護士。横浜中央法律事務所所属。
青井猛郎（あおい・たけお）　連続殺人事件の容疑者。
海老原憲太（えびはら・けんた）　青井の高校時代の同級生。
本郷　悟（ほんごう・さとる）　情報屋。
矢口（やぐち）　ホームレス。真崎の情報屋。
楊貞姫（ヤン・ジェン・ジー　日本名：高木紀久子）　新世界飯店の店主。
松田　勝（まつだ・まさる）　野毛の外れにある通称「M」というバアのマスター。
縄田（なわた）　ヤクザ。塙組の若頭。
金村（かねむら）　ヤクザ。塙組の下っ端。縄田の子分。

蒼の悔恨

第一章　復帰

1

　呼吸する度に、腹から空気が抜けそうだった。そんなことはあり得ないと理屈では分かっていても、つい脇腹を掌《てのひら》で押さえてしまう。いつの間にかそれがすっかり癖になってしまった。

「何やってんだ、お前」捜査一課の係長、岩井滋《いわいしげる》が、椅子を蹴るように立ち上がった。いつものようにワイシャツの袖を肘までまくり上げ、毛深い腕を覗《のぞ》かせている。髪には少し白いものが混じっているが、漂う精気は五十五歳とは思えないほど若い。

　岩井が大股《おおまた》でわたしに歩み寄り、肩を押してドアの方を向かせる。そのまま背中に手を当てて廊下まで押しだした。大部屋にいる全員の視線が、背後から突き刺さ

「薫(かおる)さん、真崎薫(まさきかおる)さんよ。何のつもりだ」肩越しに訊(たず)ねる岩井の声には困惑が混じっていた。

「退院したんでご挨拶に来ただけじゃないですか」わたしは岩井に背を向けたまま、肩をすくめた。彼がどうしてこんなに慌てているのか、見当もつかない。

「予定より早いんじゃないか？」

「二日ほどね。病院にはもう飽きましたよ。だいたい何でもないのに、いつまでも寝てるわけにはいかないでしょう」言いながらまた脇腹に手が伸びてしまう。

「そうか。ちょっと煙草でも吸いに行くか」岩井の声が少しだけ柔らかくなった。すっと前に出てわたしの横に並ぶ。

「煙草を吸うと、傷口から煙が漏れるんですけどね」

「そんなわけないだろう」吐き捨てながら、岩井がわたしの肋骨《ろっこつ》を小突く。傷が小さな悲鳴を上げた。

岩井は庁舎の裏手、特殊車両が停まっている駐車場の奥にわたしを誘った。かすかな水の匂いが鼻をくすぐる。神奈川県警の庁舎は湾岸通り沿いにあり、裏は運河だ。銀色のフェンス、そして目隠し代わりの植え込みの隙間からは、向かいの赤レンガ倉庫を眺めることができる。梅雨の晴れ間で、空気はじっとりと湿気を含んでおり、立っているだけで服が湿ってきそうだった。しかも六月にしては肌寒く、ワイシャツにモスグリーンのM―65ジャケットだけでは辛《つら》い。

岩井が用心深く周囲を見回し、煙草を両手で覆う。風が強く吹き抜け、ライターが五回空回りした後でようやく火が点《つ》いた。わたしにも一本差しだす。少し躊躇《ためら》った後、結局受け取った。一月《ひとつき》ぶりの煙草。紫煙は素直に肺に留まった。吐き気も眩暈《めまい》もない。日常が戻ってきたことを意識する。

「どうだい、久しぶりの煙草は」岩井が赤レンガ倉庫の方を見やって目を細める。薄くなった前髪が海風に踊らされた。

「美味《うま》いですよ」

「そいつは良かった。煙草が美味いのは健康な証拠だ」体を捻《ひね》ってわたしに向き直る。「で、何でここへ顔を出したんだ」

「何でって、そんなに不思議ですか？　退院したんだから、自分の職場に顔を出すのは当たり前でしょう」

「お前さん、しばらく休暇扱いになってるはずだがな。家で大人しくしてろよ。そうじゃなけりゃ、どこかへ静養にでも行ったらいいじゃないか。温泉とか、どうだ」

「一人で温泉？　それじゃ間抜け過ぎますよ」

「だったら女の子でも誘えよ」

「あいにく、今は声をかけてもついてくる娘《こ》がいないんで。それに、俺が貧乏してるのは知ってるでしょう。ハマっ子は宵越しのゼニは持たないんですよ」

「二つ、間違ってるぞ」岩井が皮肉に唇を歪めてVサインを作る。「宵越しのゼニを持たないのはハマっ子じゃなくて江戸っ子だし、そもそもお前さんはハマっ子ですらない。厚木の山の出だろうが」

「岩井さんも間違ってますよ。厚木は人里離れた山の中の街じゃない。人口二十万人以上の立派な都会です。岩井さんこそ、駅が一つもない綾瀬の出身じゃないですか」

「相変わらず口の減らん男だな」岩井がふっと頬を緩めた。すぐに引き締め、低い声で忠告する。「とにかく、しばらく一課には顔を出すな。一課だけじゃない。本部に近付くのもご法度《はっと》だ。静養にならんからな」

「冗談じゃない、俺はもう動けるんですよ。だいたい、岩井さんの言い分もおかしいでしょう。普段は這《は》ってでも仕事をしろって言うくせに、今回に限って変ですよ」それを捨て台詞《ぜりふ》に立ち去ろうとした。

「お前さん、マスコミに狙われてる」

岩井の一言が、わたしをその場に釘付けにした。振り向くと、射抜くような視線をぶつけてきた。

「マスコミはこういう事件が大好きなんだ。どういうことか分かるな？　警察のヘマだ。人の揚げ足取りをして金儲《かねもう》けをしてる連中にとっては、最高のネタなんだよ。いいか、今回は刑事が二人、指名手配の逃亡犯を取り押さえ損なって、しかも二人とも怪我したんだぜ。不祥事のレベルで言えば震度六クラスだ。奴らは涎《よだれ》を垂らしてる」

「県警の庁舎は、震度七でも潰れないように設計されてるはずですよ。それにあの一件は不祥事じゃない。単なるミスです」何と言い訳臭いことかと自分でも思う。不祥事もミスも、外の人間から見たら同じようなものではないか。

「どっちでもいいよ」面倒臭そうに岩井が首を振る。一瞬強い風が吹き抜け、煙草の煙が真横に流れた。「とにかく、ここのところ事件が少ないから、マスコミの連中もしつこくこの件を追いかけ回してるんだ。横浜の地元の奴らだけじゃなくて、東京から社会部の連中も出張《でば》ってきてる。ワイドショーや週刊誌の奴らもな。あいつらはひどいぞ。あることないこと、何でも流しちまう」

「暇じゃなくても、連中はこの事件を追いかけ回すでしょうね。それだけの価値がある事件だし、犯人ですよ。奴が捕まるまで、この騒ぎは続くんじゃないですか」

「ああ」岩井の喉仏が大きく上下した。犯人――常軌《じょうき》を逸《いっ》した連続殺人犯。連続殺人というだけで、既に常識の埒外《らちがい》にある事件なのだが、あの男は地獄の淵に足を踏み入れたどころか、既にその奥底に住み着いてしまっているのだ。奴にとってはひどく居心地のいい場所なのだろう、どうしても警察に捕まる気はないようである。人を三人殺し、刑事を二人傷付け、神奈川県警を笑いものにして今も逃げ回っている。

「とにかく、お前をマスコミの餌食《えじき》にするわけにはいかん」

「俺が余計なことを喋《しゃべ》るのが心配なんでしょう」

岩井が黙り込む。背広の内ポケットに手を突っ込むと、真っ白な封筒を取りだした。札が入っていることは想像がつく。彼はそれをわたしの胸に押し付けた。仕方なしに、手で押さえるようにして受け取る。その厚みは、日々の心配事を――車のローンとか、来月分の家賃とか、ネタ元にばら撒《ま》く情報料とか――軽く吹き飛ばすぐらいの心強さがあった。

「こいつは、一課のみんなの気持ちだ」

「口止め料ってわけですか」

「何でそういう風に、物事を斜めからしか見られないのかね。単なるお見舞いだ」

岩井が忙《せわ》しなく煙草をふかした。「お前は殺人犯を逮捕しようとして深手を負った。名誉の負傷ってやつじゃないか。うちの刑事たちは、みんなそれを分かってる。この金で、しばらく箱根で温泉にでもつかってくるといい。女の子の世話はできないけどな」

「いい加減にして下さい。温泉でのんびりするような年じゃないし、そもそも怪我は治ってるんですよ」食い下がったが、岩井も強情だった。

「休暇扱いなんだぞ。無理に出てきても仕事はさせない」

「そういうことですか」溜息をついて腿を叩き、まだ長い煙草を運河に弾き飛ばした。そうしてしまってから、「禁煙」と大書された立て札の存在に気付く。

「おいおい、そう僻《ひが》むな――」

「僻んでません」岩井の言葉に被せて言った。「神奈川県警っていうのは、昔からこうだったんでしょうね。臭いものには蓋《ふた》だ」

「別に臭いものなんかないだろう。それにお前さんだって、その神奈川県警の一員なんだぜ」

　肩をすくめるだけにした。こんな会話を何時間続けていても、何も生まれはしない。要するに上の連中は、わたしに余計なことを喋って欲しくないのだ。まあ、いい。そもそもマスコミ相手に演説をぶつ気などないのだから。

「ところで、あの娘《こ》はどうしてますか」

「ああ」運河を見詰める岩井の目が曇った。フェンスに両腕を載せ、小さく息を吐く。「大したことはない。とっくに退院してる。実際には、入院するほどの怪我でもなかった」

「それなのに、俺の見舞いには来なかったわけですか。失礼な話だな」わたしの病室は一時《いっとき》、県警本部別館の様相を呈していた。入れ替わり立ち替わり人が現れ、意味もない話をばら撒いてはわたしの時間を奪っていった。治療を受けている時以外は、ほとんど誰かが横にいたはずだ。今考えてみれば、あれもマスコミ対策だったのだろう。ブンヤを近付けるな。皆で部屋を固めてガードしてしまえ。人気者に、ヒーローになったと勘違いしていた自分が情けない。

仕方ない。昔から、神奈川県警はどこかピントの外れたことばかりしてきたのだから。一度や二度、本部長の首が飛んだぐらいで状況は変わらない。

「あの娘のことは放っておけよ」岩井がさらりと忠告した。「向こうは向こうで責任を感じてる。お前が余計なことを言ったら、治る怪我も治らなくなっちまうぞ。プレッシャーをかけるなよ」

「トラウマになってるとか言わないで下さいよ。俺の方が重傷なんだから」

「何でもいいからさ」岩井がわたしの肩を軽く叩いた。決して親しみが籠《こも》ったものではなく、上から押さえ付けるような仕草だった。「とにかく、あの娘には会うな……それより薫よ、お前、この一件で自分の弱点がよく分かったんじゃないか」

「弱点？」

「甘いんだよ、お前は」岩井の顔が完全に刑事のそれになった。「逮捕術の県警代表は、伊達《だて》じゃないだろう。その真髄は分かってるはずだ。相手を制圧してナンボなんだぜ。どうして奴の腕をへし折るぐらいのことをしなかった」

「制圧は、怪我を負わせるっていう意味じゃない」

「理屈はどうでもいい。要するにお前は、綺麗にやろうとしたんじゃないか？　自分なら、相手に怪我させないで、試合で一本取るみたいに取り押さえられると思ったんだろう。その甘さがいつか命取りになるかもしれんぞ――とにかく、予定通り休暇を消化しろ。休んでたっぷり考えるんだな」

その休暇が休暇にならないことをわたしが悟るには、もう少し時間が必要だった。

無理矢理退院して、部屋ではなく県警に直行したのは判断ミスだったかもしれない。わたしの日常は家ではなく職場にある――そう思っての行動だったが、やはり先に部屋に戻るべきだった。一月放置していた部屋を片付けるにはエネルギーがいるものだが、岩井とのやり取りでそれを使い果たしてしまったように感じた。

久しぶりに戻った部屋は黴《かび》臭かった。流しには、あの日の朝使った皿とコーヒーカップがそのままになっている。卵の残滓《ざんし》がこびり付いた皿は、洗う気にもなれないほど汚く見えた。普段は、どんなに忙しくても食べたらすぐに皿を洗う。その習慣を怠《おこた》ってしまったから、あんな事件に巻き込まれたのかもしれない。頰を一つ張って気合を入れてから、部屋を片付け始めた。溢れ返った新聞と郵便物を整理し、冷蔵庫の中をチェックする。とっくに賞味期限の切れた卵や牛乳、しなびた野菜を次々にゴミ袋に叩き込み、少し考えてから汚れた皿もゴミとしてまとめた。冷蔵庫の空いたスペースに、スーパーの袋三つ分になった食料品を詰め込む。普段からできるだけ自炊するようにしているために、冷蔵庫に隙間があると不安になるのだ。

ゴミを出してきてから、狭いキッチンに立った。医者は「消化の悪いものでなければ何を食べても大丈夫」と保証してくれたが、それは実際に食べてみないと分からない。試しに、胃に優しい料理を作ることにした。カブ、ニンジン、小タマネギに下仁田《しもにた》ネギ。ブイヨンでことこと煮込んで、肉っ気なしのポトフを作るつもりだった。ル・クルーゼの分厚い鍋は中身を密閉し、圧力釜を使ったように材料が柔らかく仕上がる。梅雨寒で体の芯が冷える今日のような日には、こういう食べ物がいかにも適している。

湯を沸かして、大きく切ったニンジン、丸のままの小タマネギを入れた。三十分ほどしてからカブとネギを加えれば、煮上がりが揃う。固形のブイヨンを砕き入れ、ベイリーフを一枚加えた。ほどなく、柔らかい野菜の香りと清々《すがすが》しいベイリーフの香りが狭い部屋に満ち始める。

そういえば、マスタードはあっただろうか。粒マスタードの爽やかな酸味と辛味がなければ、ポトフは単なる野菜のごった煮になる。冷蔵庫を開けた瞬間、かすかな吐き気と眩暈に襲われた。慌てて流しに両手をついて体を支える。吐き気が去るのを待ち、ガス台の火を消した。立ち上がる湯気と甘やかな香りは、普段ならわたしの心を必ず落ち着かせてくれる。

クソ、こんなことをしている場合じゃない。

あの瞬間の様子が鮮明に蘇《よみがえ》る。脳裏に、ではなく腹に刻まれた記憶だ。背後から忍び寄る殺気、殴られたような衝撃に続いて走る鋭い痛み、全身から力が抜け、瞬時に意識が遠のく。わたしを死から救ったのは、体の芯まで染み付いた闘争本能だった。相手の気配を脇の下辺りに感じ、肘を振り上げて頭を射抜く勢いで回転させる。刃物がさらに深く脇腹に食い込んだが、肘の鋭角な硬い部分は相手の顔に完璧にヒットしたようだった。刃物にかかった重みが突然消え、相手の荒い息が遠ざかる。膝から崩れ落ちながら刃物を奪おうとしたが、その時には既に立ち上がる気力も体力も消えうせていた。

何が休暇をとれ、だ。これが捜査一課の、あるいは県警の総意なら、連中は完全に的外れなことをしている。わたしを使って欲しかった。あの男——青井猛郎《あおいたけお》に最も接近した刑事として、わたしにはやるべきことがある。

あのクソ野郎をこの手で捕まえるのだ。

どこか腰が引けたような岩井の態度が気になった。あれだけの大事件である。普通なら全員がいきり立って、捜査一課は沸騰しているはずだ。それなのに、馴染みの大部屋は静まり返っていた。まるで事件の規模が大き過ぎて、自分たちの手には負えないと諦めてしまったかのように。

それともう一つ。あの娘の態度はやはり許せない。自分も怪我をしていたとはいえ、挨拶にも来ないとは失礼ではないか。一般人ならともかく、向こうも刑事である。仲間に対して礼儀を払うことなど、基本中の基本のはずなのに。名前は確か、赤澤奈津《あかざわなつ》。加賀町署刑事課勤務。

向こうが会いに来るつもりがないなら、こっちから行ってやる。岩井の忠告などクソ食らえだ。礼儀を知らない若い奴には、とことん説教してやらなければ。腹を刺された分、わたしにはそれぐらいのことをする権利があるはずだ。

あちこちに電話を入れて割りだした赤澤奈津の家は、山手町の一角にあった。わたしのアパートがある新山下からは、その辺りを仰ぎ見る形になる。もちろん、彼女の家が直接見えるわけではないのだが、住所を知った途端に、見下ろされているような不快感を感じた。わたしのアパートからは、直線距離にして五百メートルほどだろう。しかし二つの家の間に横たわる距離は、心理的にはずっと遠い。

元町から狭く急な坂を上がり、山手町の住宅街に車を乗り入れた。くねくねと細い道は、車が走るのを拒否するような雰囲気を醸《かも》しだしており、いつ来ても「お前はお呼びじゃない」と鼻で笑われたような気分になる。わたしも横浜での暮らしは長いが、山手町は仕事でもなければ立ち入らない場所だ。どの家も敷地がやたらと広く、日本の基準で考えると混乱してくることすらある。新聞に折り込まれた不動産の広告で、中古の住宅に「五億」の値段がついているのを見たことがあった。これだけ出せば、東京二十三区内でもビルが一棟丸ごと買える。

生垣《いけがき》にぐるりと囲まれた奈津の家は、古そうだが広大な敷地を誇っていた。実家か。となると面倒だ。家族の眼前で面罵《めんば》するわけにはいかないから、何とかして家から引っ張りださなければならない。とりあえずは当たって砕けろだ。十年落ちのBMWを狭い道に無理やり停め、インタフォンを鳴らす。反応がなかった。が、もう一度鳴らそうとした瞬間に、家の奥で灯《とも》りが灯る。白く柔らかい光が、玄関の窓からかすかに漏れてきた。ネクタイをしてこなかったのは失敗だったかもしれない。説教する人間の服装が、洗い抜いたボタンダウンのシャツに色褪《あ》せたリーバイス、よれよれになったM―65にレッドウィングのブーツでは説得力がない。特にブーツは、十年以上の酷使を耐え抜いた結果、白いソールが半分ほどに磨《す》り減った代物だ。アッパーの革も「味出し」というレベルではなくなっている。

インタフォンからの返事がないまま、いきなりドアが開く。これで、防犯意識に関する評価が一気に十点ほど下がった。相手を確認もせずにいきなりドアを開けるとは何ごとか。用心が足りない。この辺は空き巣も多い場所なのに。

ドアの隙間から恐る恐る覗いた顔は、確かに赤澤奈津だった。短い髪を無理にポニーテールにまとめているが、前髪は目にまでかかっている。蒼白い顔が、闇の中で浮き上がるようだった。冗談のように大きな目が、さらに大きく見開かれる。すぐにわたしだと気付いたようだった。わたしは完全に言葉をなくしていた――度を越した彼女の美しさに対して。

「真崎さん」

「覚えておいていただけて光栄だね。正確には――」

「真崎薫さん」

「分かってるなら結構。ただし、下の名前では呼ばないでくれ。大嫌いなんだ。それはともかく、ちょっと話がしたいんだけど」

「それは……」一瞬、うつむく。すぐ顔を上げたが、今度は目に強い炎が宿っていた。「困ります」

「困る？」わたしは大袈裟《おおげさ》に両手を広げた。「困ってるのは俺の方だよ。今日、やっと退院してきたんだぜ」

「ここでは話せません。わたし、この家で一人暮らしなんです。いきなり訪ねてこられても、お通しするわけにはいきません」

「それは失礼。だけど――」

「話があるなら外で伺います。それでいいですね？」

質問ではなく宣言だった。一度音を立ててドアが閉まり、すぐにまた彼女が顔を出す。ジーンズに薄い青のコットンセーターというラフな格好で、小さなポーチだけを手にしていた。外へ出た途端、雨がセーターの肩に黒い染みを作る。先に立って車の方に歩き始めたが、何かを見逃した気になって振り返った。ポーチを持っていない方の手――細い右手首には、包帯が分厚く巻かれている。

用がなければ来ない街――わたしにとっては、山手町の麓《ふもと》にある元町もそれに当たる。厚木から出てきたばかりの頃、この街はきらきらと輝いて見えた。歩いているだけで尻がむずむずするような感じがして、物見遊山《ものみゆさん》で何度か訪ねた後は自然に足が遠のいてしまった。喫茶店に腰を落ち着け、改めて奈津と相対する。加賀町署刑事課勤務の巡査、と頭の中で階級を確認したが、それ以上の情報はない。何しろ、あの捕り物劇の最中に顔を合わせただけなのだ。臨時のコンビを組んでいた時間は、十分ほどだっただろうか。

「大丈夫なんですか」左手で危なっかしくポットを傾け、カップに紅茶を注ぎながら奈津が訊ねる。穏やかで優雅さを感じさせる動作であり、どうしても刑事という感じがしなかった。

「何とかね」わたしは奈津の手首の包帯から目を逸《そ》らした。これは、あの時の怪我なのか？　一月も経つのに包帯が取れないとしたら、わたしに劣らず重傷ではないか。「大したことはない」という岩井の情報はいい加減だ。

「すみませんでした」奈津が頭を下げる。その一言で、炎上しかけていたわたしの怒りは急速に鎮火に向かった。

「分かってるならいいけど」これでは聞き分けのない子どもではないか。頭に火が点いて走りだしたものの、相手に先制攻撃を仕掛けられると途端にその火が消えてしまう――そして彼女の清楚な顔には、人の怒りを鎮める効果があった。

「怒ってますよね」程良く厚みのある形のいい唇から、探りを入れるような言葉が漏れだす。

「怒ってた」

「過去形でいいんですか」

「君は卑怯だな」

奈津が目を細める。ティースプーンが宙で止まった。

「あの夜は暗かったからよく分からなかったけど、そんな可愛い顔をしてたんじゃ、怒る気もなくなる」

「冗談はやめて下さい」怒りのためか、奈津の顔が赤くなる。ミルクティーを一口飲んでから言葉を継いだ。「本当はお見舞いに行こうと思ってたんです。あれからすぐに」

「だったら来てくれれば良かったのに。入院中、ずっと暇でね。むさくるしい刑事連中が居座ってて鬱陶《うっとう》しかったし」彼女がいれば、その時間だけは病室に花が咲いたようになったはずなのに——おいおい、俺は何を妄想してるんだ？

「止められたんです」

「誰に」

「上に」

「どうして」

形の良い唇を引き結び、奈津がわたしの顔をじっと見た。戸惑いが透けて見える。

「これのせいだって」包帯を巻いた手首を顔の横まで上げる。

「それは、あの時の？」

「ええ」

「一月経っても包帯が取れないのか。重傷だったんだ」

「最初は大したことはないと思ってたんですけど」左手を右手にそっと添えた。「傷も浅かったんです。でも、動かせない……」

「どうして」

「神経が傷付いてるそうです」手首からわたしの顔へと視線を動かす。「大丈夫です、治るって言われてますから。リハビリにはしばらく時間がかかるみたいですけど」

包帯の巻かれた手首をじっと見る。細く長い指先は白く、血の気がなかった。これも神経を損傷したせいなのか。クソ、俺があの時奴を仕留めていれば。彼女は、わたしが刺された後に青井を取り押さえようとして失敗したのだ。その光景はおぼろげながら覚えている。闇の中、鋭く振られる刃物。くぐもった短い悲鳴。青井の足音が遠ざかる――もっと鋭角で重い一撃を与えていれば、青井は逃げる気力を失っていたはずだ。

奈津がわたしの顔を凝視した。そこに、自分の怪我を治すキーワードが隠れているとでもいうように。

「だから見舞いに行くなって言われたんです」奈津が小声で漏らした。

「どうして」

「真崎さんの顔」

「俺の顔？」思わず人差し指で自分の鼻を指差した。「それがどうしたって」

「真崎さん、全部自分の責任だって顔をしてますよ」

「実際にそうなんだから。俺がヘマしなければ青井を捕まえることもできたし、君が怪我することもなかった」

「そうやって気に病むと、怪我の回復も遅れるんじゃないですか。だから、絶対に見舞いに行くなって止められてたんです。真崎さんは何でも自分で背負い込む人だからって。とにかく、重傷だったんです。わたしも輸血に協力したぐらいですから」

「輸血？　無茶だよ。君だって怪我してたんだろう」

「だけど、真崎さんは本当に危ない状況だったんです。緊急でした」

「そうか」医者から説明を受けていたが、彼女の口から聞くと、当時の状況の深刻さを改めて意識する。何が起こっていたのか覚えていないということは、やはりかなり危険な容態だったのだろう。腕組みをし、立ち上るコーヒーの湯気を見詰めた。手探りで胸ポケットから煙草を取りだし、掌の上で転がす。彼女の血が俺の体の中を流れているわけか。テーブルに邪魔された二人の距離が、にわかに縮まったように感じた。

「ところで捜査の方はどうなってるんだ」

「そんなこと、わたしには分かりません」奈津が首を振る。「わたしもしばらく仕事を離れてたし、それに今は……」

「今は？」

「外されてますから」顔を上げると、寂しげな笑みがわたしを見詰めた。

「どういうことだ」

「あの時の判断が間違ってたということなんでしょうね」奈津の声は淡々としていたが、無理に平静を装っているのは明らかだった。「わたしは青井を追うべきだった。怪我だって大したことはなかったし、追えば捕まえられたかもしれない……失敗したら、責任を取らなくちゃいけないでしょう」

「それは無理だ」即座に断じると、奈津がむっとした表情を浮かべる。

「わたしには無理ということですか」

「誰でも無理だよ。その場にいなかった人間ほど、偉そうなことを言うんだ。それより、外されてるってどういうことだ」

奈津が小さく肩をすくめる。話したくなさそうだった。それでも何とか口を開き、甲をわたしの方に向けて、右手を目の高さまで掲げてみせる。芸能人が婚約指輪を見せびらかすような仕草だったが、漂うのは不幸な空気だった。

「この手じゃ、書類も書けませんから。左手一本でキーボードを叩くのって、難しいですね」

「悔しかったら足の指でも使うんだな。鉛筆を咥《くわ》えてキーボードを叩いてもいい」

「ふざけないで下さい」奈津が射抜くようにわたしを睨《にら》む。わたしは身を乗りだし、彼女の強い視線と正面から相対した。吸い込まれそうに大きな目にわたしの顔が映り込む。

「県警の中には、君を厄介《やっかい》払いしようとしてる奴がいるんだよ。怪我の件は口実じゃないのか。どうせ女なんてって思ってるんだろう」

「真崎さんもですか」

「俺は違う」椅子に背中を預け、煙草を咥える。火を点け、顔を背けて煙を吐いた。「仕事ができる奴なら大歓迎だ。男も女も関係ない。だけど実際、首の辺りが涼しくないか？」

奈津がじっとわたしを睨んだ。無限にも思える長い時間が過ぎた後、そっと溜息を漏らす。

「そうかもしれません。加賀町署の刑事課は厳しいんです」

「厳しい？　あそこの課長は阿呆だぜ」

刑事課長の井沢《いざわ》は、「瞬間湯沸かし器」の異名をとっている。普段は口数少ないのだが、突然何の前触れもなしに怒りを爆発させるのだ。それもほとんど理不尽な怒りを。同時にこのあだ名には、彼が古臭い人間だという揶揄《やゆ》も込められている。今時「瞬間湯沸かし器」は死語だ。

奈津の顔がようやく緩んだ。その顔をずっと見ていたい。厳しい表情よりはこっちの方が似合う。

「よし、決めた」奈津が無言で顔を上げ、わたしを見やる。小さくうなずいてやった。「せっかく退院したのに、俺は休むように言われてるんだ」

「怪我、まだ痛むんですか」

「大丈夫」そっと手を脇腹に添えた。思い切りよく叩いて全快を証明するまでの度胸はない。「どうも、俺も厄介者扱いされてるみたいでね。君のところには新聞記者は来なかったか」

「ええ」

「一課の上の連中は、俺が新聞記者に余計なことを喋るんじゃないかって心配してるんだ。こっちは、そんなつもりはないんだけどね。とにかく、しばらく休むように言われてる。元気なのにさ——というわけで、俺は勝手にやることにした」

「どういうことですか」

「青井を捜すんだよ。この手で捕まえてやるんだ」

「だけど、青井はもう指名手配されてるんですよ」

事件が起きる。犯人は割れた。指名手配もした。警察的には、それである程度片が付いたことにはなる。実際に捕まるかどうかは、時の運にも左右されるからだ。逃げ切れないと悟って、自ら死を選ぶ犯人もいる。しかし、どうしても身柄を押さえなければならない犯人もいるのだ——青井のように。

「青井は、必ずまたやる」

奈津の喉が小さく上下する。わたしは両手を組み、合わせた両の人差し指で唇を二度叩いた。

「あいつはシリアル・キラーだ」

「連続殺人犯、ですか」形のいい奈津の唇から、嫌な言葉が漏れた。

「そう。研究対象として非常に興味深い」奈津が首を傾《かし》げる。わたしは彼女に小さく微笑みかけた。「シリアル・キラーの本場はアメリカだ。銃社会であることとか、いろいろ理由があるんだろうけど、日本ではそれほど多くはないだろう？　どうしてああいう人間が生まれたのか知りたい。つまり俺は、あいつを直接取り調べてみたいんだよ」

「でも、勝手にやったら——」

「今のは、表向きの理由」手を解《ほど》き、右手をすっと右へ払った。すっと息を吸い、目を大きく見開く。「俺は、あんなクソ野郎に負けるわけにはいかないんだ。いいか、刑事が指名手配犯に刺されて逃げられたなんて、冗談にならないんだぜ。あんな奴に舐《な》められるわけにはいかない」

「わたしは反対です」奈津がぴしりと言って背中を伸ばした。「危険過ぎます。それに、休暇中ということは、何の権限もないのと同じですよ」

「理屈は後からつければいい。それより、君も協力してくれ」

「わたしが？」奈津の声はかすれ、目から光が消えていた。だが、「どうして」という疑問は出なかった。

「君だって、奴のせいで立場が危なくなってるじゃないか。それに、そもそも悔しくないか？　あんな異常者一人に俺たちの人生を狂わされてたまるかよ」

「わたしにはできません」

「じゃあ、このまま嵐が過ぎるのを待つのか？　嵐が過ぎたら、どこか田舎の署の交通課に異動になってるかもしれないぞ。好きで刑事になったんだろう？　だったら、この仕事を続けられるように頑張れよ」

頑張れ。その言葉は自分に対して向けられたものでもあった。

2

ポトフはとりあえず完成した。ゆっくり一時間煮込めば、ネギやカブはとろけるほど柔らかくなるのだが、今日は三十分ほどで火を止める。それはそれで、野菜の歯ざわりがしっかりと残って美味い。

昔からの愛読書を引っ張りだして、食べながら目を通す。普通の人が食事時に読むような本ではないのだが、わたしにとってはいいおかずになる。『連続殺人犯の研究』。警察の参考書として作られたもので、一般の書店では手に入らない。

シリアル・キラーは世界中どこにでもいるが、この本は日本で発生した連続殺人事件のケースを重点的に取り扱っている。明治二十六年の「河内十人斬り」や昭和十三年の「津山事件」から、戦後の群馬県の女性八人殺害事件、東京・埼玉の連続幼女誘拐殺人事件に至るまで。何度読み返しただろう。シリアル・キラーは、奇妙にわたしを引き付けるのだ。一度、この本の中で挙げられた被害者を数えたことがある。百十五人。ちょっとした戦争だ。事実関係を淡々と綴っているせいか、かえってそれぞれの事件の異常性が浮き彫りになっている。河内十人斬り——被害者十人。津山事件——三十人。津山事件は、世界的に見ても被害者の数として三番目という説もある。あるポイントを超えると、固有名詞よりも数字が説得力を持つようになるようだ。そういえばわたしの足元の横浜でも、八〇年代の初めにホームレスが少年のグループに立て続けに襲われ、二人が死亡した事件があったが、この本ではそれも連続殺人の一つとして扱っている。

横浜の事件の顚末《てんまつ》を読み終えると同時に、食事も終わった。食器を片付け、壁の時計を見やる。九時。これから出かけると、ちょうど一月前にわたしが大失態を演じた時刻になる。捜査の取っかかりとして、たった一人で定時通行調査をやってみるつもりだった。

定時通行調査——通称「定通」は捜査の基本中の基本である。事件が起きたのと同じ時刻に、現場周辺を調査するのだ。異常に気付いた人がいるかどうか調べると同時に、普段の現場周辺の様子を知る目的もある。事件という染みがついたキャンバスを、日常の真っ白な状態に戻してやることで、初めて見えてくるものもあるのだ。

現場は元町・中華街駅のすぐ近く。中華街は夜でも賑わうが、その一角を外れると案外暗く、人通りも少なくなる。あの日と同じような暗さの中に立った時、わたしは意識を失うまでの時の流れをはっきりと思い出すだろう。

声がかかったのは夜の八時頃だった。七時過ぎに県警本部を引き上げ、同じ班の先輩刑事、柴田克夫《しばたかつお》と伊勢佐木町で酒を呑み始めたところだったのだが、回り始めたアルコールは、連絡を受けた瞬間に吹っ飛んだ。警戒中の機動捜査隊員が、元町で青井を発見して追尾中――千載一遇のチャンスとはこのことである。青井はそれまで県内で三件の殺人を犯し、指名手配されたものの行方をくらましていた。既に神奈川県内にはいないか、あるいは自殺してしまったのではないかという見方も出ていたが、突然、県警本部のお膝元ともいえる中区に姿を現したのだから、捜査本部もいきり立つ。タクシーに乗り込んだ柴田が、両手を組み合わせてばきばきと指を鳴らした。

「来たな、薫」アルコールのせいではない興奮で柴田の声が震える。

「来ましたね」彼の興奮はわたしにも即座に伝染した。

「これで時さんの班も一安心だろうな」この一件を担当したのは、捜査一課の時田《ときた》班である。青井を割りだし、指名手配をした後も、地を這うような捜査を続けてきた。担当の刑事たちは、二か月近く休みなしで働いていた。

「そうですね。これでようやく報われるわけだ。皆心配してましたからね」時田は、切れ味はないが馬力と部下を思う気持ちは人一倍で、人望は厚い。県警本部から大きな安堵の溜息が漏れるのが聞こえたような気がした。

「捕まえたら、ちょっと事故でも起こすか。時さんのために、な」柴田がまた指を鳴らす。

「やめておきましょうよ」運転手の頭を見ながら小声で忠告する。タクシーの運転手が持つ情報網は、独特のスピードと広がりがある。警察官が物騒なことを喋っていたと噂になると、いろいろとまずいことになる。それでなくても、神奈川県警は何かと評判が悪いのだ。

「じゃ、お前がいないところでやるよ」

溜息をついて諦めた。柴田は、わたしにとって逮捕術の師匠である。年齢が四歳上ということもあり、正面から逆らえる相手ではない。わたしが所轄から機動捜査隊に上がった時に出会い、その後二人とも二回、全国大会の代表に選ばれた。柴田の実力のほどは県警内で誰もが認めるところで、わたしも手を合わせて本当に苦戦する相手は彼しかいないと思っている。柴田もわたしをライバルと認めてくれていたが、考え方には大きな隔たりがあった。わたしにとって逮捕術は、あくまで実践的な格闘技である。その目的は「制圧」のみ。相手の攻撃能力を封じ込め、なおかつ怪我をさせないように手錠をかけるための手段に過ぎないのだが、柴田はむしろ、喧嘩の延長線だと捉えている節がある。実際、犯人を組み伏せる現場で、何度か相手に怪我を負わせたことがあった。

雨が街を濡らしていた。青井は元町から山下町に逃げ込んでいたが、現場には覆面パトカーが集結し、殺気が張《みなぎ》っていた。赤色灯を回していなかったから一般の人には分からなかったかもしれないが、わたしは空気に満ちた殺気を敏感に感じ取り、同時に青井も用心しているはずだと確信した。これだけ広範かつ密な包囲網にも引っかからず、ずっと逃げ回ってきた男である。用心深いというよりも、動物のような勘の持ち主であろうことは容易に想像できた。

現場には機動捜査隊、捜査一課、所轄の加賀町署から数十人の刑事が駆りだされ、時田がその場の指揮を執《と》っていた。二人一組になって、暗い路地を狩り立てる作業が始まった。

その時だ、わたしが奈津と組まされたのは。

一目見ただけで、彼女がひどく緊張しているのが分かった。肩が強張り、顔は引き攣《つ》って、自分の周囲一メートルの状況しか見えていない。互いに名乗った後は無言になり、話ができるような雰囲気ではなくなってしまった。あまり緊張するなよ、と忠告しようとしたが、それすら躊躇われる。たとえ耳元で囁《ささや》いたとしても、頭には入らないだろう。

最初から嫌な予感がしていた。彼女の態度からは不安と自信のなさが滲みでており、それがわたしにも伝染するのを感じた。加賀町署の刑事に、「一年生だからよろしく頼む」と耳打ちされたせいもある。よりによって、刑事になったばかりの人間と組まされるとは。カバーしなければならなくなると面倒だ——その悪い予感は、間もなく現実になる。

雨が視界を奪い、足を濡らす。傘をさすわけにもいかず、頭から濡れたまま、わたしたちは受け持ちのブロックを何度も往復した。路地裏に足を運び、ビルとビルの隙間を覗き、次第に募《つの》る疲労と寒さに溜息をつく。

気配は雨に消されていたのかもしれない。わたしの警戒範囲に青井が入ってきたのに気付かなかった。ふっと空気が揺れ、奈津が声にならない声を上げる。何だ、と言おうとした瞬間に後ろから脇腹を貫かれた。皮膚を裂き、肉を突き抜け、内臓に達する。刃先は十センチほど動いただけだっただろうが、長い時間が経ったような気がした。刃は鋭くなく、ずるずると肉を醜く破っていく感触がはっきりと感じられた。熱と激しい痛みを堪《こら》えながら肘を振り抜き、相手の顔面を潰した直後、わたしは膝から崩れ落ちた。辛うじて顔を上げ、奈津の姿を目の端に捉える。同時に肉を切る音が響き、彼女も手首を押さえたまま倒れ込んだ。

誰かを呼べ。クソ、どうして誰もいないんだ。早く青井を捕まえろ。救急車を呼んでくれ。脇腹を掌で押さえると、ぬるぬるとしたものが触れた。力ない肉の手触り。死体に触れた時に感じるのと同じものだ。濡れたアスファルトの上を飛ぶように走り去る青井の後ろ姿を見ながら、わたしは顔面から水溜りに突っ伏した。

そこから数時間の記憶はない。目覚めた時に最初に目に入ったのは、病室の天井だった。


身震い。梅雨の寒空のせいではない。急に背筋を走る寒気に襲われ、わたしは降りしきる雨の中に立ち尽くした。傘をさしているのに、全身がずぶ濡れになってしまったように感じる。車に戻り、このまま家に帰って暖かいベッドに潜り込んでしまおうか、と一瞬思った。奈津に向かって、自分で青井を捕まえると大見得を切ったのに、このザマは何だ。水を浴びた犬のように首を振り、暗く染まったビルの谷間を歩きだす。

そう、この辺りだった。ビルの隙間に顔を突っ込んだ奈津の肩は緊張で盛り上がり、その顔は闇と同化するほど蒼ざめていた。青井が飛びだしてきた路地。どうして直前まで気付かなかったのだろう。奴は闇の保護色でも身にまとっていたのか。一分ほども立ち止まって暗い穴のような路地を眺めていたが、意を決して足を踏み入れる。そこだけ湿気が強く、闇も深いようだった。ゴミ捨て場。ポリバケツがいくつか置いてある。バケツの底で生ゴミが醗酵しつつあるのか、どれも蓋が閉まっているのに嫌な臭いが鼻をついた。青井はこの陰に身を隠していたのだろう。逃げ切れないと観念して、思い切ってわたしたちに襲いかかったのか。あるいは——最悪の想像が脳裏を染め上げる。奴はシリアル・キラーだ。殺す行為自体に快感を覚えているのかもしれない。わたしたちを刑事だとは見ず、自分の網の中に迷い込んできたカップルだとでも勘違いしたのではないか。

しかし、誤解、思い込みだったとしても、二人を同時に襲うとは。あの男には、恐怖を感じたり、後のことを心配する神経が抜けているのかもしれない。そうでなければ、自分の腕に絶対の自信があるか、だ。もしもそういう人間だったら、どこか戦場に送り込んでやればいい。全ての戦争は集団的な狂気の発露であり、いかにもあの男に相応《ふさわ》しい。

「薫ちゃんじゃないか」

声をかけられ、慌てて振り向く。分厚いナイロンのジャケットを着た小柄な男が、にやにや笑いながら立っていた。

「やっさん」緊張が解け、頬が緩む。「薫はやめて下さいよ。その名前は嫌いなんだから」

「こんなところで何してんだ」

「やっさんこそ。今夜の宿はこの辺ですか？」

「いやいや、まだ宵の口だよ。寝床の心配をするには早いわな」口を開けてにやりと笑う。歯はかなり抜けており、紫色の歯茎が目立った。

やっさん――矢口《やぐち》は、この界隈を根城にしているホームレスだ。時々半端仕事をし、金がある時は安い宿に泊まり、ない時は雨露のしのげる場所を見つけだして身を休める。そういう生活を続けながらも、金はそれなりに貯め込んでいて、年に一度は身綺麗な服装に整えてニューグランドに泊まるのが恒例になっているそうだ。痩《や》せてはいるが不健康な感じはしない。髪は肩にかかるほど長いが不潔な印象ではなく、遅れてきたヒッピーというイメージだ。そして、ポケットには必ず本が一冊入っている。読むものなら何でもいいようだった。本はヘミングウェイの『武器よさらば』だったこともあるし、マックス・ウェーバーの『一般社会経済史要論』だったこともある。何故《なぜ》彼の蔵書の一部を知っているかというと、会う度に見せびらかすからだ。決まり文句は「あんたは読んでないだろうが」

毎度、返す言葉もない。教養溢れるホームレス。わたしは彼を一〇〇パーセント好きなわけではなかった。しかし、情報源としては信用できる。毎日のように夜の街をうろついている矢口は、生来の好奇心も手伝って、あちこちで情報を仕入れているのだ。これまでも酒や食事、一万円札何枚かで小さなネタを貰ったことがあるが、情報の精度は高かった。

「今日は何の本を読んでるんですか」

「本？　ああ、こいつだけど」ポケットから、カバーの外れた文庫本を取りだす。ショーペンハウエルの『知性について』だった。

「また難しい本を」

「難しくないさ。ショーペンハウエルは、この辛口なところが何とも言えずいいんだ。それよりハンサムさんよ、少し瘦せたんじゃないか？　あんまり瘦せると、女の子にもてなくなるぞ」矢口が歯茎をむきだしにして嫌らしく笑う。

「好きで瘦せたわけじゃないよ」シャツの胸ポケットから煙草を取りだす。ラッキー・ストライクは半分ほど残っていた。箱ごと差しだすと、当然のように矢口が受け取る。一本抜くとわたしにも差しだして「あんたもどう？」と勧めた。苦笑しながら受け取り、火を点ける。湿った夜気の中、二人の吐く煙草の煙が真っ直ぐに立ち上る。

「飯でもどうですか」

「もう食った。今夜は牛丼だったよ」

「雨が降ってますけど……」コーヒーか、あるいは酒でもと言おうとしたのだが、矢口はわたしの考えを読んだように首を振った。

「こんな時間に無理しない方がいいんじゃないか。家で休んでろよ。話は聞いてるぜ。もうちょっとであの世行きだったらしいじゃないか」

「知ってたんですか」

「そりゃあ、あれだけの大事件だ。知らない方が変だろう」

「新聞には、俺の名前は載ってなかったはずですけどね」

「あんた、新聞全部に目を通してるわけじゃないだろう。こっちは時間だけはあるんでね、毎日、全国紙六紙に神奈川新聞まで、隅から隅まで読んでるんだ。あんたの名前を載せてた新聞もあったぜ。しかし、よく生きてたな」

「そう簡単には死にませんよ」

「いい心がけだ。あんたが死んだら、泣く女の子がたくさんいるだろうしね。そうあっさり死ねないよな、色男さん」

「そんな娘《こ》、いませんよ。それよりやっさん、あの件で何か聞いてませんか」

闇の中に潜む何かを見極めようとするように、矢口が目を眇《すが》めた。指先で煙草を転がし、唇を薄く開ける。

「住む世界が違うわな」

「なるほど。やっさんが天国なら、青井は地獄かな」

「誰が天国に住んでるって？」矢口がわたしを小突く真似をした。わたしたちの間の空気が揺れただけで脇腹に鈍い痛みが走る。

「これが天国でも地獄でもない、現世ってやつだよ」矢口が両手を大きく広げ、にやりと笑う。が、すぐに顔を引き締めた。心なしか頬が引き攣っている。「で、あんた、こんなところで何してるんだ」

「定通」

「定通ねえ」警察用語を聞き返すこともない。わたしは彼の過去のごく一部しか知らないが、警察とまったく係わり合いのなかった人生ではないだろう。「そんなとしても何にもならんのじゃないか。しかも一人で」

「手伝ってくれる人がいないんでね」奈津の顔を思い浮かべた。結局彼女は、わたしの提案にイエスと言わなかった。

「訳ありかい？」

「どうやら一匹狼になったみたいなんですよ」

「何かやらかしたのか」矢口の顔が曇る。

「あの事件のせいですよ。ヘマと言えばヘマなんだから」言ってから深呼吸した。自分の恥を進んで認めるのは難しい。「犯人を取り逃がした刑事は、周りから白い目で見られるんですよ。どんな事情があってもね」

「なるほどね。だけど、それじゃあんたが可哀相だ。一生懸命やってるのに。分かった、俺もちゃんと目を配っておこう。あんたの査定が悪いままじゃ、こっちも気分が晴れないからね」

「今のところ、青井に関する情報はないんですか」

「そう、ね」矢口が煙草を水溜りに弾き飛ばした。「奴の話はいろいろ聞いてる……いや、そんな顔するなよ。期待されても困る。今のところは、奴が何者か分からないってことが分かってるだけだ」

「それが変なんだ。あれほど世間を騒がせてる人間なのに、人物像がまったく見えてこないんですよ」

「実体が見えない。コンピュータが合成したような男だね。精巧なホログラムみたいな。すぐ目の前にいるみたいだけど、手を伸ばすと突き抜けちまうんだ。おい、奴は本当に存在してるのか？」

そっと脇腹を押さえる。ないはずの痛みが脳天に突き抜けるようだった。矢口の目がそこに注がれる。

「奴が実在してる一番の証明が、あんたの痛みってわけか。とにかく頑張ってみるよ。あんたにはいろいろ世話になってるしな」

黙ってジーンズのポケットに手を突っ込み、一万円札を何枚か引っ張りだした。一歩前へ出て差しだすと、矢口が珍しいものでも見るように目を細める。

「今日は遠慮しとく」

「冗談じゃない。やっさんにただ働きさせる気はありませんよ」

「金はもっと大事にしないとな」矢口が顎をゆるりと撫《な》でた。「大事に育てなきゃ。滅多やたらにばら撒く習慣がつくと、金の方であんたを敬遠するようになるよ。そうなったら、俺みたいになっちまうぜ」

「どうせあぶく銭なんだ」

「刑事があぶく銭？　良くないねえ。賄賂《わいろ》でも受け取ったみたいに聞こえる」

「賄賂っていっても、仲間からですよ」無理に笑おうとして顔が引き攣るのを感じた。神奈川県警では、この手の話は冗談にならないことが多い。「俺に大人しくしていてもらおうっていう魂胆らしい。そのために捜査一課で募金をしたそうです」

「へっ」矢口が白けた声を上げる。「刑事さんたちの考えてることは分からねえな。とにかく、今回は金はいらねえよ。あんたの快気祝いってことにしておこう」

「快気祝いを貰うほど回復してないんだけどね」

「そんなにひどかったのか？」眉をひそめ、矢口が新しい煙草に火を点ける。立ち上る煙が彼の表情を消した。

「腹を刺されて、一か月後にぴんぴんしてる奴がいたらお目にかかりたいですね。それよりやっさん、無理しないで下さいよ。怪我でもされたら目覚めが悪い」

「俺は影みたいなもんだよ」矢口の唇がうっすらと開いた。「俺の存在を気にする奴なんかいないさ」

「俺は気にしてる」

「ありがたい話だね」矢口の表情がわずかに緩んだ。

「それに、やっさんは闇に紛れてるつもりかもしれないけど、青井には通用しないよ」

その時初めて、矢口の顔が蒼ざめた。

〈左腕をそっと撫でた。肘から肩に向けて。中途半端だ。二本の傷が中途半端だ。一番肘に近いところと肩に近いところ。真ん中の三つは綺麗なバツ印になっているのにその二つだけが斜めの線なのだ。やり損ねた。失敗の証《あかし》。最初の一本は十八の時だ。深々と首に突き刺したナイフの確かな手ごたえがあったのに後で男が一命を取り留めたことを知った。逮捕はされなかったがそれは俺の中では成功ではない。殺してこそ成功なのだ。警察がどう動こうが関係ない。真ん中の三本は栄光の証。綺麗に仕留めてナイフにたっぷり血を吸わせてやった。拭き取った後ナイフは明らかに輝きを増していた。あれは殺しの味を知った刃だ。それに比べてこの間のあれは何だ。俺としたことが。確かに手ごたえがあったのだ。肉を抉《えぐ》り深々と埋まった刃物の感触は今もこの手に残っている。ふざけやがって。俺の鼻を潰すとは。今まで誰にも触られたことのない顔を血に染めやがった。あれから何日か俺は何もできなかった。呆然として怪我が治るのを待つしかなかった。だが今はやることがある。二つの中途半端な傷のうち一つを完成させるのだ。肘に一番近いやつは──あれは無理だ。十八の時に殺し損なった人間が誰かは知らない。今さら調べようもない。しかし今回は分かっている。奴を仕留めてこのバツ印を完成させよう。簡単なことだ。名前も分かっている。どこにいるかもすぐに調べられるだろう。俺はやるべきことは必ずやり抜く。ジャック・ザ・ストリッパーも全ての事件を完結させた。二度と同じ失敗はしない。俺はやる。奴を殺す。奴を。もう逃げ回らない。こっちから打って出る番だ。警察の阿呆どもがどこまでやれるか試してやる〉

3

十年ほど前、初めて自分用の携帯電話を手に入れた時、わたしは大いなる妄想を抱いた。これでどんな時でも話したい相手を摑まえられると。だがそれは、完全な勘違いだった。相手は電話を無視することもできるし、そもそも電話を持たないという選択肢もある。そして今捜している相手は、未だに携帯電話を手にしようとしない人間だった。少なくともわたしに対しては、ずっとそう説明している。「自分の時間に勝手に食い込んでくる携帯電話なんかいらない」と。

もっとも、大規模な捜索隊を結成しなければ捜せないというわけでもない。桜木町、野毛《のげ》、あるいは伊勢佐木町近辺の呑み屋を何軒か回れば、必ずその顔を見つけることができるのだ。問題は何軒回れば済むかである。

今日のわたしに、ツキはなかった。三軒続けて空振りした後、四軒目では「つい先ほど出て行った」と告げられた。行き先までは分からないという。奴にとってはまだ宵の口で、これから朝まで長い放浪の旅が続く。こちらから情報を流してどこかで待つこともできるのだが、今夜はそんな気になれなかった。一刻も早く摑まえ、手を打っておきたい。ずっとベッドに縛り付けられていたせいか、やけに疲れを感じたが、長い夜にピリオドを打つためにも、どうしても会っておく必要があった。

五軒目、大岡川から漂いだすドブのような臭いが漂う野毛の外れのバアで、ようやく摑まえることができた。雑居ビルの一階にあるこの店には、看板の類《たぐい》が一切ない。常連は、店主の名前から「M」と呼んでいる。日付が変わる頃にオープンし、閉店は夜明け。それも正確に夜明けだ。店主の愛読書は天文手帳だという。最初その話を聞いた時には何かの冗談だと思ったのだが、ある日実際にマーカーだらけで赤くなった天文手帳を見せてもらい、閉店まで付き合って、伝説が事実であることを確信した。

どうしてそんなことをしているのかを訊ねたことはない。人には誰でも、他人に説明できない事情があるものだ。正直に言えば、話を聞いても、たぶんわたしには理解できないだろう。

店主のM——松田勝《まつだまさる》は、カウンターの向こうでグラスを磨いていた。いつものように。わたしの頭の中にある彼のイメージは、常にグラスを磨いている姿だ。BGMの定番は六〇年代から七〇年代のクラシック・ロック。今夜はCCRの「ダウン・オン・ザ・コーナー」がかかっていた。松田はどう見てもわたしより年下で、この曲が流行った頃には生まれてもいなかったはずなのだが。しかしその事実も、彼の趣味の良さを貶《おとし》めるものではないし、純粋に曲を楽しむためだけでもこの店を訪れる価値はある。松田とは気が合うような合わないような微妙な関係だが、音楽の趣味だけは一致しているのだ。

後ろ手にドアを閉めて店内を見回す。煙草の煙で霞がかかったようになっていたが、奥のボックス席にあの男が座っているのはすぐに分かった。向こうはわたしに気付かない。小さなテーブルの上には赤と金、白のストリチナヤのボトル。まだほとんど減っていないところを見ると、店に来たばかりで、しばらくは腰を落ち着けるつもりだろう。この男はウォッカを呑み始めると長い。グラスを口元に運ぶと、氷が転んでカラン、と乾いた音を立てた。

カウンターに右肘をつくと、松田が右目を大きく見開き、グラスを磨く手を止めた。馬鹿にするように顎を上げると、ポニーテールがかすかに揺れる。削《そ》げたように薄い頬には暗い陰ができていた。カウンターを照らしている暗いオレンジ色のライトのせいで、元々蒼白い顔は、酔いどれのそれになっている。

「こいつはたまげた。珍しい客が来たよ」

「一月も来ないと、いきなり珍しい客になるわけか。随分だね」最後に「M」に来たのはあの事件の前日である。その夜は寝付けないような予感がして、ウォッカを舐めるように呑みながら、ザ・バンドの「ミュージック・フロム・ビッグ・ピンク」を聴き終えるまでだらだらと時間を潰したのだ。ザ・バンドは、わたしにとって完璧な眠りをもたらすから。睡眠薬より効果的だ。

「今日からあんたは値上げですよ」松田がにやにや笑う。

「どうして」

「ここへ来る間隔が一週間空くごとに、値上げすることにしてるから。物価スライド制なんだ」

「言葉の使い方を間違ってるよ」

「というわけで、今日はビール一本七百円になります」

「だったら水にしようかな」

「水」馬鹿にしたように松田が吐き捨てた。「水を飲むような人間には、この店に来て欲しくないな」

「ちょっと酒を控えてるんだ」医師の指示に従って、ではない。病院にいる間に、不思議とアルコールに対する恋心が消え失せてしまったのだ。

封を切ったばかりのラッキー・ストライクに火を点け、天井に向かって吐きだす。オレンジ色の照明の下で、煙が渦を巻いた。松田はカウンターに両手をついて広げたまま、微動だにしない。

「水をお願いしますよ、マスター。酒場だからって、水がないわけじゃないだろう。水割り用のやつでいいから」

「マジで？」

「俺が今まで冗談言ったことがあるか」

「あんたの人生そのものが冗談みたいなもんでしょうが」

「真面目な公務員を摑まえて何を言う」

「公務員がくだらねえ冗談言ってるから、問題なんじゃないか」

ぶつぶつ文句を言いながら、松田がコップをカウンターに滑らせた。水割りに使うボルヴィックのボトルを、音を立てて隣に置く。キャップは開いており、中身は三分の一ほど減っていた。

「せめて新しい水を貰えないかな」

「新しい水はもっと高いよ」

「冗談としてはもう一つだな」

「冗談言ってるのはそっちでしょうが」

軽いキャッチボールのような会話に疲れてきた。普段なら、朝まで続けることもできるのだが。水をグラスに注ぐ。生ぬるくなっていたが、食道を下って胃に落ち着くと、急に脇腹が凍るような感触に襲われる。思わず傷口を押さえて顔をしかめると、松田が不満そうに唇を尖《とが》らせた。

「何か問題でも？」

「傷に沁《し》みる」

「怪我してるようには見えないけど」

「あんたの目は節穴か？」

「ずっと暗いところに潜ってると、大事なものが見えなくなっちまうんだよ」カチューシャ代わりに前髪を押さえていたサングラスをかける。漆黒のレンズにわたしの顔が映り込んだ。「まさか、本当に怪我してるとか」

「まあね」

「それで一か月も来られなかった？」

「ご名答。あんた、良い刑事になれるよ」

「何があったんですか」

「新聞、読んでないのか？」

「字を読むと目が悪くなる」

「テレビも見ないわけじゃないだろう」

「ここは、世の中のクソみたいなニュースを忘れてもらうための場所だよ。俺は、率先して世間の流れを無視してるんだ」

「そのうち、自分が死んだことも他人から知らされるんじゃないか」

「つまらないねえ、そういう冗談は」ゆっくり首を振り、松田が煙草を咥える。「とにかく、怪我してるなら最初からそう言えばいいのに。怪我人は三割引きだ」

「そのルールも初めて聞いたな。どんぶり勘定って言葉、知ってるか」

「税務署の人間がいる前で、そいつを絶対に口にするなよ」

ジャブの応酬でウォーミングアップが終わった。煙草一本を吸い終わるまで無言を貫き、グラスとボトルを手にする。カウンターを去り際、松田に「もう少し景気のいい曲をかけてくれ」と注文をつけた。

「あんまり元気一杯の曲だと傷に障《さわ》るんじゃないか」

「毒を食らわば皿までって言葉もあるじゃないか。ラモーンズがあったら頼む」

「うちは、七五年より新しいアルバムは置いてない。ラモーンズのファーストアルバムは七六年だぜ」

それは事実である。一度、店に置いてある彼のCDコレクションを見せてもらったことがあるが、スティーリー・ダンの「プレッツェル・ロジック」が最新のものだった。

カウンターを離れ、奥の席に着こうとした瞬間、ジミ・ヘンドリックスの「エンジェル」が流れ始めた。死を予感させる歌。縁起でもない。向かいに座ると、奴――本郷悟《ほんごうさとる》が、グラスを唇に当てたまま動きを止めた。

「たまげたな。足はついてるみたいじゃねえか」こっちはさすがにわたしの動静を知っている――主に「静」の方だろうが。

「あんたが無事を祈ってくれてたお陰じゃないかな」

「俺は祈らない。そういう非科学的な話を聞くと、虫唾《むしず》が走る」

先ほど矢口が受け取らなかった札を丸め、テーブルの下に差しだした。本郷の手が素早く動いて札を奪い取る。薄い唇に小さな笑みが浮かんだ。

「いい感触だな。賄賂でも貰ったのか」

「さっき、別の人間に同じようなことを言われたよ」

「考えることは皆同じじってわけか。刑事が金を持ってるのは変だからな」

本郷が体を捩《よじ》った。そうするとわたしはいつも、竹が風に吹かれる様を思い浮かべる。本郷は病的に細いが故に、ひどく目につく男だ。背丈は人並みなのだが、体重は五十キロをはるかに割り込んでいると本人から聞かされたことがある。骨ばった体に、大きな目ばかりが目立つ顔。今年四十歳になるはずだが、ほとんど白くなった髪を耳を覆うほどの長さに伸ばし、櫛《くし》も入れていないので、遠目には白いヘルメットを被っているようだ。仕事は一人きりの商社。扱う商品は情報。噂話を溜め込み、じっくりと肉付けして確実な情報にまとめ上げる。それを適当な相手に流して金を受け取るのだ。弱々しい外見とは裏腹に、横浜の夜の世界に生きる人間たちの間では、まことしやかに「本郷不死身説」が流れている。特に有力者に関しては常に危険な情報を溜め込んでいるが、自分の身に危機が及べば、必ずそれが表に出るようにしている、というのだ。真実が暴露されることを恐れる人間が、積極的にしろ消極的にしろ本郷を守る。結果的に彼は、奇妙で危ういバランスの上に玉座を据えた王になった。

「本当は、俺の方から快気祝いを差し上げるべきなんだろうがね」

「まだ治ってないよ。快気祝いには早過ぎる」

先ほども矢口と同じような会話を交わしたのを思い出し、今回はすぐに話題に入ることにした。本郷が遠回りを嫌うからだ。特に酒を呑んでいる時には。ぐだぐだと流れる会話は、アルコールの味を損ねるとでも考えているのだろう。

「青井に関する情報を探してる。青井猛郎だ」

「フルネームを教えていただかなくても結構だよ。それぐらい分かってる」病的に細い顔に、本郷がむっとした表情を浮かべる。言わずもがなのことを指摘されると、途端に機嫌を悪くするのだ。

「とにかく、あの男に関することなら何でも情報が欲しい」

本郷が、右の拳《こぶし》を顔の高さに上げ、ぱっと開いた。

「消えちまったみたいだな、煙みたいに。もう、横浜にはいないんじゃないか」

「そうかもしれない。それならそれで、どこに行ったか知りたいんだ」

「あんた、相当無理な注文してるよ」

「どうして」

「奴は、幻みたいなもんだ。簡単には尻尾を摑ませてくれないぜ」

「生きて逃げ回ってる人間だ。絶対に手がかりはある」

「サツの方こそどうなんだよ。追い込んでるんじゃないのか」

「追い込んでるなら、とっくに捕まえてるさ。と言っても、俺はこの一か月の動きをほとんど知らないんだけどな」

「仲間外れってわけか」本郷の唇が嬉しそうに持ち上がった。「ま、当たってみてもいいけど」

「頼む」

「おやおや、あんたがそんなに丁寧にお願いするなんて珍しいね」皮肉を飛ばして、本郷がウォッカを一口啜《すす》った。黙っていると、グラスを握り締めたまま、身を乗りだしてくる。「面子《メンツ》の問題なんだろう？　あんなクソ野郎に刺されて、そのまってわけにはいかないよな。だけど、見つけだしてどうするつもりなんだ」

「逮捕するさ。俺が手錠をかける」

ふっと音を漏らすように本郷が笑った。心を爪で引っかくような嫌らしい笑い。

「あんた、やっぱり甘いよ。前から思ってたけど」

「どういうことだ」

「綺麗に、格好つけて解決しようとしてるんじゃないか？　それじゃ駄目だ。青井みたいな野郎はな、蛇と同じなんだよ。頭を潰さないとまた生き返る。ちゃんと手錠なんかかけようと考えてるなら……」

「どうなる」

「あんた、死ぬな」

家に戻ると深夜の一時を回っていた。ふわふわと漂うようなジミ・ヘンドリックスのギターの音色が、まだ頭の中を流れている。車を降り、一か月間放ったらかしにしておいたＢＭＷをしげしげと眺める。エンジンはまだまだ元気だが、外装の衰えはやはり十年選手のそれだ。ドイツ車の塗装は上質だと言うが、常に雨ざらしでは傷むのも当然である。

外階段を上がり始めた瞬間、人の気配に気付いた。武器がない。今はまだ、自分の体力にも自信がなかった。車へ引き返そうかと思った途端、声をかけられる。

「薫」

聞き慣れた柴田の声だった。わたしの部屋のドアの前に立ち、寒そうに両腕で体を抱いている。慌てて階段を駆け上がった。

「何してるんですか」

「ずっと待ってたんだよ。お前、携帯はどうした」

言われてジーンズのポケットから引っ張りだす。電源がオフになっていた。それを告げて詫びると、柴田が唇の端を持ち上げるようにして笑った。

「ぼけたな。まだ入院してるつもりなんじゃないか」

「そうですね」

「俺から快気祝いだ。昼間は会えなかったからな」フォア・ローゼズのボトルを掲げてみせた。琥珀《こはく》色の液体が、ボトルの中で大きく波打つ。彼は既に酔っているようだった。

「わざわざそいつを届けるために、ずっと待ってたんですか」腕時計を見下ろす。一時七分。慌てて部屋の鍵を開けた。

「明日は非番だし、どうせ帰っても誰もいないからな」柴田は、わたしたちが所属する岩井班で最年長の独身者になっていた。できるだけ生活感をなくそうと、家には寝に帰るだけにしているらしい。少しでも身を固めようと思う気持ちがあるなら、そういう考え方こそが間違っていると思うのだが、面と向かって告げることはできなかった。世の中には、洒落で済まされないこともある。

「ま、どうぞ。まだ家の中は黴臭いんですけどね」

「気にするな。俺はそういう部屋の方が落ち着く」

柴田は何度もわたしの部屋に来たことがある。勝手にキッチンからグラスを二つ持ってくると、部屋の真ん中に座り込んだ。彼の手の中のグラスを見詰めているうちに、かすかな吐き気が込み上げてきた。

「俺は遠慮しときます」

「まだ具合が悪いのか」ボトルを傾けようとした柴田の手の動きが止まった。

「何となく、体が酒を受け付けないんですよ」

「分かった。じゃあ、これはこの部屋にボトルキープしておく。お前が元気になったらまた呑みに来るよ」にやりと笑い、柴田がボトルの栓を閉めた。

「すいませんね。酒じゃなくてコーヒーでもどうですか」

「いいね。いただこうか」

狭いキッチンでコーヒーの用意をした。一か月、冷蔵庫の中に放置しておいたものだが、コーヒーメーカーがごぼごぼ音を立て始めると、香ばしい匂いが部屋を満たし始める。コーヒーを運んでいくと、柴田がテレビをつけた。音を絞り、カップを受け取る。音を立てて一口飲むと、カップ越しにわたしの顔を眺める。

「で、どうだ、具合は」

「まあまあ、ですね」煙草を咥える。「こういう怪我は経験がないから、よく分からないんですよ」

「煙草はいいのか」柴田が目を剝《む》いた。

「何でもかんでも駄目ってわけじゃありませんよ。それじゃ息が詰まっちまう」

「酒より煙草をやめた方がいいんじゃないか」

「酒もやめたわけじゃないですよ。そのうち呑めるようになります」

「だったら、それまでは我慢するんだな。それにしてもお前のコーヒー、相変わらず美味いな」

「伊達に十何年も一人暮らししてるわけじゃないですからね。一時は随分凝りましたよ。味は、ネルでドリップしたやつが一番上等みたいですね」

「だったら、それでももっと美味いやつを淹《い》れてくれればいいのに」

「今はやってません。手間がかかるんですよ。後始末も面倒だし」肩をすくめる。

「じゃ、これで我慢するか。それでも十分美味いけどな」

　しばらく無言でコーヒーを啜った。テレビの音が静かなBGMになっている。画面には、電源を切った瞬間に出演者の名前も内容も忘れてしまいそうなバラエティ番組が映っていた。柴田はぼんやりとした表情を浮かべたまま、握り締めた右の拳を左手で撫でた。小石のように硬そうなタコが目立つ。やがて、あらぬ方を向いたままボトルを取り上げ、中身をコーヒーに垂らした。人差し指を突っ込んで素早くかき混ぜてから、大慌てで指を引き抜き、口に含む。

「そういう呑み方してると悪酔いするらしいですよ」本当は「肝臓のことを気にする年ですよ」と忠告したかったのだが、言葉を呑んだ。

忠告したが、彼はまったく意に介さない。

「いいんだよ、どうせ明日は非番だし」

「釣りは行かないんですか」

「そう毎度毎度ってわけにもいかないんだよ」

柴田のたった一つの趣味が釣りだ。わたしは付き合ったことがないが、ほとんど海釣りらしい。高校まで長崎県で育ったそうだが、「海のあるところに来て良かった」と漏らすのを何度も聞いた。

「今日、岩井さんに何を言われた」

「引っ込んでろって」

「なるほどね」

「どうしてやる気がないんですかね、岩井さん」

「さあ」柴田がふっと視線を外した。「もともとあれは、時さんの班の事件だしな。あの時は、俺たちはあくまでお手伝いだったわけだから。岩井さんがしゃかりきになっても仕方ないだろう」

「だからって、あれだけ大きい事件で知らんぷりはないでしょう。だいたい、岩井さんは気合が足りないんだ。あれじゃ、下の人間は誰もついていきませんよ」

「おい」胡坐《あぐら》をかいたまま、柴田が身を乗りだした。「係長だって困ってるんだぞ。お前、自分がヘマをしたのは分かってるよな」

「分かってますよ」憮然と答えざるを得なかった。

「係長は、随分お前を庇《かば》ったんだぞ。あちこち頭を下げてな。お前だけじゃない。あの時お前とコンビを組んだあの子……」名前を思い出そうとするように、指で宙に文字を描いた。

「赤澤奈津」

柴田がわたしをじろりと睨む。答えが早過ぎる、とでも言いたそうだった。

「そう、赤澤奈津、な。とにかく係長は、自分の部下でもない赤澤のことまでフォローしたんだぞ。むしろ、そっちの方が大変だったんだ。はっきり言ってあの時、赤澤はパニックになった。それで連絡が遅れたんだ。一分か、二分か……それで、青井の野郎に逃げるチャンスをくれちまったんだから、お前よりもマイナスポイントはでかい」

彼女が気に病む必要などないのに。そもそもヘマをしたのはわたしであり、彼女はその被害者なのだ。

「赤澤はなかなか評判が良くてね。勘がいいし、粘り強い。それに、無理に突っ張ってる感じがないのがいい」

「そうですか」

「ごく自然に仕事に馴染んでる感じだ。これは大きいよな。それに、調べもなかなか上手い。特に相手が女性の場合はな。今後もそれなりに役に立ちそうだ。でも今は、立場が悪くなってるのは間違いない。状況が状況だから、正式の処分が出たわけじゃないけど、このまま干されちまうかもしれないな。次の異動は早まるんじゃないか」

「冗談じゃない。彼女、手の神経をやられてるんですよ。俺より重傷なんだ。名誉の負傷じゃないですか」田舎の署の交通課に異動、などと自分で言ったことを棚に上げ、わたしは柴田に反論した。

「何で知ってるんだ、そんなこと」柴田が大きな目を見開いた。「まさか、会ったんじゃないだろうな」

「会いましたよ」

「あーあ」柴田が手首を額《ひたい》に押し付けた。「それでお前、全部自分の責任だって思い込んじまったんだろう。だから、あの子が見舞いに行かないように皆で止めてたのに」

「そもそもそんなやり方はおかしい」

「とにかく、彼女には無理だったのかもしれんな」

「何がですか」

「こういう荒っぽい仕事。何しろお嬢さんだからね」

「お嬢さん、ね」彼女が一人きりで住んでいるという家——正確を期すなら屋敷と言うべきだろう——を思い出す。確かに、親が普通のサラリーマンだったら、あんな広さの家には住めない。「そうなんですか」

「知らないのか」柴田が眉を吊り上げた。

「知りませんよ。話をした時間なんて、あの時だけだし。正味十分ぐらいだったんじゃないかな」少しだけ嘘をつく。わたしたちは今日、あの喫茶店で三十分近く顔を突き合わせていた。

「お互いを知り合うには短過ぎるってわけか」柴田が嫌らしい笑みを漏らした。「とにかく彼女、このまま刑事でいるのは難しいだろうな。いっそお前が嫁に貰ってやったらどうだ。玉の輿《こし》に乗れるぜ……いや、逆玉ってことになるわけか」

「まさか」笑い飛ばしてやったが、ふいに彼女の表情が脳裏をかすめた。どこか儚《はかな》げで、無理に強気を装っているような態度も。身震いするように首を振り、頭を占領した思いを払い飛ばす。

「とにかく、しばらく大人しくしてろよ」バーボン入りのコーヒーを一口。カップ越しにわたしの顔を見て、柴田が小さく溜息をついた。「俺が何を言っても、聞くつもりはないみたいだな」

「あるわけないでしょう」岩井の前では猫を被っているしかないが、柴田に黙っていては、先輩に対する義理が立たない。「落とし前はつけます」

「できると思ってるのか」値踏みするように、柴田の目がわたしを舐め回した。「一課が総出で二か月だぞ。それで何の手がかりも摑めないんだぜ」

「それは、どこかで滑らせてるからですよ。青井が国外に出た記録はないんでしょう？　日本にいるなら、絶対に見つけられる」

「突っ張り過ぎだ。怪我も治ってないんだぞ。それを忘れるな」

「しばらく黙って見ててくれませんか？　助けてくれとは言いませんから」

「本当に自分の面子のためだけなのか？　お前、赤澤のことを考えてるんだろう」

きつく強張っていた柴田の表情が崩れた。

「冗談じゃない……いや、そうでもないか。彼女一人が責められるのは納得いかないですからね。彼女だって、これから先、右手が不自由になるかもしれないんですよ。それで仕事も取り上げられたんじゃ、踏んだり蹴ったりだ」

「上の連中は、そういう同情的な見方はしないぜ。怪我人を一人抱え込んで面倒になる、それぐらいにしか考えないよ」

「つまり、俺も厄介者ってことですよね」

「お前は戦力だ。赤澤は違う」

「決め付けは良くないですね。女だから駄目なんですか？　柴田さんには、そういうことを言って欲しくなかったな」すっかりぬるくなったコーヒーを一気に飲み干した。ガラスのテーブルに音を立ててカップを置き、柴田を睨み付ける。「彼女、まだ刑事になったばかりでしょう。これからじゃないですか」

「ま、好きにしろよ」ふっと緊張を解いて、柴田が先ほどよりも少しだけ大きな笑みを浮かべた。

「何のことですか」

「お前が彼女のことを話すのを聞いてると、仕事だけとは思えないんだよな。彼女と何かあったのか？」

「まさか」

「ま、あれだけの美人だからな。チャンスがあったら逃すなよ」柴田の笑みに嫌らしい色が忍び込んだ。

「それより、お嬢さんって言いましたよね。どういうことですか」

「気になるか」柴田の笑みがまた大きくなった。声を上げて笑いだしそうである。

「そういうわけじゃないけど」

「彼女のオヤジさんな、『海星社《かいせいしゃ》』の社長なんだ」

「海星社って、あの『プラネット』のですか」

「そう」

プラネットは高級宝石のブランドで、横浜に本店がある。全国に十数か所の店舗を持ち、確か香港とどこかもう一か所、海外にも出店しているはずだ。このブランドを運営しているのが海星社である。

「なるほどね。それじゃ確かに、本物のお嬢様だ」

「な？　お前が医者の息子っていっても、金持ちのレベルが違うだろう」

「俺の親は関係ないでしょう」自分でも予期せぬ、素っ気ない声になった。

「ああ、分かった」面倒臭そうに顔の前で手を振り、柴田がバーボン入りのコーヒーをぐっと呑んだ。今度は遠慮なく、アルコールを加える。カップの中は、ほとんど生《き》のままのバーボンになっているだろう。「不思議なのは、どうしてそんな家の娘が刑事になったかだよな」

「親に逆らいたかったんじゃないですか」

「誰かさんと同じようにか」

「俺は違いますよ」

「ま、いいさ。でも実際、今回のことがなくても、彼女はいつまで刑事を続けるか分からんぞ。海星社の社長、長いこと入院してるらしい。噂じゃ癌らしいんだ。死んだら、赤澤が跡を継ぐしかないんじゃないか。他に身内はいないらしいから」

元町にあるプラネットの本店に入ったことはない。あの店の宝石を贈るに相応《ふさわ》しい女の子が身近にいたことはなかったから。だが、外から覗いたことは何度かある。吹き抜けの天井と落ち着いた茶色をベースにしたインテリアが、「貧乏な刑事お断り」の看板になっていた。

考えれば考えるほど、彼女が刑事になった理由が分からない。金持ちの気まぐれのようなものだろうか。

だが、奈津が刑事である事実に変わりはないのだ。刑事である以上、落とし前のつけ方を学ばなければならない。負け犬になったまま、暗いところで小さくなっていては、絶対に抜けだせないのだ。

4

結局、柴田はわたしの家に泊まっていった。呑み始めると長い男である。わたしはコーヒーだけで、明け方近くまで付き合わざるを得なかった。復帰初日にしてはハードな一日である。

二時間ほどの睡眠の後で柴田を送りだし、眠気と戦いながらイングリッシュマフィンを焼き、ポーチドエッグを作って載せた。本当はオランデーズ・ソースが欲しいところだったが塩と胡椒で我慢し、コーヒーで流し込む。寝不足で頭の芯がどんよりと曇り、煙草の吸い過ぎで喉が嗄《か》れていた。

気になるのは、脇腹に居座る鈍痛である。部屋の窓を開けると、案の定、小雨が降っていた。これからずっと、低気圧が近付く度にこの痛みと折り合いをつけなければならないのだろうか。「傷が痛むから雨になる」と天気予報はできるかもしれないが、それが犯人逮捕の役に立つとも思えない。

埃《ほこり》っぽかったBMWは、雨のお陰である程度綺麗な紺色を取り戻していた。来年の車検は金がかかるだろう。ショックアブソーバーはへたっているし、タイヤの溝は虫眼鏡でないと確認できないほどに減っている。運転席側のパワーウィンドウは、しばらく前から動きが渋い。部屋に置いたままにしてあるカンパ――口止め料――は貴重な財源だが、自分の車のために使う気にはなれなかった。まあ、何とかなるだろう。とにもかくにも、一番金がかかるエンジンは元気なのだ。今日も一発で目が覚め、世界的にも貴重な存在となったストレートシックスが軽快に吹け上がる。五千回転以上は、いつ聞いても惚れ惚れする音だ。

とりあえず、もう一度現場を見るために走りだす。朝のラッシュの名残で、自宅からすぐ近くの現場まで、車で十五分もかかった。一戸建ての家がほとんどない土地柄で、聞き込みをするにはマンションを一戸ずつノックしていかなければならないが、この時間ではあまり効果はないだろう。この辺りに住んでいるのは、東京へ通勤する人が多い。今ドアを叩いても、話を聴ける人間はあまりいないはずだ。やはり、夜訪ねるのが筋である。今は、どこを当たるか、見当だけつけておこう。

夜、闇の中に埋もれていた現場は、朝になるとまた別の表情を見せる。官庁街に近いので、道行く人はほとんどネクタイを締め、かっちりとスーツを着込んでいる。夏はまだ遠いが、ノーネクタイの人もちらほらと見受けられた。わたしもネクタイなしで、またボタンダウンのシャツにジーンズ、M—65というラフな格好である。ネクタイとスーツを身につけないのは、休暇中ということを意識しているからだ。万が一、岩井に見つかっても、散歩していただけだと言い訳できる。

とりあえず当たりをつけておこうというわたしの計画は、すぐに崩れた。コイン式の駐車場に車を停めて歩き始めた途端、奈津を見つけたのだ。交差点を埋め尽くす人の波の中から、彼女だけが浮き上がっている。極端に背が高いわけではないのだが、その姿はモノクロの写真の中でただ一人色が着いたように、くっきりと目立った。少しだけうつむいて、早足で交差点を渡って現場に向かう。この辺りは加賀町署の管内だから、彼女が歩いていてもおかしくはないのだが、周囲に漂わせる雰囲気は尋常ではなかった。わたしたちが襲われた現場近くまで来ると立ち止まり、意を決したように顔を上げる。わたしは道路の反対側にいたのだが、ほっそりとした頤《おとがい》が強張るのが見てとれた。二度と見たくない場所だと思っていてもおかしくはない。同僚の命が血溜りの中に流れだし、自分は右手の感覚を失ったまま、無線に向かって叫ぶことすらできなかった。一秒ごとに誇りが失われていく——わたしは、気を失っていてかえって幸運だったかもしれない。そんな人間を間近に見るほど辛いことはないはずだから。

信号が変わるのを待って、早足に歩きだす。緩む頬を何とか引き締め、横断歩道を渡り終えると一呼吸入れた。わざとらしくゆっくりと彼女に近付き、咳払いをしてから声をかける。

「赤澤」

奈津が一瞬、背中を緊張させてから振り返る。わたしを認めると、あからさまに顔をしかめた。

「花はどうした」

「花？」

「俺の死体に手向けてくれるんじゃないのか」

「冗談やめて下さい」

「あの時、本当の俺は死んだんだよ」真顔で告げると、奈津の頰が引き攣った。「何もできない刑事なんか、生きる価値がない。今の俺は抜け殻だ」

「だったら、わたしも同じですね」

「そういうこと。俺たちは二人とも死んでる」ビルの壁に背中を預ける。通り過ぎる人たちは完璧にわたしを無視した。横浜は、基本的に他人に無関心な都会である。ここで逆立ちしても、ちらりと一瞥《いちべつ》されるぐらいだろう。野毛大道芸に参加するための練習だ、ぐらいに思われるのがオチだ。「君は、あの家に一人で住んでるって言ったよな」

「ええ」奈津の顔に警戒の色が浮かぶ。「それが何か」

「大変だろう、あんな大きな家に一人きりじゃ」

「実家ですから」

「お手伝いさんとかいないのか？」

「はい？」

「海星社の社長の娘なら、お手伝いさんぐらい雇っててもおかしくない」

「皮肉ですか」

「まさか」無理に笑みを作って顔の前で手を振る。「親父さんが入院中だと、いろいろ大変だろうと思ってね」

「どうしてそんなことを知ってるんですか」奈津の顔が白くなった。目は糸のように細まっている。

「情報は俺の生命線なんだ」耳の上を人差し指で突いた。「それに君の親父さんは、横浜では有名人だから」

「今は毎日定時に帰ってます」奈津の声が一段低くなる。右手首を庇《かば》うようにそっと撫でた。

「その手じゃ、飯を作るだけでも大変じゃないか」

「手がちゃんとしてても、料理なんかしませんよ」

「それはまずいな」大袈裟に手を広げてみせる。

「料理もできない女、とか言わないで下さいよ。セクハラです」

「正確にいこうか。料理もできない『女』じゃなくて『人間』だ」「人間」のところを強調して言った。「料理を作ってると気持ちが落ち着く。栄養や体調管理について考えるようにもなる。ついでに言えばエンゲル係数も圧縮できるわけだし、いいこと尽くめじゃないか。近いうちに俺の料理を食べさせてやるよ」

「変なこと言わないで下さい」奈津が顔を背けた。舌が自分の意思と関係なく動いたのだ、と弁解しようとしたが、結局口をつぐむ。上手く説明できそうもないし、何を言っても彼女は納得してくれないだろう。おかしな奴だと思われるのが関の山だ。

「了解。この話はこれで終わりだ。で、君はどうしてここにいる」

「いたらいけませんか。ここはうちの管内ですよ」

「いや、大歓迎だ。自分の足で現場を歩き回る気になったんだろう」

「違います」

「じゃあ、どうして」腕組みをし、左の足首に右の足首を重ねる。今日は、ティンバーランドのブーツの紐を、きっちり上まで締め上げて履いている。足首のところが特に分厚い作りなので、格好をつけて曲げると血の流れが止まった。

「どうしてって……」答えを口にするのがいかにも嫌そうだった。

「俺に言われたからやるわけじゃない、そういうことでいいじゃないか」

「わたしは何も言ってません」

「何も言わなくても目が語ってるんだ」ズボンのポケットを探って、ゴムボールを取りだした。放ってやると、左手で危なっかしく受け止める。「そいつをいつも握ってろ。俺は医者でも理学療法士でもないからよく分からないけど、刺激し続ければリハビリになるんじゃないか。痛みがあるとまずいかもしれないけど」

「ありがとうございます」彼女の口から、ぶっきらぼうな礼の言葉が出た。だがその細い指は、柔らかいボールにわずかな窪みすらつけることができなかった。

摑まえるのが難しい人間というのはいる。本郷のように携帯を持たない場合がそうだが、持っていても絶対に番号を教えない人間もいる。しかも本郷と違って、どこかを捜せば会えるという保証もなかった。何人かに電話をかけて、自分が会いたがっているという情報を流し、あとはひたすら待つしかない。

午前中を空《むな》しく潰した後、ようやく相手と連絡がついた。電話が鳴りだしたのに気付き、車を路肩に寄せる。みなとみらい地区を走っていて、目の前にはランドマークタワーがあった。

「薫さんかい」電話の向こうの相手が、馬鹿にしたように呼びかけてきた。

「真崎さんと呼べ、金村《かねむら》。何度言ったら分かるんだ。俺はその名前が大嫌いなんだ」

「へっ」金村が鼻で笑った。広域暴力団の下っ端のヤクザなのだが、何故かわたしに対しては態度がでかい。「名前が女の子みたいなだけじゃなくて、薫さんの顔は相手をびびらせないからね。刑事になるにはハンサム過ぎるんだよ。商売を間違えたね」

「俺は顔で仕事してるわけじゃない。で、どうだった?」

「薫さんよ、あんまり俺をこき使わないでくれないかな。俺だって、いつでも自由に動けるわけじゃないんだから。勝手なことやってると、どつかれるんだよ」

「それは俺には関係ない」

「ひどいね。刑事さんの言い分とは思えねえな」

「俺は相手に合わせて喋るんだ」

「言ってくれるね」金村は決して怒らない。いつでもわたしとの会話を心底楽しんでいる様子だ。「ま、それはいいとして、三時だ。それでいいな」

「場所は」

「新世界飯店《しんせかいはんてん》。本丸に突っ込んでくれ」

「分かった」

「今回の件は高くつくぜ」

「馬鹿言うな。お前は話をつないだだけだろうが。それに今回は、俺の快気祝いだ」

「新世界飯店には美味い紹興酒《しょうこうしゅ》が置いてあるんだよな」舌なめずりしそうな声だった。「呑み過ぎると、傷口から零《こぼ》れるぜ」

「それを見世物にしたら金を取れると思うか?」

「冗談じゃない。俺だったら、そんなもの、見たくもねえよ」わざとらしく震える声で言って、金村が電話を切った。

奴には後で飯でも食わせるか……いや、もう今までに十分金を使っている。今回は快気祝いということにしておこう。金で買える情報もあるが、与え過ぎてもいけない。太った犬は獲物を追わなくなるものだから。

空腹を覚えたが、我慢することにした。新世界飯店に行くということは、食事をしなければならないということである。これから会う女性は、同席している相手がたっぷり食べないと、途端に機嫌を悪くするのだ。「食べない人間は信用できないから」というのが口癖だった。わたしは彼女との食事を密かに満漢全席と呼んでいる。

しばらく街を走り回って、馬車道で車を駐車場に預けた。用心のために薬局で胃薬を買い込み、喫茶店に入って三時までの時間を潰すことにする。頭の中を少し整理しておきたい気持ちもあった。

雑居ビルの地下にある、穴倉のように天井の低い店に入った。全国の繁華街はスターバックスとタリーズの侵食で同じ色に染め上げられつつあるが、横浜にはまだ昔ながらの喫茶店があちこちに残っている。特に馬車道辺りには、昭和の香りを漂わせる店が多い。この店もそうだった。分厚い革張りの椅子、ニスの香りが漂ってきそうなテーブル、染み付いた煙草の煙と低く流れるイージーリスニングのBGM。コーヒーを頼んでメモ帳を広げる。煙草に火を点け、煙をすかしてページを眺めた。入院している最中に思いつくまま書き留めたものだが、肝心のことには近付けず、周囲をぐるぐる回っているだけの文字列だった。肝心のこと――青井猛郎とは何者なのか。

青井が犯した三件の事件――三か月に三件――には幾つかの共通点がある。凶器が全てナイフであること、被害者が三人とも会社帰りのサラリーマンであること。背後からいきなり襲いかかって首に切り付ける手口も同じだ。正確には、切り付けるではなく突き立てる。後ろから深く斜めに突き立てて、一気に殺したのだ。犯行時刻は夜十一時台に集中している。場所は横浜市内が二件、川崎市内が一件。三件目の事件で凶器が現場に残されており、そこから指紋が割れて捜査本部は青井に辿り着いた。青井は二十二歳の時に自転車の窃盗で逮捕され、その時に指紋を記録されていたのだ。もっとも、窃盗事件では起訴猶予になり、その後は犯歴がない。些《さ》細《さい》な、警察的にはどうでもいいような事件だったのだろう。いや、検察的には、か。ちょっとした自転車泥棒を一々《いちいち》起訴していては、司法の円滑な運営は崩壊する。

青井はその後、実質的に社会から消えていた。最後に住んでいたアパートから引っ越したのは五年前。運転免許、なし。住む場所を示唆するものは何もなかった。だから指紋が割れた後も、居場所を割りだすことはできなかった。

家族はいない。生後すぐ、施設の前に捨てられているのを拾われたのだ。そこで十八歳になるまで育ち、その後はあちこちの職場を転々としていたらしい。だが、五年前に住んでいたアパートを出てからは、働いていた記録が一切ない。施設でも、そこまではフォローはしていなかった。それを「杜撰《ずさん》」と責めるべきなのか――少なくともわたしは、施設の責任を問う気にはなれなかった。誰も、人の一生を背負うことはできない。

両目を閉じて、指先でマッサージする。さらに、冷たくなったお絞りを瞼《まぶた》に当て、しばらくそのまま上を向いていた。意を決して、再びメモ帳に目を落とす。やはり単なる文字の羅列に過ぎなかった。青井がどんな男なのか、どうして犯行に至ったのか、それを窺《うかが》わせるものは何もない。冴えている時は、メモに書いた文字の中から、まったく別の何かが――例えば真実が――浮かび上がってくるものだが。

入院中、見舞いに来た柴田と交わした会話を思い出す。

「青井は、どこかでぶっちぎれたんだろうな」

「三か月で三件は異常ですよね」

「そもそも人を殺すことが異常だけどな」

「大人しく暮らしてた人間が、ある日突然切れて……」

「そもそも、大人しく暮らしてたのかね。青井は引きこもりもできないはずだぞ。家族が一緒ならともかく、一人暮らしで、しかも働いてないとなったら、どうやって食ってたのかね」

「生活保護は？」

「そういう記録はない」

「長患いして入院してたとか」

「手配済みだ。それもないようだな」

異常性だけが際立ってくる。被害者三人には何の共通点もなく、金品は奪われていなかった。となると、襲いやすい人間にとりあえずナイフを突き立てたのではないか、という推測が成り立つ。

殺すためだけに襲った。

そういう行為に至るには、大抵長く複雑な前提がある。様々な要素が熟成されて、ある日突然爆発するのだ。わたしたちの仕事とは、出来上がったワインをブドウに戻すような作業である。ブドウの色、香り、甘みや酸味をより分けてから、単なるブドウの搾り汁が高貴なワインに変化した一瞬のポイントを探すのだ。ただし、わたしたちが調べるワインは必ず腐っている。

しかし青井に関しては、そのポイントがどこにあったのか、具体的に何だったのかがまったく分からない。施設や通っていた学校、職場では、二段組みで上下二冊分の本が書けそうなほど執拗《しつよう》な聞き込みが続けられたにもかかわらず、あの男の姿は霧の中に消えている。まるで闇の中から突然出撃して人を襲ったような感じではないか。そしてその闇は、わたしたちのすぐ近くにあったのだ。


新世界飯店は中華街の西側、玄武門の近くにある。戦後すぐから続く店で、今は四階建てのビルになっていた。もっとも料理の美味さと引き換えに、清潔さや丁寧なサービスは放棄している。観光客向けではなく、地元の人間が毎日昼飯を食べに通い詰める類の店だ。しかし最上階の一番奥、衝立《ついたて》の裏側に小綺麗な別室が用意されていることを、一般の客は知らない。

彼女と会うのは、その別室が多かった。彼女——日本名は高木紀久子《たかぎきくこ》。中国名は楊貞姫《ヤン・ジエン・ジー》。この店の二代目店主で、小屋のようだった店をビルに建て替えた本人でもある。中国籍であることを特に隠してはいないが、日本人を相手にする時は日本名を使うことにしているようだ。わたしは「楊《ヤン》さん」と呼ぶ。そうすることで、二重になっている彼女のアイデンティティの内側に入り込もうとしているのだが、それは今のところ完全には成功していない。

　彼女は先に席に着いて待っていた。真っ白なテーブルクロスがかかった円卓の奥に座り、ぼんやりと煙草をくゆらせている。若く見えるが、実際は五十五歳であることをわたしは知っている。しかし、十八歳よりも三十五歳、三十五歳よりも五十歳で美しくなる類《たぐい》の人間がいるのも事実だ。肌の手入れと化粧は完璧。かっちりした仕立てのグレーのスーツに薄い赤のブラウス、それに真珠のネックレスを合わせている。わたしを認めると小さな笑みを浮かべ、細い眼鏡を取って煙草を揉み消した。足を組みかえると、ストッキングがしゅっとかすかな音を立てる。

「あなたに謁見するのは本当に大変だ。総理大臣に会う方が簡単でしょうね」座りながら文句をぶつけた。

「わたしはいつでも大歓迎だけど」

「その割には携帯電話の番号も教えてくれないですね」

「携帯は持ってないのよ」

「俺に教えてくれないだけでしょう。それに、店に電話してもつないでもらえないんですから、ひどい話だ」

「お店の電話は商売用なの。あなたが宴会を予約してくれるなら、どんどんあの番号にかけてもらっていいけど。県警の宴会なら、いつでも歓迎するわよ」新しい煙草に火を点け、面白そうに唇の端を持ち上げた。「でも、こうやって会ってるんだからいいじゃない。久しぶりね」

「ええ」

彼女が、衝立に向かって素早くうなずく。十秒後には、前菜の皿がわたしの前に並んでいた。

「食べないとご機嫌が悪くなりますか」美味そうだ。が、それは頭で分かっているだけで、食欲は刺激されない。数時間前に感じていた空腹は、いつの間にか消えてしまった。

「食べない男は腹に一物持ってるって言うのよ、中国では」

「あなた、生まれてから一度も中国に行ったことがないって、前に言ってましたよね」

「故郷のことわざを振り回したくなることもあるのよ」わたしの指摘に切り返しておいてから、すっと顔をしかめた。「怪我、まだ良くないのね」

「俺も生身の人間ですからね。腹に穴があいたんですよ……でもまあ、いただきますけどね」

医師も「中華は駄目だ」とは言っていなかったし、食べられるなら食べるべきだ。新世界飯店の料理には、リスクを負うだけの価値がある。実際、箸をつけると止まらなくなった。こっくりした味わいのピータン、香菜《シャンツァイ》を中心に複雑な薬味をあしらった鶏の蒸し物、昔ながらの縁を赤くしたチャーシュー。全体に濃い味付けだが、大根の紹興酒漬けが後口をさっぱりさせてくれる。何ということもない、ごくオーソドックスな前菜だが、猛烈に食欲が刺激された。

「食べられるじゃない」面白そうに彼女が言った。

「あなたは一度、精神分析を受けるべきですね」どこか奥の方に甘みを感じるチャーシューを飲み下しながら、わたしは指摘した。「人が食べるのを見て喜ぶなんて、どこかおかしいですよ。俺はそういうフェティシズムを知らないな」

「でも、それで困ったことはないわよ。それに、この部屋で食事をしてもらう人は限られてるの。それを忘れないでね」

「なるほど。俺は、選ばれし幸運な男ってわけですか」

「そういうこと。どう、まだ食べられそう？」

一瞬間《ま》を置いてから、腹の傷と相談して小声で申してる。

「ハーフポーションでお願いします」

次々と出てきた料理を何とかやっつけていく。が、甘みと塩気のバランスが絶妙のコーンスープをつい飲み過ぎて、そこで腹が一杯になってしまった。最後のチャーハンとデザートは拷問になるだろう。わたしが脂汗を浮かべているのを見てとったのか、彼女は料理をストップさせた。

「よく頑張ったじゃない」穏やかに言って、輝く笑みを浮かべる。大会で自己新記録を出した長距離種目の選手にコーチが向けるような表情だった。わたしがスープの碗を押しやったのを見てから、煙草に火を点けた。結局自分は、お茶も飲んでいない。

「ゆっくり馴らすつもりだったんですけど、これじゃ太っちまう」彼女に倣《なら》ってわたしも煙草を咥えた。

「あなた、少し肉をつけた方がいいわよ」

「筋肉ならついてます。あなたに見せる機会はないと思うけど」

「それは残念ね」顔を歪めるようにして、煙草の煙を横に吐きだす。「まあ、あなたの裸に興味があるような年でもないけどね、わたしは」

「まだまだお若いでしょう」

「褒めてるのか馬鹿にしてるのか、どっち？」

「量子力学みたいなものです。俺の心は常に揺れ動いてるんですよ。観察した瞬間に見えた姿が真実だ」

彼女が声を上げて笑う。互いに量子力学の本質を理解しているとは思えなかったが。まだ長い煙草を灰皿に押し付け、両肘をテーブルに載せて身を乗りだした。

「で、今日は？　退院祝いに食事を奢《おご》ってくれっていうわけじゃないわよね」

「ええ。アンテナを張って欲しいんです」

「何の？」

「青井猛郎」

「ああ」嫌そうに言って、煙草に手を伸ばす。しばらく躊躇った後、結局手を引っ込めた。「あまり聞きたくない名前ね」

「何か情報は？」

「わたしのここにはないわよ」曲げた人差し指でこめかみを叩く。

「ということは、奴は中華街の関係者じゃないってことか。あなたはこの街のことなら何でも知ってるはずですからね」

「嫌なこと言わないでよ、関係者なんて」

「失礼」

楊貞姫本人は犯罪者でも何でもないが、横浜の中国人社会に隠然とした影響力を持っているのは間違いない。当然、グレーゾーンからさらに黒い部分に立ち入った人間たちの情報も頭に入っているのだ。そういう情報を知らないと、この街では上手く立ち回れない。そういう女性に近付くためには、運と、ある程度の覚悟が必要だった。警察官としての倫理観を放棄する覚悟が。

わたしは数年前に、彼女の姪を苦境から救ったことがある。子どもがいない彼女にとっての子ども代わり、目に入れても痛くない存在だった。その娘は日本国籍を取得していて、ごく普通の高校生活を送っていたのだが、ちょっとした好奇心が高じて覚せい剤に手を出したのだった。当時わたしは加賀町署にいて、本部の薬物銃器対策課の仕事を一時手伝っていたのだが、わたしの捜査の網に引っかかってきた彼女の名前を、独断でリストから消した。叔母が楊貞姫だということを知っていたから。狙いは当たった。二人で彼女の姪の一件を話題にしたことは一度もないが、結果的に彼女は貴重なネタ元になってくれた。会うのに手間がかかることを除いては、最高の情報源の一人である。その姪は今は大学生になり、時々新世界飯店でアルバイトをしているらしい。一度見かけたことがあるが、覚せい剤に手を出すようにはとても見えない、清楚な顔立ちだった。

人は簡単に過去を切り捨てることができる。あるいは切り捨てた振りをすることが。

「関係者じゃないとしても、名前は知ってますね」

「あなたを怪我させた人間だから、わたしの頭の中では、大きなバツ印がついてるわよ。否定の、じゃなくて標的の印だけどね」

「その的《まと》に向けて、あなたが引き金を引く必要はありませんよ。それは俺の仕事だ」

「いいわ」ゴミを払い落とすように、テーブルクロスの上で右手をさっと横に動かした。「耳を澄ませておく。それでいい？」

「助かります」

「本当はすぐに答えをあげたいんだけどね。あなた、自分で決着を付けるつもりなんでしょう」

　質問に無言で答えた。立ち入るべきでない場所に乱暴に言葉を投げ込んでしまったことに気付いたのか、彼女も黙り込む。わたしは煙草を揉み消し、席を立った。楊貞姫の言葉が追いかけてくる。

「急いでるわよね」

「夜になると傷が泣くんですよ」脇腹を押さえてみせた。「よろしくお願いします」

「できる限り早く情報を入れるわ。携帯に注意しておいてね」

「あなたの携帯から電話してくれるんですか？」

「携帯は持ってないって言ったでしょう」

「今まで隠していたことは怒りませんから、教えてくれてもいいんじゃないですか」

「あなたなら、わたしが携帯を持っているかどうかぐらい、すぐに調べられるでしよう。でも調べてない。どうして？」

「謎は謎のままにしておいた方が、人生は楽しくありませんか」

「随分余裕のある人生ね」

「余裕がないからこそ、何とか生みだそうとしてるんですよ」

「そう」彼女の顔に暖かな笑みが浮かんだ。わたしの軽口は多くの場合、会話にブレーキをかけるが、稀に潤滑油になる。

衝立の方に向かいかけ、ふと思い出して振り返った。

「話は変わりますけど、海星社の社長、ご存知ですか」

「もちろん。赤澤浩輔《あかざわこうすけ》さん。なかなかいい男よね」含み笑いの後に、寂しげな表情が浮かぶ。「何度か会合で一緒になったことがあるし、うちの店を贔屓《ひいき》にしてくれてるけど……赤澤さんがどうかしたの？」

「癌なんですか」

「らしいわね。残念だわ」顔に暗い影が走り、それで病状が深刻なのだと知れた。

「彼は大人物よ。若い頃は相当苦労したらしいけど、あの会社を一代であそこまで大きくしたんだから、大したものよね。それに宝石っていう仕事は、女性から見れば夢のある商売だわ」

「随分褒めますね」

「一番のポイントはルックスかもしれないけど。昔から知ってるけど、年取ってからの方が渋みが出ていい感じになったわ」

「病状はどうなんですか」

質問を重ねると、彼女が無言で首を振る。それは正確な診断書よりもはっきりと、赤澤の病状を物語っていた。

「彼と何か接点があるの？」

「多少」

「そう」事情を全て知っているような顔でうなずく。「会社、どうするつもりかしらね。社員教育は行き届いてるようだけど、赤澤さんがいなくなったら間違いなく混乱するでしょうね。あの会社は、今は随分大きくなったけど家族的な雰囲気が残ってるから、本当は親族が引き継ぐのがいいんだけど……確か、娘さんがいたわね。高校生ぐらいの時に、うちの店に何度か来たことがあるわ。凄く可愛い子でね、宝石を扱う商売にはぴったりだと思うけど」

「彼女が？　さあ、どうかな」言いながら、奈津の顔を思い浮かべた。そう、しっかりドレスアップして華やかな宝石を身につけた姿は似合うはずだ。もしかしたら、県警の制服よりもはるかに。だがわたしは、彼女の制服姿——見たことはないが——や地味なスーツ姿の方に惹《ひ》かれる。それはおそらく、親が敷いたレールに乗らずに彼女自身が選んだ道だからだ。彼女はわたしの映し鏡でもある。

「娘さん、知ってるの？」

「そうですね……知ってると言っていいんじゃないかな」

楊貞姫が奈津のことを知らないのが不思議だった。彼女はわたしが刺されたことを知っている。ということは、当然怪我をしたもう一人の刑事の名前もどこかで目にしているはずだ。一つの事象を見る時、組み合わせるべきパーツを見逃すような女ではない。楊貞姫の顔が綻《ほころ》んだ。組み合わせた手に顎を載せ、わたしの顔をまじまじと見る。

「わたしはね、あなたの人生には足りないものがあると思ってたのよ。それは――」

「そういうことは、楊さんに心配してもらう必要はありません」

「分かってるならいいけど」

余計なことを。店を後にするまで、わたしは胃の中に硬いものを呑み込んだような気分を抱き締めていた。

第二章　反　撃

1

四時。青井が十八歳までを過ごした児童養護施設「福浦園《ふくうらえん》」を訪ねるために、わたしは海老名《えびな》に向かった。海老名――小田急とJR、相鉄本線と同じ名前の駅が三つもある割には、印象の薄い街である。一六号線の渋滞に耐え、東名高速で横浜町田から厚木へ。五時過ぎに福浦園に辿り着いた。

園長の甘粕《あまかす》は帰り支度をしているところで、突然の訪問にあからさまに迷惑そうな表情を浮かべたが、諦めは早かった。事務室の小さなソファに向かい合って座り、申し合わせたように同時に煙草に火を点《つ》ける。

「参りましたね」甘粕はすっかり白くなった髪を右手で撫《な》で付けた。鼻の毛細血管が破れ、赤くなっている。ポロシャツの生地を膨れ上がらせた腹には、成人病の因子がたっぷり詰まっていそうだった。

「お察しします」

「まさかうちにいた子が、あんなことをするとはね」

「ここにいた頃に、そういう兆候はなかったんですか」

「ないです」即座に否定した。「警察の人には何度も申し上げたんですけど、無口な子でね。いや、無口なだけですよ。必要なことしか喋《しゃべ》らないという感じで。手を煩《わずら》わせるようなことはまったくなかったですね」

「両親のことは分からないんですね」

「手がかりは何もありませんでした。七月の、梅雨が明けたばかりの暑い日に、この玄関の前に置き去りにされてたんです。もう少し発見が遅れたら、熱射病で大変なことになってたでしょうね」

「それから高校を卒業するまでここにいたんですね」

「ええ」

「最近何をしていたかは、分からないんですね」

「そういうことです。申し訳ないんですが」さほど悔いていない様子で甘粕が言った。「とにかく、ここにはたくさんの子がいますからね。高校を出て、就職なり進学する時までは面倒をみますけど、それ以上はどうしようもないんですよ。もちろん、ここを出てからも訪ねてくる律儀な子もいますけどね」

「青井は卒業してからどうしたんですか」

「厚木市内にある自動車修理工場に勤めたんですけど、長続きしませんでした。半年ほどで辞めてます」

「その後で横浜に引っ越したんですね」

「そのようですね」

「分からないんですか？」

甘粕が無念そうに頭をかいた。

「その頃から連絡もつかなくなったんです。横浜で、別の自動車修理工場で働いていたらしいんですけど」

「そうですか」打つ手なし、か。無口な子。犯罪につながる様子は一切認められなかった。わたしの疑念に気付いたのか、甘粕がすかさず弁明する。

「刑事さん――真崎さん、あの子は別に、特別な性癖を持ってたわけじゃないですからね」

「例えば？」

「だから、ほら……」指先で宙に円を描いてみせる。「よくあるでしょう、小さな子を苛《いじ》めたりとか、猫を殺したりとか。そういうことは一切なかったですからね。むしろ、自分の殻に閉じこもって、他人と交わろうとしないタイプだった」

「そういう人間が、どこで変わったんでしょうね」

「変わったんじゃなくて、本性が隠れていただけかもしれません。いや、前言を覆すわけじゃないですけどね」言い訳する甘粕の額《ひたい》には薄《うっす》らと汗が滲んでいた。自分でも何を喋っているのか分からなくなっているのかもしれない。人の心を分析することなど、誰にもできないのだ。「そういうのは、周りの人間どころか、本人も気付かないことがあるんですよ。それがある日突然、何かのきっかけで噴きだすことがある」

「そのきっかけが何だったのか、それが問題ですね。わたしが知りたいのもそれです」

「それは分かりますけど」言葉を切り、半分ほどになった煙草の火先を見詰める。「わたしこそ知りたいですね。こういう仕事をしていても、子どものことはよく分かってるなんて、口が裂けても言えないな」

「そうですか」

「それにしても、今回は参りましたよ」唇を尖《とが》らせ、髪を丁寧に撫で付ける。「マスコミの取材も凄くてね。話せることは話したんですけど、どうも向こうの意にそぐわなかったようなんですね。マスコミっていうのは、どうしてあんな風にストーリーを作りたがるんでしょうねえ」

「子どもの頃から異常だった、とか？」

「ええ。だけど、なかったことは話せないでしょう。それを無理に迫ってきてね。ノイローゼになるかと思いましたよ。ああいうもんなんですかね、マスコミは」

そういうものだろう。自分がまだ血祭りに上げられていないことにかすかな安堵を覚えた。彼らは、わたしを主役にしてどんなストーリーを考えているのだろう。


重い疲れを感じて、ひとまず家に帰った。七時半。退院する時、「疲れていなくても意識して休憩を取るように」と医師に忠告されていたので、それに従うつもりだった。しかし、一眠りしようとベッドに転がると目が冴えてしまう。思い切って飛び起き、料理をすることにした。肌寒い日が続いているのでビーフシチューだ。小分けして冷凍しておけば、何度か楽しめる。

大振りに切った牛のランプ肉をオリーブオイルで炒める。表面に焦げ目がついたところで一度取りだし、細かく刻んだタマネギを肉の脂で炒めつけた。透き通ってきたのを見計らって水と固形スープを加え、缶のドミグラスソース、それに赤ワインを大量に注ぎ込む。続いて皮を湯剝きした大きなトマトを一つ、手で潰しながら鍋に加えた。ベイリーフを二枚。肉をスープに戻し、火を弱める。しつこく浮いてくるアクをすくいながら、スープが赤味を帯びた茶色に落ち着くのを待った。十分も鍋の面倒を見ているうちにアクが出なくなり、トマトの赤も目立たなくなる。生のトマトを大量に加えるのは、わたしのオリジナルのレシピである。ソースの酸味が強くなるが、同時に深いコクが出るのだ。あとは肉が柔らかくなるまで煮てソースを漉《こ》し、野菜を加えて完成させる。

蓋《ふた》を閉じ、残った赤ワインと夕刊を持ってキッチンを離れた。煙草に火を点け、小瓶から直《じか》に赤ワインを呑んでみる。一口でやめにした。これは本格的に、体がアルコールを受け付けなくなってしまったのかもしれない。もっとも、怪我をする前から、ワインはわたしにとって料理酒に過ぎなかったのだが。呑むと必ず、二日酔いになる。

夕刊の社会面にざっと目を通す。青井の事件に関する記事はさすがに消えていた。一月《ひとつき》前の捕り物劇をピークにして、ネタが尽きたのだろう。今のところ記者連中が接触してくる気配はないから、余計なことを気にせず動き回れる。だいたい岩井は、心配し過ぎではないだろうか。普通のサツ回り記者は、平《ひら》の刑事のところまではなかなかやって来ないものだ。仮に取材に来られても、わたしの方で話す材料がない。事件の核心に触れる事実を知っているわけではないし、自分が刺された前後の状況すらはっきりと記憶にないのだから。その事実は一課の幹部連中も知っている。ということは、わたしが取材対象にならないことは記者連中にも伝わっているはずだ。とにかく、くだらないことを心配するより、わたしにはやることがある。

タネは蒔《ま》いた。まださほど時間は経っていないが、生長は早いだろう。ぼちぼち刈り取りにかかってもいい頃だ。

ところで奈津は、ビーフシチューが好きだろうか。

〈背筋に感じる。肌が粟立《あわだ》ち産毛が逆立つ感覚だ。誰かが迫っている。嗅《か》ぎ回っている。簡単なことでは俺を見つけることはできないはずだが今回は感覚が違う。今はまだいい。安全なところにいてゆっくりと牙と爪を研いでいられる。もちろんこういう小休止が長く続くはずはない。時は迫っているのだ。一月に一人。それが俺が自分に課した義務だ。しかし新たに覚えたこの感覚が自分のペースを乱すだろうということは分かっていた。今までは内なる声に従って動いていれば良かった。野性の本能が俺をあそこへ連れて行ってくれた。だがこれからは一つ一つの行動に論理的な意味合いが生じる。自分を守るため？　違う。俺は勝たなければならないのだ。自分を陥《おとし》れようとする者や狭い輪の中に押し込もうとする者に対しては徹底的に戦いを挑まなければならない。そして勝つ。ぶちのめす。手を出すべきではないと思い知らせなければならない。俺に手を出そうとすると火傷するのだ。火傷では済まない。肉が裂け骨が折れ回復不能のダメージを受けることを思い知らせなければ。人は誰でも痛みに弱い。それにどんな人間でも死ぬ。俺以外の人間は。動くべき時が来たのだろう。立ち上がり暗闇の中で目を凝らして鏡の中の自分を見た。この無様な鼻は何だ。一月前とは別の人間のようではないか。俺の顔をこんな風にした男を許すことは絶対にできない。尻ポケットからナイフを抜く。これほど見事にナイフを磨くことのできる人間は誰もいないはずだ。刃先は鋭く一振りしただけで宙に浮いた紙を真っ二つにすることもできる。しかし刃全体にはある程度厚みがあるから突き刺した時にひどいダメージを与えることができるのだ。抉《えぐ》って回転させる。そうすることで体にぽっかり穴があいて魂が出て行く。舌を出した。刃先を当ててほんの数ミリ動かす。鮮血が滲みだして半球が浮かび上がりやがて自らの重みで舌を滑り落ちる。血は美しい。自分の血でなければなお美しい。それは哲学だ。エド・ゲインを見ろ。奴にも哲学があった。逮捕さえされなければ間違いのない哲学に導かれた素晴らしい人生だっただろう。俺はあんな失敗はしない。捕まれば俺の哲学は完成しないのだ〉

ビーフシチューの煮込みに一時間かかり、火を止めた時には九時半になってい
た。これでも、ル・クルーゼの分厚い鍋を使うようになってから、調理時間は随分短縮された。以前は、長い冬の午後を丸々使って火の番をしたものである。少し冷ましてから、目分量で二人分を容器に詰める。さらにビニール袋で包み、紙の手提げ袋の底に収めた。夜になってまた雨が降りだしており、車の中は冬のように冷えている。助手席に置いた紙袋を軽く触って、ビーフシチューの温かさを確かめてから走りだす。

神奈川県は起伏に富んだ地形で、海辺からすぐに急斜面が立ち上がっているような場所も少なくない。横浜然《しか》り、横須賀然り。そして大抵、地価は上に行くほど高い。ＢＭＷは山手町に至るきつい坂道を楽々と上ったが、わたしの心は坂の下に置き去りにされたようだった。高い場所に行くのを心が拒否している。

もう十時近い。予想通り、奈津は家にいた。腕まくりしたコットンセーターにスリムなジーンズという格好で玄関先に出てくると、迷惑そうに鼻に皺《しわ》を寄せた。今までに見た中で一番キュートな鼻だった。胸元で、シンプルな銀のペンダントが揺れる。プラネットのオリジナルものかと思ったら、ティファニーのオープンハート
だった。

「今日の聞き込みはもう終わったのかな」

反応はない。腕組みをしてドアに寄りかかり、少し体を斜めにした。

「まあ、いい。あまり遅くまで無理しない方が賢明だな。少しずつ体を慣らすのがいいと思うよ」

「……何かご用ですか」

「そうそう、差し入れがあるんだ。いや、約束を守ったと言うべきかな」

不審そうに目を細め、奈津が首を傾《かし》げる。ラフな安っぽい格好をしているし、まだ笑顔さえ見せてくれないが、その仕草だけにでも百万ドル出していいと思った。しかし彼女は、わたしの差しだした紙袋を受け取ろうとはせず、怪しいものを見るような視線を注ぐだけだった。

「朝、俺の料理を食べさせたいって言っただろう。覚えてるよな？　そんなに昔の話じゃない」

不信感が顔一杯に広がり、別人のような表情になった。

「そんな顔するなよ。俺は自分の料理の才能を君に認めてもらいたいだけなんだから。ビーフシチューだ。冷凍しておけば、しばらく保《も》つ」

「そんなものを貰うわけにはいきません」

「どうして」

あまりにもストレートなわたしの質問に、奈津の口が半分開いたままになった。

「これは単なる差し入れだ。いらないんだったら持って帰るけど、断る理由は何だ？　俺のビーフシチューは美味《うま》いよ。店で出せば、そうだな、二千円は取れる。味は保証するよ」

「……いただきます」奈津が厳しい視線をわたしに注いだまま、左手を伸ばす。手が触れ合わないよう、指先に引っかけて紙袋を渡してやった。

「さて、これで用事の一つ目は終わった。これは賄賂《わいろ》なんだよ。気付いたかな？」

奈津が顔をしかめる。左手に下げた紙袋に視線を落とし、それを玄関先にぶちまけるべきではないかと思案しているようだった。

「用事の二つ目。報告を聞きたい。君が今日何をしてたか、何を摑んだのか、全部話してくれ」

車で街を流しながら話を聞くことにした。奈津には、わたしを家に入れるという考えはまったくないようだったから。M―65をモチーフにした、薄いモスグリーンのジャケットを羽織って車に乗り込む。見た目はほとんどお揃いだが、その事実は指摘せずにおいた。かすかに石鹼の香りが漂って、無骨なわたしのBMWを花園に変える。ちらりと横顔を見てから車を出した。その肌は透き通るように白い。不規則な仕事は人を疲れさせ、実年齢よりも年を重ねさせるものだが、その影響は彼女にはまだ及んでいないようだった。

「青井は完全に姿を消しています」

「結構だね。分かりやすい結論が最初にくるのは素晴らしい」

「茶化してるなら降ります」奈津が車内の空気を一瞬で凍り付かせた。

「失礼」咳払いを一つ。「死んだわけじゃないだろうな？　行く末を悲観して、丹沢《たんざわ》の山の中で首を吊ったとか」

「今のところそういう報告はありませんし、そもそも青井は自分から死ぬような人間じゃないと思います」

「君なりの人物評定を聞かせてくれ」

間髪入れず喋りだした。まったく淀《よど》みがなく、報告書を読み上げるような口調だった。

「一九七九年七月二十五日生まれ。ただしこれは、福浦園で保護された日付です。実際には、この時に生後一か月ほどだったと推測されています。保護された時の身長は五十五センチ、体重は四千百二十グラムでした。現在の身体的な特徴ですけど、身長は百七十センチ、体重は六十キロ前後と類推されます。ただしこれは二十二歳で逮捕された時のデータで、もう古いものですけどね。外見的には、極端な逆三角形の顔が特徴です。顔立ちは極めて特異で目立ちますけど、目印になるような怪我の類《たぐい》はありません」

心の中で舌を巻いた。彼女の脳内では、データがきちんと整理されている。青井の事件を直接担当していたわけでもないのに。

「随分細かく覚えてるな」

「こういうデータは忘れません」

「そうか……データは分かった。でも俺は、青井という人間が見えなくて困ってる。今日、福浦園にも行って来たんだけど、目立たない、普通の子どもだったたっていうことしか分からなかった。奴の交友関係はどうなってる？」

「五年前にアパートを引き払ってからは、働いていた形跡はありません。それまでは、金沢区にある自動車修理工場に勤めていました。そこも、逮捕されてから自分で辞表を出して辞めたそうです。友人関係のつながりも、今のところは分かっていません。施設や高校で一緒だった人たちとの付き合いもないようです」

「今は何をしてる？　よく出入りする場所は？」

「全部謎です」

「謎」ハンドルから両手を離し、肩をすくめた。「簡単に謎なんて言っちゃいけないな。警察が——俺たちが摑んでないだけだ」

「真崎さん、どうしていつもそうやって、相手の言うことに一々《いちいち》難癖をつけるんですか」非難してはいるが、奈津の声からは感情が抜けていた。

「完璧な答えじゃないから」

「常に完璧な答えを用意してる人なんていないでしょう。それに、相手に完璧を求める以上は、自分も完璧なんですよね」

「たまげたな」大袈裟《おおげさ》に目を見開き、ちらりと彼女を見やる。腿《もも》の上に置いた両手はきつく握り締められていた。「大抵の人は、俺のお喋りを愉快な話術だと思ってくれるんだけど」

「中には不快な思いをする人もいます」

「例えば君とか？」

一瞬言葉を切ってから素早くうなずく。空気がわずかに揺れ、また石鹸の香りが鼻をくすぐった。

「ええ、不愉快です」

「俺に慣れてないだけだよ。これほど愉快な男は滅多にいないぜ」

「普通、自分でそういうことを言う人ほどつまらないんですよね」

「君も人生経験が少ないんだな。たまたまそういう男に巡り会ってないだけなんじゃないか」

「巡り会いたくもありません」

車内を静寂が満たし、溝の減ったタイヤがアスファルトを引っかく音だけが聞こえてきた。思い切り飛ばせれば、もっと素敵な音が聞こえる。ＢＭＷのエンジンはドライブのＢＧＭとして最適なのだが、そのためには五千回転以上をキープしなければならない。横浜市内でそこまでエンジンを回すのは、自殺行為にも等しい。

「青井には空白の五年間がある」

「ええ」話を本筋に引き戻したためか、彼女の返事は素直だった。「二十二歳で自転車の窃盗容疑で逮捕。起訴猶予処分。二十三歳の時に住んでいたアパートが取り壊されたのでそこを出て、それから所在不明です」

「今、二十八歳か」

「間もなく二十八歳です」すかさず彼女が訂正した。「まだ誕生日は来てません……嫌な感じです」

「何が」

「自分と同じ年齢だということが」

「なるほどね。確かに、奴を同世代の代表とは思いたくないだろうな。ところで、奴が昔住んでたアパートに行ってみようかと思うんだ。近所の人たちが、青井のことを何か知っているかもしれない」

「無駄です」

「随分簡単に言うね」

「今日、わたしが行きました。もちろん、完璧な聞き込みには何日も時間がかかると思いますけど、そもそも聞き込みをする意味がありません」

「どうして」

「立ち退きさせられたのは、青井が住んでたアパートだけじゃないんです。あの辺一帯全部ですから。今の『マリンポート』です」

「そういうことか」横浜で最後と銘打って、大規模な再開発が行われた場所だ。海辺に細長く広がったボードウォークを中心に、巨大なマンションやショッピングセンターが建ち並んでいる。

「住所を見れば、当然見当はついたはずですよね」

「分かった、分かった」彼女の突っ込みに、参ったと言う代わりに両手を掲げた。一瞬コントロールを失ったBMWのヘッドライトが揺れて、左のガードレールを明るく照らしだす。慌ててハンドルに手を添え、車道の真ん中に戻した。しつこくフロントガラスに張り付く雨滴をワイパーが拭《ぬぐ》い去ったが、わたしの目は曇ったままだった。入院している間に勘が鈍ってしまったのだろうか。

「不動産屋にはもう当たりました」わたしの心に浮かんだ疑問を読むように、奈津がぴしりと言った。「青井が部屋を借りていた記録はありましたけど、その後どこに転居したかは分かりません。住民票は、壊されたアパートの住所のままです」

完璧だ。彼女にぶつける予定だった疑問を完全に潰している。

「とにかく、ここ五年の青井の足取りは消えている。それは間違いない」

「ええ」

「だけど、一人の人間が完全に姿を消すのは難しいはずだ。社会との係わりを完全に切ることはできないんだから。だいたい、どうやって生活してたんだろう。日雇いで仕事でもしてたのかな」

「寿町や山谷も当たってます。でも、そういうところへ立ち寄った形跡はありません」

「ずっと日本を離れていたとか。半年ほど前に戻って来て、急に人殺しを始めた」

「出国の記録がありません。そもそも、パスポートを取得したこともないんですよ」

「船で出た可能性は？　密出国とか」

「ないでしょうね」根拠は示さなかったが、彼女の口調は自信に溢れていた。緻密なタイプだということは、これまでの会話ではっきりしている。しかも、反論するだけの材料はわたしにはない。

「俺の想像力はこの辺で限界なんだけど、他にもっとないかな」

「わたしの仕事は、想像することじゃありませんよ」

「想像力は、刑事にとって大事な能力だ。それを裏付ける捜査をしないと、単なる妄想になっちまうけど」

「真崎さんはいつもそうやって想像してるんですか」

「推理、と言ってもらった方が響きがいいんだけどね」

「お願いですから、わたしのことは放っておいてもらえませんか」低い声だったが、ついに不満が爆発した。

「どうして」

「これは正式な仕事じゃないんですよね。だったら、こんなことをすべきじゃないと思います」

「余計なお世話だと思うかもしれないけど、俺は君にいい刑事になって欲しいんだ。せっかくこの仕事を始めたんだから、結果を出したいと思わないか」

「真崎さんがやってることは、単なる暴走です。わたしたちは、組織の中できちんとルールに従って仕事をすべきでしょう。皆が皆、好き勝手に動いていたら、まとまるものもまとまらなくなりますよ」

「お説ごもっともだね。普段だったら、俺もそうする。でも今回は違うんだ。いいか、俺も君もヘマをしたんだぜ。それは自分でリカバーしないと、どうしようもない。誰もフォローしてくれないんだから。こういう機会に足を引っ張ってやろうとする人間だっている」

「だけど、真崎さんと傷を舐《な》め合うようなことはしたくありません」

「だったらどうして、一人で聞き込みに行ったんだ」

無言。車内の空気が冷たくなった。エアコンを暖房にすると、黴《かび》臭い空気が流れだす。少しだけ窓を開けて臭気を外へ逃がした。窓の隙間から雨が吹き込み、わたしのM―65の肩に黒い斑点をつける。

「本当は、こんなことをしている場合じゃないんです」奈津がぽつりと言った。それまでの強気な口調が消えている。

「ああ」薄れていた記憶を衝《つ》かれ、わたしの心は反省の念で満たされた。

「父の面倒をみなくちゃいけません……もしかしたら、これで良かったのかもしれない」包帯に包まれた右手首を見下ろす。「仕事で失敗して、怪我して、仕事は少なくなりました。でもその分、父の世話をする時間ができましたから。大事にしたいんです。たった一人の肉親だし」

「そうだな。でも、四六時中病院に張り付いてるわけじゃないだろう」

「人のプライベートな事情に首を突っ込まないで下さい。真崎さん、明日にも死にそうな人間の看病をしたこと、ありますか？」

彼女の抗議を無言でやり過ごし、煙草を咥《くわ》えた。窓をさらに大きく開け、火を点ける。M—65の肩だけでなく、腕まで雨が吹き付けた。雨滴は頬にもかかり、冷たさが意識を尖らせる。かすかな吐き気を感じて、ほんの少し短くなっただけの煙草を指先で道路へ弾き飛ばした。

「親父さんの事情があるのは分かる。君が家族を大事にしてるのも理解できる。そういう事情を知ったから、俺は君に同情もしてる。だけど、周りの人間はそうは見てくれないんだぜ。病気の親父さんの面倒をみるために仕事が中途半端になった、そういう風に噂するんだ」

「署の人たちも事情は知ってます」

「人の好意を信じ過ぎちゃいけない。噂は低きに流れるものでね。事実を捻《ね》じ曲げて勝手な解釈を加えて、それをひっそり流す奴がどこにでもいるんだ。そういう噂を正面切って否定しても、誰も納得しない。だから、悪意を持った連中は実力で黙らせてやるしかないんだよ。青井を捕まえて奴らに差しだしてやれば、誰も君のことを悪く言わなくなる……逆に言えば、そうしないと負け犬になっちまうんだぜ」

一瞬、奈津の呼吸が荒くなった。言い返そうと、頭の中で反論をまとめようとしているのは分かる。だが、次にわたしが聞いたのは消え入るような一言だった。

「中途半端ですね、わたし」

かけてやる言葉がない。馬鹿者、と自分を責めるしかなかった。

凍り付いた状況からわたしを救いだすように、携帯が鳴りだした。ポケットから引っ張りだすと、「M」の電話番号が表示されている。おかしい。まだ店を開けるような時刻ではないのだが。

「あぁ、俺」本郷だった。

「今、『M』にいるんだな」

「そう」

「この時間じゃまだ開いてないだろう」反射的に腕時計を見た。

「無理に開けさせた。今夜は、この店にいたい気分なんでね」

「何か摑んだのか」

「とりあえず、ウォッカを奢《おご》ってもらおうかな」

「いいよ。だけど、マスターは不機嫌だろう。無理に開けさせたってことは、寝てるところを起こしちまったんじゃないか」

「マスターの機嫌と酒の味は関係ないんでね。俺はいついかなる状況でも美味く酒が呑めるんだ」電話の向こうで、本郷がくつくつと笑った。「しばらくここにいる」

電話を切り、奈津に目を向ける。目の端に溜まった涙を、人差し指でそっと拭っていた。かすかに胸が締め付けられる。お前は馬鹿か？　頭に浮かんだまま、ぽんぽんと好き勝手なことを言って、女の子を追い込んで何になる。しかも、フォローする手が思い浮かばない。

「君、酒は呑めるか」

「はい？」

「ちょっと付き合ってくれないかな。君を初めて誘う場所としては相応《ふさわ》しくないかもしれないけど、一緒に行きたい店があるんだ」

「まさか、デートの誘いじゃないですよね。今までの話の流れじゃ、それはあり得ないでしょう」

重々しく首を振った。

「残念ながらデートじゃないんだ。それはまたの機会に取っておくよ。ところで君、ブラッド・スウェット・アンド・ティアーズとか好きか？」

「何ですか、それ」

カセットテープを押し込む。ブラッド・スウェット・アンド・ティアーズはないが、代わりにシカゴの「長い夜」が流れ始めた。「M」に行くなら、彼女の耳をクラシック・ロックに馴らしておかないと。

「そもそも店なんですか、この店」奈津が警戒感を露《あらわ》にしてビルを見やった。「そもそも店なんですか？　看板も上がってないし」

「夜中しかやってないバアなんだ。ところで君、未成年じゃなかったよな」

「冗談やめて下さい。心配なら、免許証でも見ますか？」

「いや、結構。何か言われたら、俺のポケットに隠れてればいい」M―65のポケットを二度叩いてみせたが、彼女はそっぽを向いてしまった。

本来店を開けている時間帯ではないので、客は他に一人もいなかった。本郷さえも。騙《だま》されたかと思ったが、松田が不機嫌な声で「今、トイレだ」と告げたので、奥の席に陣取って待つことにする。今夜はBGMがない。奈津が居心地悪そうに、椅子の上で身を捩《よじ》った。

「何か呑むか？」

「仕事じゃないんですか」むっとした口調で聞き返す。

「酒が入らないとできない仕事もあるよ」

「だったら帰ります」立ち上がりかけたのを、腕を摑んで引き戻す。手の中に、彼女のしなやかな筋肉をはっきりと感じた。

「刑事の仕事は何でもありだぜ」

「そうでしょうか」

「そうだよ。汚いところを避けて通るわけにはいかない」

「そういうのは、刑事の倫理に反してるんじゃないですか」

「倫理だけで仕事してるわけじゃないからね」

「それは変です。倫理は全ての基本です」

「おいおい」

発展し始めた言い合いは、トイレから本郷が戻って来たことで瞬時に萎《しぼ》んだ。わたしの横に座った奈津が、彼を見て身を固くするのが分かった。それは仕方がない。本郷が、初対面の人間をぎょっとさせる容貌の持ち主であることは間違いないのだから。

「おや、珍しい。今日は二人なんだ」面白そうに言いながら、本郷が表情を緩めた。眉がないので、風船が歪んだように見える。

「これが普通だよ。聞き込みは二人でやるのが基本なんだ」

「この人も刑事さんなのか？」奈津に向けて顎をしゃくる。その目には、露骨に好色な色が浮かんでいた。横柄な仕草に、彼女の表情が凍り付く。「そうは見えないけど」

「実はモデルなんだ。アルバイトで刑事をやってる」

「モデルにしては背が低いかな」本郷が自分の頭の上で掌をひらひらさせた。「それに、ちょいと可愛過ぎるんじゃないか？　服が顔に負けちまうよ。モデルの仕事っていうのは、自分じゃなくて服を良く見せることだろう」

「わたしはモデルじゃありません」あまりにも強い奈津の否定が、その場の空気を凍り付かせた。タイミングよく、松田がフリーの「ヘビー・ロード」をかける。店内の空気が淀み、時の流れが緩やかになった。

「今夜は早く話をした方が良さそうだね」咳払いをしてから本郷が切りだした。

「そうしてくれ。彼女は明日も早いんだ。だらだらしてる暇はない」

「よし」煙草を取りだし、火を点ける。紫煙が彼の顔をぼんやりと曇らせた。「予《あらかじ》め言っておくけど、それほどはっきりしない情報だからな。だけどあんた、早く聞きたがってただろう」

「はっきりしてなくてもいい。肉付けは俺が自分でやるよ」

「固有名詞が出てこないんだ」

「だったら、本当の話かどうか分からないじゃないか」肩をすくめる。

「いや、俺は信憑《しんぴょう》性が高いと思うけどね。複数の筋から聞いたから。それも、全然関係ない複数の筋からだ」指先で煙草を転がす。「この話の主人公を仮にAとしようか」

「アルファベットだけで足りるのか？」

「Bまでで十分だ」本郷が指を二本立ててVサインを作った。「このAって奴がBを恐喝してる。何でも昔の話を蒸し返して、金を脅し取ろうとしてるらしいんだけどね。Bっていうのは、それなりに名前を知られた人間らしいぜ。会社絡みって噂もある」

「そいつが青井と何の関係があるんだ」時々、本郷には苛々《いらいら》させられる。必要以上に話を引き伸ばして、劇的な展開を狙うきらいがあるのだ。ほとんどの場合、それは冗長な無駄話に終わる。だいたい、他人の長話は嫌うのに自分はお喋りというのは、身勝手過ぎる。

「このAって野郎が、青井の知り合いらしいんだ」

「どうしてそれが分かる」喉元まで込み上げてきた興奮を抑え付けながら、できるだけ静かに訊《たず》ねた。

「そこのところは、あまり突っ込まれると困る。ただ、複数の情報筋が、Aが青井のことを話してるのを聞いてるんだ。いかにも知り合いみたいな話し方だったらし

みるよ」

「残念ながら。この辺の人間じゃないのかもしれない。まあ、もうちょっと調べて
い」

「そこまで分かってて、Aが何者か分からないのか」

「青井には知り合いなんかいないと思ってたよ」

「人は誰でも、一人では生きていけないもんだ」本郷が訳知り顔でうなずく。

「それにしても、あまりにもアバウトだな」疑義を呈してから腕組みをして、本郷の顔を見やる。上目遣いにわたしを眺める目つきは、爬虫類《はちゅう》のそれを思わせた。ガラス球のような、冷え冷えとした眼球。

「当然あんたは、もっとはっきりした情報が欲しいんだよな。あるいは、これよりいい筋があると思ってる」探りを入れるように本郷が言った。「だけど今は、この線を追うのがいいんじゃないか。あんたがお望みなら、このまま続けてもいい」

「頼む」上着のポケットから札を何枚か引っ張りだし、テーブルの下で渡す。本郷が小さくうなずきながら受け取った。

「こっちから連絡する」

「待ってるよ」

言い残して立ち上がり、カウンターの向こうでむっとした表情を浮かべている松

田に挨拶する。

「悪かったね、マスター」

「悪いも何も、あんたら、最低の客だね」松田が口髭《くちひげ》を乱暴に擦《こす》った。「勝手に店の開店時間を変えちまうわ、何の注文もしないわ。俺だって、この店で商売して飯を食ってるんですがね」

「何かの機会にお返しするよ」

「せいぜい長生きして、たっぷり返して欲しいな」

皮肉を背中に浴びながら店を出る。車に乗り込むと、奈津が大きく溜息をついた。先ほどよりも強くなった雨の中を走りだすと、厳しい声で詰問し始める。

「あの男にお金を渡しましたよね」

「ああ」

「どこから出たお金なんですか」

「君が気にする必要はない」

「情報提供者にお金を払うのは、仕方ないと思います。でも真崎さんは今、仕事を休んでるでしょう。あのお金、自腹じゃないんですか」

「君が気にする必要はない」少し強い口調で繰り返した。「あれぐらいの金、何でもない」

「自腹で情報提供者にお金を渡すなんて、筋違いです」

自腹ではない。同僚たちのポケットから出た金なのだが、強く言われて、少しばかりからかいたい気分になっていた。

「なるほど。そうやって金を使わないようにすると、君の親父さんみたいに金持ちになれるわけか」

「父のことをそんな風に言わないで下さい」奈津の声が低くなる。本気なのだ、ということはすぐに分かった。まだ、彼女とわたしの間にある線は見えていない。自分のヘマを認め、即座に謝罪する。

「ああ——悪かった」

「真崎さんも、家族のことを悪く言われたら頭にくるでしょう」

「俺?」窓に肘をつき、彼女から少し距離を置いた。「俺の家族の悪口なら、いくら言ってもらってもいいよ。言われるほど気分が良くなる」

「怒ってるんですか」奈津の眉の間がわずかに狭まった。

「いや、本音。ただし、兄貴の悪口だけはやめてくれ——悪口を言おうにも、もう死んじまってるからね」

明け方の電話は、決まって事件の発生を告げるものだ。気持ちの半分は奮い立ち、半分は諦めを感じる。満足に取れなかった睡眠時間。これから続く、長い捜査の日々。巡り合わせに過ぎないのだが、不思議なことに昼食を終えた直後の元気な時刻に出撃を命じられたことは一度もない。

それにしても、この電話は何だ。わたしは休職中なのだから、事件で呼び出しがかかることはない。本郷か矢口、あるいは楊貞姫が何か情報を摑んだのか。誰にしても、こんな時刻に電話してくるということは只事《ただごと》ではない。

「薫、事件だ」声の主は、予想にまったく入っていなかった柴田だった。

「柴田さん、俺は一応休職中なんですけどね」ぼやきを零《こぼ》しながら、ベッドから抜けだした。柴田がそんなことを忘れるわけはない。ということは、一大事なのだ。

「お前、矢口を知ってるよな」

「ええ」一気に目が覚める。「やっさん、どうかしたんですか」

「殺された」柴田の声は冷たく凍り付いていた。「俺も叩き起こされたんだ」

「現場は」声が震えるのを意識する。

「日の出川公園」

頭の中で素早く地図を広げる。市営地下鉄の伊勢佐木長者町駅のすぐ近くだ。

「伊勢佐木署の隣みたいなものじゃないですか。すぐ行きますよ」壁の時計に目をやる。デジタル表示の左端の「4」がちょうど「5」に変わった。

「駄目だ。お前は来るな」

「ちょっと待って下さいよ」脱ぎ捨ててあったジーンズに脚を通す。ひんやりとした感触が意識を尖らせた。「じゃあ、何で電話してきたんですか」

「ニュースで知ったんじゃ、たまらんだろうが。これはサービスだ」

「それは、ありがとうございます」わざと硬い声で礼を言って、クローゼットを引っかき回す。クリーニングから戻ってきた白いボタンダウンのシャツを取りだし、ビニール袋を破り捨てた。「やっさんは俺のネタ元ですよ。死んだなんて——」

「奴だ」

短い柴田の台詞《せりふ》がわたしの動きを止めた。

「青井？」

「ナイフで後ろから首を一突きだ。間違いない、奴の手口だよ」

「まだそう決まったわけじゃないでしょう。模倣犯かもしれない。ナイフは珍しい凶器じゃないし、殺そうと思ったら首を狙うのは普通ですよ」

「いや、青井だな」柴田の声は冷静だった。「あの殺し方は青井だ。後ろから首をぐさり、だぜ……いいか、現場には絶対に来るなよ。後で俺が必ず情報を入れてやる。それまで大人しく待ってろ」

一方的に電話が切れた。嫌な予感がする。矢口は、わたしに連絡しようとしなかったのだろうか？　慌てて着信履歴を確認する。「公衆電話」となっている着信が一件あった。時刻は……ちょうど「M」で本郷と会っていた頃だ。手が震えだす。留守番電話のメッセージははるか遠くから聞こえてきた。

「……薫さんかい？　矢口だよ。例の件でいい情報があるんだ。話をしたいんだけど、会った方がいいと思うんだ。どうしようか……十分ぐらいしたら、また電話するよ」

着信はその一回きりだった。矢口はそれから電話するのを忘れていたのか、あるいは電話できない状況に追い込まれていたのかもしれない。掌をジーンズの腿にこすり付けて、浮き上がった汗を拭う。この電話に気付いてさえいれば。矢口を死なせることはなかったのではないか。

シャツを床に叩き付けた。見えないナイフを突き立てられたように、脇腹の傷がずきずきと痛む。荒く息を吐きながら、頭の中に次々と湧き上がる疑念を拾い上げた。その中でもっとも大きなものは、「何故《なぜ》矢口が殺されたのか」ということである。柴田によれば、これは青井の犯行だ。確かにこれまでの事件を考えれば、青井が通り魔的に矢口を襲った可能性は捨て切れない。

同時に、青井が明確な意志を持って矢口を襲った可能性が浮上する。

近付く奴は殺せ。

意識してかせずにか、矢口は青井に近付き過ぎてしまったのかもしれない。その結果、青井が逆襲に転じた。もしもそうなら、事件はこれまでとまったく違う様相を見せ始めたことになる。青井は警察に挑戦状を叩き付けたのだ。

伊勢佐木署に着いた時には、雨は上がっていた。刑事課の顔見知りに電話しておいたので、誰にも咎《とが》められることなく、駐車場に安置された矢口の遺体まで辿り着くことができた。

柴田がいた。彼の忠告を無視したわたしを認めると顔をしかめたが、一歩引いて矢口とわたしを対面させた。

一昨日会った時と同じナイロンのジャケットを着ていたが、肩から胸にかけてがどす黒く血に染まっている。顔面は蒼白で、髪は乱れていた。顔が濡れているのは、夕べの雨のせいか。傷口は喉を半周するほど大きなもので、襲われてから絶命するまでさほど時間がかからなかったことは容易に想像できる。長く伸ばした髪の先が、ポマードでもつけたように血で固まっていた。目を閉じ、手を合わせた後、ジーンズのポケットに手を突っ込んだまま矢口の顔を凝視する。苦痛で歪んだまま固まっていた。苦悶の叫びを上げる直前のように、口が半開きになっている。

「ちょっと出ようか」柴田に肩を叩かれ、我に返る。心臓が激しく胸郭を叩き、首筋に汗が浮きだすのを感じた。喉の奥から苦いものが込み上げ、息をするのも苦しくなる。シャッターが下りていたので、血の臭いがうっすらと充満していたことに気付いた。

外に出ると、湿った空気が鬱陶《うっとう》しく体にまとわりついた。煙草に火を点け、深く吸い込む。かすかな吐き気が込み上げてきた。

「割ってみるまでもないだろうな」

「そうでしょうね」柴田の言葉にぶっきらぼうに応じながら目を瞑《つむ》る。矢口の蒼白い死に顔が脳裏に浮かんだ。確かに死因については、解剖する必要もないだろう。

「十分ぐらいしたら」という彼の留守番電話を思い出す。わたしに電話をかけ直すまでの十分間の犯行だったのか。

「公園に公衆電話はありますか」

「さあ、どうかな。俺は見てないけど、電話ぐらいあるんじゃないか」

「それを調べて下さい。やっさんが夕べ使ってるかもしれない」

「どうしてそんなことが分かる」柴田の目が糸のように細くなった。

「やっさんは夕べ、公衆電話から俺に電話してきたんですよ。襲われたのは、その直後じゃないかと思う」

「どういうことだ」

「分かりません」

「矢口はお前の情報屋だよな」柴田の声が詰問口調になり、煙草のフィルターが指の間で潰れる。「最近会ったのはいつだ」

「しばらく会ってません。俺は入院してたんですよ」

「何を隠してる」質問ではなく断言口調だった。

「まさか」笑ってやろうとしたが、頬が引き攣《つ》ってしまう。「何で俺が柴田さんに隠し事しなくちゃいけないんですか。それよりこの事件、どうするんですか」

「初動はうちの班でやってる。ただ、その後は時さんの班が引き継ぐんじゃないかな」

「やっぱり青井ですか」

「はっきりした物証が出れば、決定的だけどな」

柴田の携帯が鳴りだした。わたしに顔を背けて話しだす。

「ああ、俺だ。ブツが出た？ ナイフ……そいつが凶器に間違いないんだな？」しばらく無言が続く。柴田の耳が赤くなり、首筋が引き攣るように動いた。「分かった。とりあえず、そっちに行く」

「現場ですか」

「お前は駄目だ」

「しかし――」

「大人しくしてろよ。後で必ず電話するから」煙草をペンキ缶に投げ入れると、柴田は大股《おおまた》で去って行った。取り残されたわたしは、しばらく自分の煙草の先を見詰めていたが、すぐに彼に倣《なら》って煙草を捨てた。

勤勉な刑事にとって、現場は何より大切なものだ。だが、そこへ行かなくても何とかするのが優秀な刑事ではないだろうか。

昼まで大人しくしていることにした。現場の混乱が収束するのに数時間はかかる。見つかったという凶器のことは気になったが、それはどこかで確認できるだろう。どこで時間を潰すか……伊勢佐木長者町の駅に向かって歩き始めた途端、携帯が鳴りだす。驚いたことに「新世界飯店」の番号が表示されていた。

「楊《ヤン》さん」

「あら、分かった？」

「今日は記念すべき日になりましたよ。あなたの方から電話がかかってきたのは初めてじゃないかな」

「そうだったかしら」

「記憶力には自信があります」

「ちょっとね、耳に入れておきたいことがあるのよ」

言葉を切り、覚悟を決めた。急に事態が血なまぐさくなってきたことを強く意識する。彼女も同じようだった。今朝はいつになく緊張している。普段はどっしり構えて、何事にも動じない女なのだが。そういえば、薄い笑み以外の表情を見たことはほとんどない。

「今朝、日の出川公園で事件があったの、知ってる?」

「今、その近くにいますよ。叩きだされましたけどね」

「そう」軽口に乗ってくる気配もない。「知ってるならいいけど。あなた、刑事だから知ってても当たり前ね」

「青井のことですか」

「もう、そういう噂が流れてるわよ」それはあくまで噂だろう。出所も警察関係者のはずである。だが、わざわざ知らせてくれた彼女の行為を無にすることはできなかった。

「殺されたのは俺の知り合いなんですよ」

「あら、それは……」頼りなく溶けた言葉は「ご愁傷様」だろう。「あなたの情報源?」

「まあ、そういうことです」

「今回の件について、何か情報を買ってたの？」

「買ってません。快気祝いで無料でした」

「そう……とにかく、あなたも背中に気をつけないといけないみたいね」顔は見えないが、どんな表情を浮かべているかは簡単に想像がついた。

「前も満足に見えない男が背中を用心するのは不可能ですよ」

「あなた、逮捕術の達人なんでしょう」

「逮捕術には、達人という言葉は似合わないんですけどね。武道じゃないんだから」

「とにかく気をつけるのよ。青井があなたの情報源を殺したということは……」

「ご忠告、ありがとうございます」心配そうな彼女の声を途中で断ち切る。

「何か分かったら知らせるわ」

「楊さんこそ気をつけて下さいよ」

「どうして」

「これは、ゲリラ戦になるかもしれないから」

「ゲリラ戦？」

「そう。兵隊を揃えて正面から突破しようとしても、向こうは足元に隠れて毒ガスを使うかもしれない。それに……」

「分かってるわよ」彼女の声に落ち着きが戻っていた。「わたしはゲリラ戦にも強いのよ。警察は軍隊みたいな戦い方しかできないかもしれないけど、私は違う。でも、ありがとう。誰かに心配してもらうなんて久しぶりだわ」

「誰でも、人に心配してもらう権利はありますよ」

家に帰り着く直前、また電話が鳴った。鍵と携帯を同時に取りだし、ドアを開けながら電話に出る。

奈津だった。慌ててドアを閉め、しっかり鍵をかけてから話しだす。わずかに胸が高鳴るのを感じた。そんな場合ではないと分かっていても、気持ちが理性に逆らう。

「やあ」

「真崎さん、日の出川公園の一件は聞きましたか」

「聞いた。夜明け前にわざわざ電話してくれた人がいてね。お陰で寝不足だよ」

「被害者って……」

「その人のことは、君にはまだ話してないはずだよな」ブーツの紐を外す。屈《かが》み込まざるを得ないので、声がくぐもった。「どうして分かった」

「真崎さんの情報源だっていう噂が広まってます」

「だから警察は嫌いなんだ」ブーツを蹴り脱ぎ、部屋に入る。すぐにキッチンに向かい、コーヒーメーカーを準備した。「噂ばかり好きな奴が多くてね。一番情報が漏れやすい組織だよ」

「わたしは違います」

「もちろん、君は違う」

かすかな違和感を感じていた。そもそも夕べまでの雰囲気だと、彼女の方から電話してくるような気配は感じられなかった。それなのに今は、わたしを心配している口調ではないか。

「真崎さんは大丈夫なんですか」

「今のところ、異常なし」

「今朝の被害者、今回の件に……」

「ちょっと待て」コーヒーメーカーに水を注ぎ、スイッチを入れる。「電話で話して大丈夫なのか」

「今は署の外です」

「それならいい。盗み聞きされてるかもしれないからな」

「そんなことより、本当に大丈夫なんですか。今回の事件、青井に関係があるんじゃないんですか」

「否定しない。肯定もしないけど」矢口の顔がまた脳裏に浮かぶ。素っ気ない口調で話題にしてしまったことを心の中で詫びた。やっさん、俺はあんたの人生まで背負ってしまった。これから死ぬまで、忘れることはないだろう。「俺たちも、背中に気をつけておいた方がいいかもしれないな」

「わたしは前も満足に見えてませんよ」

先ほど楊貞姫と交わした会話の再現だ。思わず笑いが漏れる。奈津がむっとした声で訊ねた。

「何ですか」

「いや、何でもない」

「何でもないなら笑わないで下さい」突き放すような冷たい声。夕べまでの奈津が戻ってきたが、それも一瞬のことだった。「気をつけて下さい。うちの署は直接関係ないけど、皆ぴりぴりしてます」

「君は感電しないように気をつけてくれ。それはいいけど、どうしてわざわざ電話してきてくれたんだ」

「それは……」彼女の戸惑いが電話の向こうから伝わってきた。「お礼です」

「お礼?」

「今朝、ビーフシチューをいただきました。驚きました」

「俺の天才的な料理の腕に対して？」

「そう言うつもりだったんですけど、先回りされたんでやめます」

「素直じゃないね」

「よく言われます」

「あのビーフシチューだけで俺の料理の腕を判断してもらっても困るけどね。あれは氷山の一角に過ぎないんだよ」コーヒーが出来上がった。カップに注ぎ、立ったまま一口啜《すす》る。コクがない。これから、時間がある時はやはりネルでドリップするようにしよう。

「わたしにできることはありますか」

「何だって？」

「今、お手伝いできることはありますか」

驚きをコーヒーで飲み下した。この変わりようは何だ？　一晩で何が起こったのだろう。心境の変化と言うのは簡単だが、あまりにも急過ぎる。いや、人の気持ちなど一瞬で変わるものかもしれない。

「いや、今は情報待ちで特にすることがないんだ。君もできるだけ耳を澄ませておいて欲しい」

「分かりました。何でもやりますから、どんどん言って下さい」

「そう言ってくれるのはありがたいんだけど」右手でカップをきつく握る。熱が掌を暖め、体の芯に潜んだ眠気と疲労が抜けていくようだった。「俺の手伝いをするなんて考えじゃ駄目だ。君も刑事なんだから、自分で考えて行動しないと。この舞台の主役は君なんだぜ」

「どうして素直に『ありがとう』って言えないんですか」

「育ちが悪いせいだと思う」

「そんなこと、言わないで下さい」全てを知った上でわたしを諌《いさ》めるような台詞に聞こえた。どうしてだ？　別に秘密にしているわけではないから、誰かに訊ねればわたしの家族の事情を知ることはできるだろう。それにしても、彼女が急にわたしの人生に興味を持ち始めた理由が想像できなかった。

「俺の何を知ってるんだ」

「すみません、ちょっと戻らないと」

「おい――」彼女は去って行った。電話で話しただけなのに、何故かわたしの鼻先をラベンダーの清い香りが通り過ぎて行くように感じた。

電話をポケットに突っ込み、コーヒーにミルクを加える。にやけた口元に運ぼうとした途端、インタフォンが鳴った。それには応えずに、覗き穴に顔を押し付ける。向こうも顔をドアに近付けていて、魚眼レンズの中で巨大な鼻が広がっていた。地味なグレーのスーツに赤いレジメンタルタイ。眼鏡は冗談のように大きな黒縁だった。鼻の下には髭の剃《そ》り残しが目立つ。インタフォンを取った。

「はい」

「真崎さんですね、真崎薫さん」

「そうですけど」

「わたくし、弁護士の安東《あんどう》と申します。折り入ってお話がありまして。お約束なしで申し訳ありませんが」

弁護士？　わたしは急に人気者になってしまったようだ。

3

安東の顔と名刺を交互に見比べた。安東博康《ひろやす》、所属は横浜中央法律事務所。確か、会社関係の業務が多い事務所のはずだ。ということは、わたしとの接点は限りなくゼロに近い。

わたしたちは近くのファミリーレストランに足を運び、高さ三十センチはあろうかというパフェを間に挟んで座っていた。うずたかく盛られた生クリームの天辺《てっぺん》からは、小さなショートケーキが落ちかかっている。メニューをちらりと見て、カロリー表示の先頭の数字が「6」だということは分かった。これだけで一食分。安東は四十歳ぐらいに見えるが、成人病の心配は頭にないようだ。嬉々《きき》としてパフェを攻略している姿に似合わず、体も硬く引き締まっている。元々百八十センチあったのを、無理矢理十五センチほど縮めた感じで、その際、逃げ場のない肉が圧縮されて密度の高い肉体を作ったようだった。

「あなた、フッカーですね」

「はい?」唇に白いクリームをつけたまま、安東が顔を上げた。丸い顔を見た限り、鋭さや緻密さとは縁遠い印象である。

「高校時代ラグビーをやっていて、ポジションはフッカー。違いますか」

「フッカーって何ですか」

とぼけている気配はない。わたしの人間観察力が衰えたのだろう。入院などするものではない。

パフェを半分ほど片付けてから、安東がようやく用件に入った。紙ナプキンで唇を拭い、コーヒーを一口。顔をしかめて砂糖を加え、また一口飲んで納得したようにうなずいた。

「突然ですが、あなたに引き合わせたい人がいます」

「随分急ですね。前置きなしですか」

「迅速、即決がわたしのモットーでして。忙しい世の中ですからね。無駄話で時間を潰すのは馬鹿らしいと思いませんか?」にやりと笑い、紙ナプキンを丁寧に畳んでソーサーの脇に置いた。「あなたは今、休職中ですよね。公務で負った怪我が治り切っていない」

「俺のことを嗅ぎ回ってるんですか」

「滅相《めっそう》もない」顔の前で勢いよく手を振った。「お暇なのを確認しただけですよ」

「暇じゃないですよ。これでもいろいろ忙しいんですけどね」料理を作ったりとか、奈津のことを考えたりとか。

「ええ、ええ、そうでしょう。お忙しいですよね」安東が勢いよくうなずく。「お時間は取らせません。一時間……いや、三十分で結構です。さっそくですが、今日の午後はいかがですか」

「今日は忙しいな」腕時計を見て、わざとらしく顔をしかめてやった。

「どこかに押し込んでいただくわけにはいきませんか。いや、予定が分からないなら、これを優先していただくわけには?」

「緊急度によりますね。無理に時間を割いてでも会わなくちゃいけないような人なんですか」

「ええ、まあ、そうですね。そうだと思います」口調がいきなりあやふやになった。

「はっきりしませんね」腕組みをして目を細める。「誰なんですか」

「ええ……そこまで話す権限は委任されていないんです」

「ちょっと待って下さい」両手を広げてテーブルの上に置く。「用件は言えない、誰に会うのかも話せない、とにかく時間を取ってくれなんていうメッセージは聞いたこともありませんよ」

「しかし、そういうことなんです」

「あなた、本当に弁護士なんですか。ただの使いっ走りじゃないっていう証拠はありますか？　名刺一枚じゃ、信用できないな」

「番号案内でうちの事務所の電話番号を調べて、確認してもらってもいいですよ。とにかく、弁護士にはこういう仕事もあるんです。悪徳商法の被害者を助けたり、矯正不可能な人殺しの弁護をするだけじゃありませんからね。会社関係の方とお付き合いしてると、時にはこういう雑巾がけをしなくちゃいけないこともある」すらすら喋ってから下唇を突きだした。

「で、相手は誰なんですか」あやふやな言い分を聞き続けるつもりはなかった。「それが分からない限り、会うつもりはありません。そんなメッセージを持って帰ると、あなたも尻を蹴り上げられるかもしれませんよ。それが嫌なら、もう少しはっきり話したらどうですか」

「仕方ないな。この場で名前が出たことにはしないで下さいね」

「いいですよ」隠す理由が分からない。どうせ会えば分かることなのに。

「赤澤浩輔さん。ご存知ですね」質問ではなく確認だった。探るようにわたしを見たので、内心の驚きが顔に出ないようにするのに苦労した。

「もちろん知ってますよ。横浜に住んでて知らない人間がいますか？」

「それは良かった。赤澤さんがあなたにお会いしたいとおっしゃってます」

「どうして？　わたしは、海星社の社長だから名前を知ってるだけですよ。別に知り合いじゃない」間の抜けた想像が頭の中を駆け巡った。君はわたしの娘を危ない目に遭わせた上に、また妙なことに引っ張り込もうとしてるそうじゃないか。どういうつもりなんだ。ふざけたことをしてるなら、上に話を通してもいいんだぞ。

「どうぞ、ご心配なく」わたしの心中を察したように、安東が素早く言い添えた。

「ご心配なく？　そんな風に言うぐらいなら、本当は用件が分かってるんですね」

「いや、知りません」

「いい加減にして下さい。いきなり呼び付けられて文句を言われるようじゃたまりませんね」

「赤澤さんは、あなたを怒鳴り付けたりはしませんよ。もう、そういうことは卒業したんです。それに、そもそも体力的に無理でしょう」

「病気なんですよね。そういう風に聞いてますが……」

「ええ。入院も長くなっています」ここだけの話だ、と打ち明けるように声を潜める。何か気に食わない。赤澤が癌だと知っている人間——柴田、楊貞姫、安東。いくら有名人だからといって、多過ぎる。

「俺は、手を翳《かざ》すだけで癌を治すような能力は持ってませんよ」癌、と言ってしまったことで後悔の念が頭を駆け抜けた。人の病気について平然と話す、優しさのない人間たち。自分もその列に連なってしまったことを意識する。

「もちろん、社長はそんなことを期待しているわけじゃありません。合理的な人ですからね。西洋医学しか信じてませんよ」

「なるほど。だったら用件は何なんですか」話を本筋に引き戻した。

「それは、お会いしてから直接社長が話すと思います。実は、わたしもそこまでは聞いてないんですよ」

「そんないい加減な話で時間を潰すわけにはいかないな」ぶっきらぼうに言い放ってしまってから、ふっと口をつぐんだ。いい加減な話——確かにそうかもしれない。だが、わたしと赤澤にはたった一つ接点がある。奈津。いいだろう。奈津の父親がどんな人間か、見ておく価値はある。「娘に手を出すな」と怒鳴られようが、それはそれで面白いではないか。先払いで怒られておくのもいいかもしれない。

「何時頃がいいんですか」

渋い表情が浮かんでいた安東の顔にぱっと花が咲いた。

「それは、真崎さんのご都合のいい時間で結構ですよ。それぐらいは合わせられます」クオバディスの手帳を広げ、モンブランのキャップを取って構えた。

「万年筆は、弁護士には似合いませんね」

「どうしてですか」

「速記に向かないから」

「そういうことは、別の人間がやるんですよ」安東がにやりと笑った。「人と面談しながらきちんとメモを取るなんて、不可能ですからね」

「今はメモを取る必要はありませんよ。今日の午後、わたしの方からあなたに連絡します。昼を過ぎれば、ある程度予定が分かりますから」

「そうですか」安東が素直に手帳を閉じた。「では、お待ちしております。わたしの携帯はいつでも通じますから」

「法廷では切ってるんじゃないんですか」

安東が低い声を漏らして笑う。

「裁判なんてのは、それこそ時間の無駄遣いですよ。優秀な弁護士は、法廷まで持っていかずに話をまとめるものでしてね。その方が、皆が幸せになれる」

そう言われても、彼が優秀な弁護士だと信じることはできなかった。特に、パフェを引き寄せて、溶けかけたアイスクリームを嬉しそうにスプーンですくっている姿を見ながらでは。

窓の外に目を転じた。また雨が降りだしており、細い筋がガラスに付着している。駐車場のアスファルトにはあちこちに水溜りができ、車が出入りする度に派手な水飛沫《しぶき》が上がった。奈津に電話して聞いてみるか。何が起きているのか、彼女なら知っているかもしれない。いや、やはりよそう。予備知識なしで誰かとぶつかるのも面白いものだ。新しい、意外な出会いこそが生きる楽しみでもある。たとえそれが、衝突の呼び水になるとしても。人生はロックコンサートである。中盤の、アドリブの効いたギターソロなくして、どうして盛り上がれるか。

昼過ぎ、柴田に連絡を入れてみたのだが、ひどくぶっきらぼうな口調で邪魔者扱いされてしまった。しかも、「連絡が取れるようにしておけよ」という台詞でわたしを牽制してきた。今回の件では、わたしが何か隠していると決めてかかっている。それは事実だが、矢口に情報収集を頼んだことを告げるつもりはなかった。そんなことをすれば、同じ班の仲間から絞り上げられることになってしまうから。それを耐え抜く自信はあったが、時間を無駄にされるのは我慢できない。電話を切る間際になって、凶器のナイフが現場に放置されていたことをようやく確認できた。放置。正確な言葉ではない。ナイフはきっちりとビニール袋に包まれ、遺体の近くの植え込みの側《そば》に置いてあったのだ。見つけて下さいと言わんばかりに。

青井はやはり警察を挑発している。一課がこの件をどう見ているか知りたかったが、柴田に訊ねることはできない。強固なはずだったわたしたちの師弟関係は、微妙に崩壊しつつある。

まあ、いい。分からないままになっている要素はそのうち埋められるだろう。今、矢口のためにできることもない。赤澤との面会を妨げる要素はなくなった。

赤澤が入院している病院は、ＪＲ横浜駅の近くだった。ここなら奈津も毎日顔を出せるだろう。病院に着いたのは午後二時過ぎ。誰にも行き方を訊《き》かず、安東に教えられた病室を目指す。この病院は救急指定で、横浜市内で事件や事故が起きた時に被害者が運び込まれることも多い。わたしも何度となく足を運んだことがあったから、内部の構造はだいたい分かっている。

面会時間が始まったばかりで病院はごった返していたが、赤澤の病室があるフロアは静かだった。個室ばかりが並んでおり、病院というよりもホテルの雰囲気が漂っている。殺伐とした緊急治療室で「誰にやられた」と被害者を問い詰めるのに比べれば、雲泥の差だった。

名札を確認し、軽くノックする。かすれた声で「どうぞ」と返事があったので、引き戸を開けて中に入った。上着を脱ぎながら、いつもの癖で、部屋の様子をざっと頭に叩き込む。部屋は白と薄い青で統一されており、豪華ではないがさっぱりと清潔な感じだった。しかし、何もない。ぱっと目につくものと言えば、ベッドとソファ二脚を備えた応接セット、それに小さなロッカーぐらいだ。足元のテレビ台には、小型の液晶テレビが載っている。他には楽しみがなさそうな部屋だったが、今はそのテレビも消えていた。

病室の主は、少なくともすぐに死にそうな様子ではなかった。肌触りの良さそうなベージュ色のコットンのローブ姿で、下半身は毛布の下に隠れている。点滴のチューブが左袖の中に消えていたが、顔色は想像していたよりも悪くない。電動ベッドが上体を持ち上げていたが、その助けを借りなくても体を起こすぐらいはできそうだった。半白の髪の下の目は鋭く、薄い唇が意志の強さを感じさせる。目の端には深い皺が刻まれているが、加齢によるものというよりは、長年人を疑わしげに見るために目を細め続けた結果生じたもののようだった。

険しい顔付きを一瞬で消して穏やかな表情を浮かべ、わたしに向かってうなずきかける。うなずき返すと、急に暑さを感じた。

「どうぞ、お座り下さい」

囁《ささや》くようにかすれた声だった。勧められるまま、ベッドの脇の椅子を引く。近付き過ぎないよう、さり気なく数センチ後退させた。同じ目の高さで向き合うと、やはり彼の病気の重さを意識せざるを得なくなる。顔は細いのだが、元々は恰幅《かっぷく》の良い男だったに違いない。急激に痩《や》せたせいで余った皮膚がたるみ、表情を曖昧《あいまい》に見せていた。手には染みが目立ち、体はかすかに震えている。目には生気がなく、どんよりと曇っていた。楊貞姫は「いい男」だと言っていたが、その面影はどこか遠くに隠れている。

部屋はひどく暑い。梅雨寒の気候が続いているのは確かだが、いくら何でも暖房を効かせ過ぎだ。首筋にすぐに汗が滲んでくる。目ざとくそれに気付いたのか、赤澤がわたしに向けて手を伸ばした。

「暑いでしょう」

「ええ」汗を見られては、否定する意味がない。

「申し訳ない。この気候でも、わたしにはちょっと寒くてね。暖房を入れています。どうぞ、楽にして下さい」

シャツの襟を引っ張って、首元に空気を入れながら、次の言葉を待つ。

「娘がいろいろとご迷惑をかけたようですね。申し訳ない」

いきなりそうきたか。真意を計りかねたが、ここは調子を合わせることにした。

「迷惑をかけたのはわたしの方かもしれません」

「とんでもない。話は聞いてるよ。極めて正確にね。裁判になったら、間違いなくあなたは勝てるだろうな」ぞんざいな口調だったが、居丈高ではない。わずかな時間で、親しい叔父と話しているような気分になっていた。

「仲間と裁判で争う気はありません」

「仲間と認めてくれるわけか」

「当たり前じゃないですか。一緒に仕事をしたのは一度だけでも、同じ組織の人間なんですから」

「そうか、そうだな」自分を納得させるようにうなずき、右手に左手を重ねる。点滴のチューブがかすかに揺れた。「あなたには、ずっとお詫びしなくてはいけないと思っていた。娘のヘマのせいで、とんだ大怪我をしたんだから」

彼の言葉を頭の中で転がした。本当にそんなことを考えているのか？　にわかには信じ難い。世の中には、義理を大事にする人がいるのは確かだが、これは少しばかり異常な状況である。

「ああいうことも給料のうちです。お陰でいい骨休めになりましたよ。それに、刺されるなんて滅多に経験できない。こういうのは自慢話になるんです」

「あなたにとっては屈辱だったんじゃないですか？　骨休めしてる間、ずっと歯軋《ぎし》りしてたんじゃないかね」

「そうですね。そのせいで、ずっと放っておいた虫歯が痛みました。歯のメンテナンスは大事ですね」

赤澤は軽口に乗ってこなかった。

「とにかく、わたしからもお詫びを言わせてもらう」深々と頭を下げた。

「頭を下げるのはあなたの自由ですけど、自分の娘が何かしたからっていって、一々親が謝ることはないんじゃないですか。彼女は大人だし、もう一人前の刑事ですよ」

「だったら娘を許してくれるかね」

「許すも何も、謝るのは俺の方だと思ってます。俺のヘマなんですから。あの時仕留めていれば――」言葉を切る。そう、実際は奈津の怪我の方が深刻なのだ。わたしは回復した。天気の悪い日に傷跡が痛むぐらいは何でもない。だが、このまま彼女が右手の自由を失ってしまったら。

「分かってる」赤澤が重々しくうなずいた――本人はそのように意識していたのかもしれないが、わたしの頭に浮かんだ形容詞は「痛々しい」だった。初対面ではそれなりに元気に見えたのだが、時が経つにつれ、動く度に体のあちこちから力をかき集めてきていることに気付いた。「あなたが責任を感じる必要はない。わたしは警察のことはよく分からないが、あの場面ではどうしようもなかったのではないかな」

「そんなことはありません。もう少し神経を研ぎ澄ませていれば、避けられたことです。とにかく、あなたが気にすることじゃありませんよ」

「娘を使ってやってくれないかな」

「はい？」

「話は娘から聞いている。あなたはヘマをしたと思ってるかもしれないが、娘も同じ気持ちのはずだ。このままじゃ、二人ともやりきれないだろう。あなたがやるべきことのために、娘を使ってやって欲しい」

「警察の外の人から言われるようなことじゃないですね」強張った口調で反論してやったが、赤澤は意に介する様子もなかった。真っ直ぐわたしの顔を見詰めている。「失礼なことを訊いていいですか」

「どうぞ。ここまで来てもらったのはわたしのわがままだから」

「あなたは金持ちですよね」

一瞬間《ま》が空いた。赤澤の顔に苦笑らしきものが浮かぶ。

「あなたの資産で土地を買いあされば、横浜市の土地のかなりの部分に『赤澤』という地名をつけられるんじゃないですか」

「それは誤解だな」静かな声で赤澤が話し始める。「わたしは、そういう悪趣味なことは絶対にしない」

「単なる喩《たと》え話ですよ。金に縁のない生活をしてますから、そういうことに関する喩えが下手なのは勘弁して下さい」

「ここ五年ほど、わたしの年俸は一円だ」

「税金対策ですか？　それとも一生分の金はもう稼いだということですか」

「そういう風に受け取ってもらっても構わない」皮肉な台詞に誠実な言葉で切り返す。わたしはかすかに頬が赤くなるのを感じた。「とにかく、余分な金はないんだ」

「それで娘さんは、自活するために警察官になったんですか？　会社を継ぐことは考えなかったんですか」

一瞬、赤澤の顔が苦痛に歪んだ。ナースコールのボタンに手を伸ばそうとしたが、彼は思いのほか素早い動きでわたしの手を押さえた。乾いた掌の感触が、突然死を強く意識させる。

「大丈夫だ」

「無理しない方がいいんじゃないですか」

「問題ない。自分の体のことは自分が一番よく分かってる。体を内側から食い荒らされるのは嫌なものでね。痛みもひどい。それを抑える方法はあるが、そういうものには頼りたくないんだ」

「意識をはっきりさせておきたいということですね」

「そういうことだ。薬は……試したこともあるが、最悪でね。わたしには合わないようだ」うなずき、唾を呑む。異様に大きい喉仏がごくりと上下した。「娘のことだがね、一時期、あまり関係が上手くいってなかったんだよ。あれが大学に行ってる頃だがね。母親が亡くなって、それからわたしとの関係がギクシャクし始めた。悪いのはわたしだ。何しろ、自分の女房が死にそうな時に、長期の海外出張に行ってたんだからね。娘はそれが許せなかったようだ。どうしても外せない、会社の存亡を懸けるような仕事だったんだが……あなたなら分かってくれるかな」

「どうでしょう」残酷かもしれないと思いながら肩をすくめる。同意するのは簡単だが、赤澤は簡単に同意するような人間は信用しないのではないかと思った。「そういう立場に追い込まれたことがありませんから」

「正直に言えば、わたしは奈津に会社を継いでもらいたいと思っていた。たった一人の子どもだからね。大学を出たら一から宝石のことを勉強して、堅実で賢い婿を迎えて、会社を切り盛りして欲しかった。ところが何の相談もなしに、いきなり警察官の試験を受けてね。それを知らされたのは、合格が決まってからだった。とても警察の激務に耐えられるとは思えなかったんだが、昔から強情なところがある。あの時も言うことを聞かなかったよ」

「神奈川県警の警察官の半分は、寝たまま仕事をする振りをしてますよ。彼女は優秀だと思います」

赤澤が体を震わせるように笑った。

「県警に関して、悪い評判は聞かないわけじゃない。あなたは例外のようだが」

「わたしのことを知らないからそう言えるんじゃないですか」

「目を見れば分かる」細い指で自分の目を指した。「わたしの業界では、何よりも信用が物を言うんだ。ただし、大きな金が動く業界でもあるから、インチキして金儲《かねもう》けしようとする人間も多い。それを見抜けないと、損をするのはこっちだからね」

「わたしは損をさせない人間ですか」

「同業者だったら、あなたには白紙の小切手を渡すよ」

「それは買い被りです」

「いや、わたしには人を見る目はある」赤澤が力なく首を振った。疲れてきたようだ。長い時間人と話すのは久しぶりなのではないだろうか。「とにかく、わたしがこういう病気になって、結局娘とは和解できた。奈津は基本的に優しい子なんだ」

「それで、彼女は会社を継ぐ決心でもしたんですか」

「そのことは話していない。今は警察の仕事が心底好きらしいしな。会社の方は何とかなる。わたしは、人も育ててきたつもりだ」

「そうですか……お疲れのようですね。そろそろ失礼した方が良さそうだ。お気持ちは十分に分かりましたよ。彼女もわたしに協力してくれると思います」

「それなら結構だ」うなずいたが、頭の重みに耐えかねたようになかなかわたしの方を向けない。「とにかく、娘をよろしく頼む。ところであなた、生まれはどこですか」

「厚木ですが」いきなり話題が変わったので、切り返しができずに思わず素直に答えてしまう。

「ああ、いいところだね」

「どうでしょうね。もう随分長いこと帰ってませんけど」

「ご両親は？」

連続した唐突な質問に、鳩尾《みぞおち》の辺りに強張りを感じた。が、突っ張った答えを返すほどにはわたしは若くない。

「今も厚木にいます」

「お仕事は？」

「病院を経営しています」

「なるほど。だったら、金のことでわたしを揶揄《やゆ》するのは妙じゃないかな」

「親は金持ちかもしれませんけど、わたしはただの公務員ですから……そろそろ失礼します。体に障《さわ》ると申し訳ないですから」

「そんなことはないよ」

「わたしと話していると、大抵の人は頭の中を菜箸でかき回されたような気分になるらしいんですが」

「それは、修行が足りないからだね。わたしはあなたと話せて楽しかったよ」

奇妙な気分を抱えたまま病室を出た。奈津が急にやる気を見せたのは、父親に何かを言われたからなのだろう。それはあまり良いことではない。自分の意志で気持ちを奮い立たせ、自分の足で立ち上がるのが筋だ。

人気《ひとけ》のない廊下を歩きながら、ふと奇妙な偶然の一致に気付いた。親に反発して警察官になった。わたしと同じではないか。わたしの場合、反発と認めたくはなかったが。

「ちょっとよろしいですか」

駐車場の隅で声をかけられる。やはりわたしの人気は急上昇中だ。傘がさしかけられ、雨が遮断される。振り向くと、ほっそりとした初老の男が立っていた。傘を二本持ち、一本をわたしの頭上に翳《かざ》している。ほとんど黒に近いチョークストライプの背広に、紺色に白を散らしたドットのタイ。既に死語になっているかもしれないが、「紳士」という言葉が脳裏に浮かぶ。

「失礼ですが？」

「傘をお持ちいただけませんか」にこやかな表情を浮かべたまま、男が落ち着いた口調で言った。「両手が塞がっていては、名刺もお渡しできません」

言われるままに傘を受け取る。男が流れるような仕草で背広の内ポケットから名刺を取りだし、わたしに差しだした。「海星社専務取締役　角勇人」の名前がある。裏を見て、名前の読みが「すみ　はやと」であることを確認した。

「急に大企業とお付き合いができましたね。で、何でしょう？　ビジネストークの指導でもしてくれるんですか。刑事の仕事にはあまり関係ないと思うけど」

「そうですね。あなたにはあなたの仕事用の喋り方があるでしょう」角が真顔でうなずく。彫りの深い端正な顔立ちで、綺麗に七三に分けられた髪は、雨の影響をまったく受けていない。

「わたしのビジネストークの決め台詞は『さっさと吐け』なんですが」

ひどく大事な秘密を打ち明けられたとでもいうように、角が真剣な表情でうなずく。

「少しお時間をいただけませんか」

「いいですよ」肩をすくめる。「どうせ休職中なんだ。暇ですから」

「あなたの車で？　わたしの車で？」

「たまには高級車に乗るのもいいですね。海星社の専務はどんな車に乗ってるんですか」周囲を見回した。黒いベンツのSクラスか？　レクサスか？　だが、角が案内してくれたのはトヨタのプリウスだった。

「環境に優しい会社ってことですか」思いのほか広い後部座席に落ち着きながらわたしは言った。

「社長の方針です」

「社会的責任を自覚している会社は素晴らしい。株でも買おうかな」

「残念ながら非上場です」

一瞬間が空く。煙草が吸いたくてたまらなくなったが、何とか我慢した。省エネの先頭を走るハイブリッドカーの中で煙草を吸うのは大いなる矛盾である。

「社長がご迷惑をおかけしました」フロントシートの背に頭がつきそうなほど深々と頭を下げる。

「オーナー社長なんて、みんなわがままなものでしょう」

「分かっていただきたいんですが、病状は深刻なんです」

「ええ」深刻という一言が、わたしの軽口を封じ込めた。

「ですから、時々わたしどもにも理解できないようなことを言いだすことがある」

「今日は非常によく理解できましたよ」

「そうですか。ご迷惑でなければ良かったんですが……」

「迷惑？　とんでもない」肩をすぼめる。「話は理路整然としてました。ただし、どうしてわたしを呼んだのか、未だに釈然としませんけどね」

「結構です」ようやくほっとしたように、角が息を吐く。

「結構ですって……あなた、いつも社長を監視してるんですか？」

「監視？」

「訳の分からないことを言いださないか、心配してるんじゃないですか。意味不明の発言でも、社長の一言だったら会社の方向性を捻じ曲げかねませんからね」

「いやいや、とんでもない」わたしの方を向き、眼鏡を中指で押し上げた。「社長は極めて冷静ですし、ご自分の病状も理解しております。それに、会社のことはわたしどもに任せていただいています」

「だったらどうして、あなたはわたしと話しているんですか」

「わたしは実質的な秘書役ですから。社長の動静を把握《はあく》しておくのは大事な仕事なんです」

「なるほど」両手を組み合わせ、腹の上に置く。「つまり、わたしが社長に迷惑をかけなかったか、それを確認したかったわけだ。だったら社長に直接訊いた方がいいんじゃないですか」

「とんでもない」顔の前で手を振る。慌てているはずなのに、否定の仕草さえ優雅だった。「業務日報にきちんと書かないといけませんからね。それだけの話です」

「面会人、神奈川県警の刑事一人、ですか」鼻を鳴らしてやったが、角は動じる様子もない。少しつついてやることにした。「社長に万一のことがあった場合、会社はどうするんですか。娘さんが跡を継ぐ？」

「それはありません。その件については、何か月か前にかなり突っ込んだ話し合いが行われましたが、奈津さんは自分には会社を引き継ぐつもりはないとはっきり宣言されました。ちなみに、その件は今朝もう一度確認されました」

「ええと、角さん？」彼の方を向く。両膝をぴしりと揃え、固めた拳《こぶし》を載せていた。背筋と両腕は真っ直ぐ伸びている。「そういう会社の秘密を、わたしのような平《ひら》の刑事に話してしまっていいんですか」

「もちろん。あなたは特別な人ですから」

4

特別な人。家に戻る車の中で、角の言葉が何度も頭の中を出入りした。そのうち言葉は太いゴシック体になって居座ったが、意味は分からない。車の窓を開け、煙草を弾き飛ばした。余計なことを考えずに済むよう、現場を歩くことにする。日の出川公園の現場では、鑑識活動も終わっているだろう。

案の定、現場を覆い隠す青いビニールシートはなくなっていた。雨が降っているせいか、人っ子一人いない。車を停め、ゴム底の靴を履いてこなかったことを後悔しながら公園に足を踏み入れた。霧雨より少し強い雨がM—65の肩を濡らし、半ば泥沼と化した地面が足元でぐしゅぐしゅと音を立てる。矢口が倒れていた場所はすぐに分かった。植え込みの脇に、誰かがパイロンを一つ忘れていったのだ。上着のポケットに両手を突っ込んだまま、しばらくその場に佇《たたず》んで頭を垂れる。人懐っこい矢口の顔が、しきりに思い出された。夕べは何の本を持っていたのだろう。火葬の時には本を一緒に燃やしてやろうか。

彼は無縁仏として埋葬されることになるだろう。前に一度だけ、酒を呑みながら早送りで身の上話を聞いたことがある。岩手の生まれで、六〇年代の終わりに集団就職で東京に出てきたが、数年ごとに、勤めた会社がことごとく倒産する憂き目に遭ったこと。浮き草のような生活を三十年近くも続けてきた後、世紀の変わり目にはとうとう住む家もなくなったこと。それから一度岩手に帰ったことがあるが、親兄弟は全員死に、会うべき人間は誰もいなくなっていたこと——重い人生を背負っていたはずなのに、やっさん、あんたはどうしてあんなに軽やかな笑顔を浮かべることができたんだ。

世の中には二種類の人間がいる。背負うものがなくなった時に絶望する人間と、肩の荷を下ろしたように楽に感じる人間と。矢口は後者だったかもしれない。わたしは？

どうして本郷や楊貞姫でなく矢口が殺されたのか。矢口が、青井に非常に近い筋の情報を摑んだことは想像できる。あるいは本人との接触に成功したのかもしれない。彼に何があったのか知りたかった。死者の遺産。それを有効に活用してやることこそ、わたしにできる精一杯の供養ではないか。

ふと、自分が危険のタネを蒔《ま》きながら歩いていることに気付いた。あちこちに網を張り、自分が動いている証拠を残したことで、逆に青井の情報網に引っかかってしまったのかもしれない。奴に情報網があれば、だが。

だとしたら、忠告してやらなければならない人間が何人かいる。あるいは、絞り上げてやらなければならない人間が。

金村を摑まえた時には、既に夕暮れが迫りつつあった。待ち合わせ場所は日の出川公園。状況を理解させて恐怖を沁み込ませるためには、舞台設定も大事だ。BMWのサイドミラーに彼の姿を見つけたので、ゆっくりとドアを押し開ける。一瞬立ち止まった金村が、わたしに向かって小さく手を振った。普通、ヤクザはそういう可愛い仕草はしない。

車を降りて、濡れたアスファルトに立った。雨は上がっているが、空気には湿気が残っている。気温はぐんぐん下がってきたようで、吐く息がうっすらと白い。夏物の背広姿の金村は、自分の内側に熱を封じ込めようとするように背中を丸めていた。

「何だい、俺も忙しいんだぜ」薄い唇に馬鹿にするような笑みを浮かべる。手が届く距離で向き合うと、わたしは彼の背広の襟をそっと撫でた。

「今日は随分いい格好をしてるな」

「吊るしだよ」

「じゃあ、破けても弁償するには大した金がかからないな」

「はあ？」

襟首を摑み、小柄な彼の体をそのまま公園の金網に叩き付ける。水滴が全身に降りかかり、わたしたちは一瞬でずぶ濡れになった。

「何しやがる」金村がもがいたが、わたしは彼の体を金網に押し付け続けた。

「お前、今回の件を誰かに話したか」

「ああ?」

「青井の件だよ。俺が奴を捜していることを誰かに喋ったのか」

「そりゃあ、喋ったさ」あっさり認めたので、手を離してやった。金村がわたしを睨《にら》みながら両手で襟を摑み、背広の乱れを直す。ほとんど黒に近い背広の肩に、無数の水滴がとまっていた。ポリエステル。「そんなの、当たり前じゃねえか。いつものことだけど、マダム・ヤンを摑まえるにはいろんな人間と話をしなくちゃいけないんだぜ。理由を喋らないと、誰もつないでくれないだろうが」

「余計なことを喋らないで、お前の強面《こわもて》で脅せば良かったんだ」

「それは刑事さんの台詞じゃねえな」金村の唇に笑みが浮かぶ。「それより、俺が何かヘマしたって言うのかよ」

「ヘマしたのは俺かもしれない。そもそも、お前に頼んだのが失敗だった」

煙草を差しだしてやった。汚い物でも見るような目つきを浮かべたが、結局一本受け取って自分で火を点ける。手が小刻みに震えていた。

「何の話してるんだか、さっぱり分かんねえな」ちらりとわたしの目を見た。

「今日、この公園で男が殺された」

「知ってるよ。俺の趣味はＮＨＫの定時のニュースをチェックすることだからな。で、それがどうした」

「そいつも青井のことを知っていた」

「ああ？」金村の顔がにわかに強張った。「まさか……」

「青井の手口に似ていた」

「ちょっと待てよ」金村が慌てて首を振った。「本当に青井がやったのか」

「その可能性が高い」

「反撃、か」

「反撃じゃない。だいたい、こっちは向こうに一太刀も浴びせてないんだから。あえて言えば奴は、警察に挑戦しようとしてる」

「つまり、俺を呼びだしたのは忠告ってわけか」

「察しがいいな。いきなり首筋に切り付けられないように、背中に気をつけろよ」

「冗談じゃない」金村の唇が震え、それは煙草にも伝わった。

「お前みたいなヤクザの幹部候補生でも、怖いことがあるのか」

「あのね、あんたは白い世界にいる」金村がわたしを指差した。ついで自分の鼻に指を向ける。「俺は黒い世界にいる。それは分かりやすい区別だよな。線を引いて、それを踏み越えなければ、お互いに嫌な思いをしなくて済む。だけど青井は違うんだよ。奴はグレーゾーンに住んでる。俺の常識もあんたの常識も通用しない。こりゃあ、マジでしばらく外に出ない方がいいかもな」

なおも嫌がる金村から、青井のことを話した人間の名前を聞きだした。三人いた。その三人には警告を発しなければならない。

世界が青井でできているような気になってきた。悪意がわたしを包み込み、奴は好きな時に首筋に刃物を突き立てることができる。

〈一人殺した。あと何人いるか。数は問題じゃない。やれる限りはやる。身の安全を確保できるのももちろんだが心が満たされるのだ。この狩りの最後にいる目標に辿り着くのに時間はかからないだろう。警察は俺の意図を明確に受け取っただろうか。間抜けだから気付かないかもしれない。いや、あそこまではっきり残していったら気付かないわけはないだろう。俺も随分親切なことをしたものだ。だが奴らは俺よりもずっと能力の低い人間だから少しはヒントを与えないと同じレベルで戦えない。間抜けどもを殺しまくるのは簡単だがそれでは俺の気持ちは満たされない。ライバルが欲しい。俺と同じレベルの能力を持った相手と戦いたい。徹底的に。俺はテッド・バンディになりたい。捕まっても逃げだしさらに手を血で染める、そういう執念を持たなければ。しかし向こうは俺の執念に気付いているのか。気付いていないとすればがっかりだ。俺の見込みが間違っていたのか。もう少し待とう。何だったらもっと手がかりを投げてやってもいい。それで駄目なら話にならない。ゲームは終わりだ。この件は記録しておくべきだろうか。違う。この腕の傷と同列にはできない。俺は今までとは違うレベルに入ったのだ。右腕に印を刻むのが正しいだろう。いずれ俺の体は血のバツ印で覆われる。それが呪文になるのだ。間抜けな奴らを寄せ付けない呪文に〉

事態は変わりつつある。新世界飯店に電話を入れると、そのまま楊貞姫に取り次いでもらえた。こんなことは初めてだった。

夜になってから店で落ち合った。二人の間にあるのは中国茶だけ。薫り高い茶が少しだけ気持ちを落ち着かせてくれたが、煙草ほどの効果はなかった。残り少なくなったラッキー・ストライクを、立て続けに二本灰にする。楊貞姫は、灰皿が汚れるのを黙って見ていたが、わたしが三本目に火を点けようとしたタイミングで切りだした。

「話を聞かせて」

「電話で話した通りです」

「そのことならよく分かったわよ。だったら会う必要があったの？」

「もっと真剣に聞いて欲しいから、わざわざここまで来たんですよ。改めて、これはお願いです。身の回りには十分気をつけて下さい」

楊貞姫がじっとわたしの目を覗き込む。了解の印にかすかにうなずき、落ち着いた声で言った。

「わたしなりに分析してみたんだけど、聞きたい？」

「もちろん」両手を広げて歓迎の意を表する。「何でも聞きますよ」

「今まで、あの男は相手が一人の時しか襲っていない。わたしは常に誰かと一緒に行動してる。今、わたしの側にはボクシング経験者と柔道経験者が一人ずついるわ。それこそ、寝るまで一人になることはない」

「でも、寝る時は一人ですよね」

「警備システムにはお金をかけてるのよ」

「警報が鳴った時には手遅れかもしれない」

「揚げ足取りはそれで終わり？」彼女が軽くわたしを睨んだ。

「終わりにします。楊さんが十分用心する気になってくれれば、それでいいんですよ。それとも一つ」お茶を一口飲む。やたらと喉が渇くのは、店内のエアコンが効き過ぎているためだけではない。

「何かしら」

「Aという人物を知りませんか」

「アルファベットのA？　頭文字か何かかしら」

「いや、匿名のAです」

楊貞姫が鼻で笑った。口元をナプキンで叩いてから、茶碗を持ち上げる。かすかに立ち上る湯気の向こうからわたしを見た。

「何かの冗談？　あまり面白くないけど」

「名前が分からないから、仮にAとしているだけです」本郷から聞いた情報を説明した。話が進むうちに、楊貞姫の眉間の皺が深くなる。

「青井みたいな男と付き合っている人間がいるわけ？」

「天涯孤独、人と話ができるような人間だとは思ってなかったけど、どうやら俺の思い込みだったらしい」

「で、あなたはそのAという男を捜してるわけね」

「そうです。青井に直接つながりそうな人間はそいつだけだし、もしかしたら話ができるかもしれない」

「青井の友だちだったら、まともな会話が成立する保証はないんじゃないかしら。同じような人間だったりしてね」

「それは、話してみないと分からない」

「いいわ。アンテナを立てておくから。恐喝ね……そう、それは何かの手がかりになるかもしれない。そういうことって、いつの間にか話が漏れるものだから。会社絡みになれば、特にね。警察の方ではそういう話、入ってないの？」

「どうでしょう。担当が違うし、何しろ俺は休職中ですから」

「そう……じゃあ、こっちから連絡するわ。それより、本当に食事はいいのね」

「腹に穴があいた人間としては、普通に食べるのはまだ無理ですね」

「だったら、おかゆでも持って帰る?」

「そこまで面倒をみてもらうわけにはいきません」飛び切りの笑みを浮かべてやった。「リハビリのためにも自炊しますよ」

「本当は誰か、いい娘ができたんじゃないの」

「いい娘、ね。そういう言い方は死語ですよ」しかも間違っている。楊貞姫は、料理上手な彼女ということを念頭に置いているのだろうが、わたしは自分の恋人の手を、料理で荒れさせたくはない。それに、自分の料理を食べてもらうのは、エゴを満たすための最高の方法なのだ。

そうだ、また料理を作ろう。奈津に、少しずつレシピを公開するのだ。小出しにすれば、日常は小さな驚きの連続になるだろう。

冷蔵庫の中身を頭の中で整理しながら家に戻ると、最大級の衝撃が待っていた。彼女がわたしの家の前にいた。最初、誰かが待ち伏せしているのではないかと思ったのだが——わたしのアパートの周辺の街灯は暗い——彼女だと気付いた瞬間、鼓動が激しくなり、喉が渇いたような気分に襲われる。わたしが車から降りると、彼女はゆっくりと近付いてきた。地味な紺のスーツに、夜目に浮き上がるような白いブラウス。寒いのか、両腕を抱くようにしていた。

「夕飯は?」

「まだです」

「いいタイミングだな。俺もまだなんだ」しかし、何が作れるだろう。せいぜいアーリオ・オーリオのスパゲティぐらいか。いや、そもそも俺は何を考えているのだろう。まだ数回しか会っていない女を部屋に連れ込む場面を想像しているとは。顔がにやけていないことを祈った。「何か食べに行こうか。話したいこともある」

「ええ」

話したいことの中には、午後、彼女の父親と会ったことも含まれている。彼女はもう、それを知っているだろうか。

「真崎さんはファミリーレストランになんか入らないと思ってました」

「どうして」

「料理に煩《うるさ》そうだから」

「作る方に関しては煩いよ。でも、人が作ったものを食べる時はあまり文句を言わないんだ。そういうのは失礼だと思う」

昼間安東と話したのと同じ店、同じ席だった。やはり雨が窓ガラスに細い筋をつけている。食事時なのに、客は半分ほどしか入っていなかった。わたしはカレーとサラダを、彼女はトマトのパスタを頼む。頼んでしまってから、失敗に気付いた。こんなものを頼むぐらいなら、やはり家でアーリオ・オーリオのスパゲティを作れば良かった。確かアンチョビの缶詰とタマネギもあったはずである。それだけあれば、タマネギの生っぽい歯ざわりを残し、アンチョビの塩味を効かせたパスタができたのに。

料理が運ばれてくるのを待つ間、昼間彼女の父親に呼び付けられた話をした。奈津の顔がわずかに緊張する。

「変わった人だね」

「そうですか」

「そうだよ。普通、こんなことで……」こんなことが何なのか、上手く説明できない。「とにかく、変わった人だと思う。責任感が強過ぎるんじゃないかな。子どものことで親が口を出さなくてもいいのに」

「そう、かもしれませんね」かすかな笑みを浮かべながら彼女が同意した。「昔からあんな感じなんです。人様に絶対迷惑をかけるなって、それだけは口を酸っぱくして言われてました」

「君は俺に迷惑をかけたわけじゃない」

「いえ、かけました」

「親父さんに言われたから反省したのか」

「違います」最初から感じていた彼女の頑固さが、はっきり表面に浮き上がっていた。「わたしはわたしなりに考えたんです」

「いいことだ。いい刑事は、いつでも考えてるもんだからね」

料理が運ばれてきて、会話は中断した。一口食べた途端に、人が作ったものを食べる時には文句を言わないという前言を撤回したくなった。このカレーで八百円なら、わたしのカレーには三倍の値段をつけてもいい。昔ながらのとろみがついたルーに本格的なスパイスを効かせた一品を完成させるために、何十回と試行錯誤を繰り返したのだ。

奈津が左手で苦労しながらフォークを操っていた。スパゲティを巻き付けようとしては解《ほど》け、何度もやり直す。わたしが見ているのに気付いたのか顔を上げ、寂しげな笑みを浮かべた。手を差し伸べ、頬に触れたくなるような表情だった。

「フォークが使いにくいなら、犬食いしてもいいよ。俺は気にしないから」

「まさか」宗教的なタブーに触れられでもしたように、奈津の顔から一気に血の気が引く。育ちの良さは、物を食べる時に一番はっきり出るものだ。

「だったら右手を使ってみれば？」

「無理です」

「リハビリしないと、治るものも治らなくなる」

「無理です」二度目の否定は、一度目よりも弱い口調だった。

「俺が食べさせてやってもいいんだけど」

「それもお断りします」

肩をすくめて、半分残したカレーを脇へ押しやった。

「食べないんですか」

「どうも、ね。刺激物は……」寂しい笑みでお返しする。

「辛いものは傷に良くないですよね、きっと」

「ああ。この程度は辛いって言わないんだけど、とにかく食欲がないんだ」コーヒーを一口飲んだ。喉だけは渇く。もしかしたら腹の傷が開いて、水分が漏れているのかもしれない。

苦労してスパゲティを食べ終えると、奈津が「遅くてすみません」と頭を下げた。もっとゆっくりでもいいのに。彼女が食べるところなら、いくら見ていても飽きそうにない。

「今夜、本郷を摑まえなくちゃいけない」

「はい」奈津がフォークとスプーンを丁寧に揃えて皿に置いた。

「忠告するんだ。青井は、あいつも狙うかもしれない」

「電話は？」

「奴は携帯を持ってない」

「じゃあ、夕べの店で摑まえるんですね」言いながら、うんざりした表情を浮かべる。

「ところが、あそこで見つかる保証はないんだ。あいつは基本的に、常に街をうろつき回ってる」

「家は？」

「誰も知らないんだ。捜し当てるのは、三億円事件の犯人を見つけるより大変かもしれない」

「分かりました。お付き合いします」

「大丈夫か？　また遅くなると思うけど」

「仕事で遅くなるのは慣れてますから」

「分かった。一人より二人の方がいいからな」

「真崎さん？」奈津が前屈みになった。顔が二十センチほどわたしに近付く。鳩尾《みぞおち》にできたしこりが、腹の下の方に落ちて行く感じがした。

「ああ？」

「わたしたちも危ないんじゃないでしょうか」

「そうかもしれないけど、刑事の面倒をみてくれる人なんか、どこにもいないよ。機動隊か、それで不安だったら自衛隊にでも頼んでみるか？」

「無理ですね、それは」紙ナプキンを四つに折り、顎に押し当てる。「自分で何とかするしかないですね」

「だけど、あんな広い家に一人きりだと不安だよな。警備はどうなってる？」

「警備会社とは契約しています」

「とりあえず、それを信じるしかないな」俺が泊まり込みで守ろうか、とつい言いそうになった。駄目だ。今日のわたしは、ふだんにも増して言葉のブレーキが壊れている。「できるだけ気をつけてくれ」

「何とかします」うなずき、背筋を伸ばした。

「しかし、君の親父さんには参った。いきなり俺の家のことを聞かれたよ」

「成り行きによっては普通の会話だと思いますけど」

「俺にとっては普通じゃないんだ。普通に話せない」

「そう言えば、お兄さんのこと……」

話は危険な領域に入りつつあったが、鳴りだした携帯電話がわたしを危機から救いだしてくれた。もっとも十秒後には、それが新たな危機の始まりだと分かった。

夜の捜査一課はほとんど無人になる。捜査本部を担当する班は所轄署に置かれた本部に出ずっぱりだし、そうでない班は定時になるとさっさと帰る。いつ呼び出しがあるか分からないから、時間で自分を律するのが、擦り切れないための知恵なのだ。

だだっ広い大部屋で、岩井が一人で待っていた。椅子に浅く腰かけ、ゴミ箱に足を乗せてぼんやりと天井を見上げている。わたしに気付くと、ゆっくりと足を下ろし、隣の椅子に向けて顎をしゃくった。さり気なく椅子を引き、彼との間に距離を置く。

「ちゃんと養生してるのか」縁の欠けた茶碗から何かを一口飲んで岩井が切りだした。渋茶かスポーツドリンクだろう、と見当をつける。三十五歳を過ぎてから、アルコールは一切口にしなくなったのだという。それ以前、酔って晒《さら》した醜態の数々は県警内の伝説になっている。

「いやあ、暇過ぎて黴《かび》が生えそうなぐらいですよ」

「転がる岩には苔は生えないとも言うな」

「苔と黴じゃえらい違いですよ。苔は植物だし、黴は菌類だ」

「いい加減にしろ。お前に分類学を教えてもらう必要はない」岩井が拳でデスクを打った。弾みで、積み重ねた書類が床に崩れ落ちる。「何考えてるんだ。休職中に勝手に動き回るな」

「できるだけ早く仕事に復帰したいだけですよ。だから体を馴らしてるんです」

「そいつは殊勝な心がけだな。だけど、いつまでも好き勝手なことをやってると、復帰どころか辞表を書く羽目になるぞ。さっさと吐け」

「何をですか」首を傾げると小さな痛みが走った。嘘をついている罰かもしれない。「まさか、岩井さんに犯人扱いされるとは思わなかったな」

「いい加減にしろ」吐き捨てるように言って、岩井が落ちた書類を拾い集めた。屈んだまま、顔だけ上げてひどい皮肉をぶつける。「お前が勝手なことをやってるから死人が出たんじゃないのか」

無言を貫いた。そんなことは、人に指摘されるまでもなく分かっている。書類を揃えてデスクの端に置くと、岩井が身を乗りだした。

「被害者の矢口な、青井と何か接点があったんじゃないのか」

「どうでしょう。具体的なことは何も知りません」ジーンズのポケットに入った携帯電話が重く感じられた。やっさんが最後に伝えようとした言葉。百万の想像が頭の中を飛び交った。

「お前が情報を収集するように頼んだ。違うか？」

「否定も肯定もしません。ネタ元のことは墓場まで持って行きます」たとえ相手が先に墓場に行ってしまったとしても、だ。

「ふざけるな。内輪で隠し事をしてどうするんだ」

「俺は休職中ですから、内輪とは言えないんじゃないですか」

「屁理屈はよせ」

「屁理屈の言い合いになったら、係長、俺には勝てないでしょう」

「分かった、分かったよ」うんざりしたように唇を歪め、岩井が顔の前で手を振った。「とにかく、矢口がどうして殺されたのか分からん。個人的にトラブルを抱えてたわけじゃないようだしな」

「この件、時田係長の班が引き取るんですか」

「まだうちが持ってる。特別な捜査体制になるだろうな。だいたいこの状況は、神奈川県警が青井に舐められてるようなものだぞ。指名手配されてる人間がまた人殺しをするなんて、普通は考えられん」

「青井がやったと決まったわけじゃないでしょう」

「ナイフの件、聞いてるんだろう」

肩をすくめた。こちらがどこまで知っているか、岩井には摑まれたくない。

「青井の指紋がべったりついてたよ。しかも丁寧に包んであった。証拠として残しやがったんだよ。奴は、自分のやったことを見せ付けてるんだぞ。これが警察への挑戦じゃなくて何だと思う」

「そうですね」声の震えを抑えながら相槌《あいづち》を打った。やっさん、あんたは青井の顔を見たのか。この世の常識から抜けでたようなあの男と、死に際に目を合わせたのか。

「お前がネタを集めるように頼んだ相手は何人いる？」

「それを知ってどうするつもりですか」

「決まってるだろうが」もう一度デスクを叩く。また書類が宙に舞ったが、今度は慌てた素振りすら見せなかった。「保護するんだよ。このまま、第二、第三の矢口を出すわけにはいかん」

「それは俺がやります」

「何だ、それ」

「自分で蒔いたタネは自分で刈り取るということですよ」

「情報屋を使って青井に関するネタを集めてることは認めるんだな」一本取った、とでもいうように、岩井の顔が自慢気に輝いた。

「そんなことは一言も言ってませんけど」

「お前な……」岩井が拳を額《ひたい》に押し当てた。上目遣いにわたしを見やる。その目には許しを請うような色が浮かんでいた。「頼むよ、本当に」

「分かってます。お任せ下さい」

「そういう意味じゃない」慌てて上体を起こし、また身を乗りだす。ほとんど膝がくっつかんばかりになった。椅子を引いて、そっと立ち上がる。

「話は承りました。それじゃ、これで」

「おい――」

「俺はこれから謹慎生活に入りますから。捜さないで下さい」

なおも岩井の声が追いかけてきたが、もうわたしの耳には入らなかった。ふと、背筋に忍び寄る寒気を感じた。青井が殺し損なったのは二人だけ――わたしと奈津。青井を止めるのは、もはや刑事としての義務にとどまらず、生き延びるために乗り越えねばならない壁になりつつあった。

第三章　闇を渉る

1

　夜遅くまでかかって、金村が話をした相手全員に連絡がついた。わたしの知らない人間ばかりだったが、とにもかくにも事情を説明し、背中に気をつけるようにという警告を呑み込ませる。その後、本郷を捜して、奈津と一緒に夜の横浜を走り続けた。苛々《いらいら》が募り、つい運転が乱暴になる。

「少し休憩しませんか、真崎さん」奈津が提案したのは、間もなく十一時半になろうとする頃だった。ＢＭＷのシートに張り付いたままのわたしの背中は強張っていたが、彼女の声にも疲れが滲んでいる。空振りが一番堪《こた》えるのだ。

「まだ回るところがある」言ってはみたものの、強がりに過ぎないことは自分が一番よく分かっていた。目を擦《こす》ると、指先が涙で薄く濡れる。

「休憩しましょう。こんな状態で走り回っても無駄です」奈津が少しだけ語気を強める。本当はそう言ってもらいたかったのだと、心の中で認めざるを得なかった。横浜市役所の近くで路上駐車し、シートを少しだけ倒す。

「何か飲みますか」

「眠気覚ましがいるな」眉根をきつくつまんだ。

「買ってきます」

俺が行く、と言いかけたが、奈津はわたしの言葉を待たずに車を出て、自動販売機に向かって走って行った。パーキングランプのオレンジ色が、濡れたアスファルトと彼女の姿をぼんやりと滲ませる。ハンドルを抱え込んで前屈みになりながら、その姿をじっと見詰めた。彼女の急な変わりようには、未だに戸惑いを感じる。やはり父親に何か言われたのだろうが、それだけでわたしに協力する気になったとしたら、父娘関係はひどく特殊なものと言えるのではないだろうか。いくら正義感や責任感が強い父親でも、「同僚を怪我させたのだから協力しろ」という発想には至らないはずだし、仮にそうだったとしても、素直に言うことを聞く娘の考えにも、わたしの理解は及ばない。

奈津が戻って来て、開いたドアから湿った寒気が流れ込んだ。寒そうに肩をすぼめていたので、エアコンの設定温度を二度高くする。缶コーヒーを受け取り、掌の中で転がして暖を取った。

「これでいいですか」

「もちろん。どれを飲んでも味は同じだから」

「わたしも缶コーヒーの味は分からないんですよ」

「そもそもお嬢様は、缶コーヒーなんて下品なものは飲まないんじゃないか」

「お嬢様、はやめて下さい」奈津の声がかすかに強張った。「わたしは別に、そういうわけじゃ……」

「昔、親父さんと何かあったのか」昼間の会話を思い出しながら訊《たず》ねた。

「昔って？」

「若い頃。衝突でもしたのか？　親父さんがそんなことを言ってたよ」

「よくある反抗期です。大学に行ってた頃ですね」

「大学生になって反抗期はちょっと遅いんじゃないかな」

「父とどこまで話したんですか」奈津が遠慮がちに訊ねる。

「極めて抽象的に」

「ずっと嫌だったんです」背中を丸め、手に持った缶コーヒーに視線を落としながら打ち明け始めた。「何か、窮屈な感じがして……母がいる頃は良かったんですけど、父と二人きりになると、すごく息苦しくなって。父はわたしに会社を継いでもらいたかったんです。それが当たり前のように言って、わたしの話なんか、まったく聞いてくれなかった。その頃のわたしは、別に何かをしたいという希望もなかったんですけど、勝手に将来を決められたら息が詰まるでしょう。それでろくに話もしなくなって」

「親の敷いたレールの上は走りたくなかったわけだ」

「そうです……単なる若気の至りかもしれませんけど」

「だけど、そこから刑事っていうのは、極端過ぎるんじゃないか？　横浜から東京へ行こうとして、行き着いたのは結局大阪、みたいな感じだぜ」

緊張を解いて、奈津がかすかに肩を震わせて笑う。わたしの心を溶かしてしまいそうな笑い方だった。

「できるだけ親の仕事と関係ないことをしたかったんです。だから、自衛官でも新聞記者でも何でも良かったんですよ。本当は、父親と口喧嘩して家を飛びだして、あちこちを歩き回ってるうちに、警察官募集のポスターを偶然見かけたのがきっかけなんです。その時までは、警察官になるなんて全然考えてなかったんですけど、妙に引っかかったんですよね。高飛び込みみたいなものでした」

「思い切ったわけだ」

「ええ」

奈津はわたしの四歳下だ。ふと思い出して訊ねてみる。

「俺の顔に見覚えはないかな」

「はい？」奈津が体を捻《ひね》って、わたしの顔をじっと覗《のぞ》き込む。そうさせただけでも、この質問は成功だった。「何のことですか」

「君が見たポスターのモデル、俺だったと思う」顔が売れたら仕事に差し障《さわ》ると拒否したのだが、断り切れなかった。しかしそれは思い込み、自意識過剰だったようである。警察の外の人間からポスターについて指摘されたことは、今まで一度もない。

「ええ？」奈津の目が上下した。二往復した後で、柔らかな笑みが浮かぶ。「本当だ。何で気がつかなかったんだろう」

「歳月は人の顔を変えるから」

「そんなに昔の話じゃないですよ」

「その頃、俺はまだ刑事になってなかった。刑事の一年は、他の警察官の十年に匹敵するからね」

「真崎さんはどうして刑事になったんですか」

「君と同じ、かな」

「ご両親に反発して？」

「早く家を出たかったんだ。それに警察官は転勤が多いから、実家に寄り付かなくて済むんじゃないかと思ってね。原則的に出身地には配属されないだろう？　もっとも実際は、横浜の高校に入った時から下宿で暮らし始めたんだけどね。厚木からなら通えないわけじゃなかったけど。親も、俺がいなくなってほっとしてたみたいだったよ」

「そうですか……すいません、話したくないことですよね」ふと、奈津の目が遠くを向いた。想いに沈む顎の線が、街灯の淡い照明を受けて浮かび上がる。「でも、刑事の仕事を選んで正解でしたね」

「そうだといいけど」

「そうじゃないんですか？」

「そういうことは、自分では分からない。一つだけはっきりしてるのは、今は絶対にイエスなんて言えないことだ。青井を捕まえないと……俺が考えてる面子《メンツ》の問題は、くだらないと思うか？」

「いえ、何よりも大事だと思います。どんな仕事でも、プライドをなくしたらおしまいですから」

「その通り」ダッシュボードに缶コーヒーを慎重に置いて——古い車なのでカップホルダーは付いていない——両手で顔を擦る。屈辱や後悔が剝《は》がれ落ち、掌にこびりついてくるようだった。

「わたしも同じです」奈津が、包帯に包まれた右手を掲げた。細い指先は白く、石膏像のように硬く見える。「この手は……そのうち治るかもしれないけど、それだけじゃ終わらないですから」

「それが分かってれば十分だよ。で、手はどうだ？　ゴムボールは使ってる？」

「忘れてました」小さく舌を出し、ハンドバッグからボールを取りだした。右手に押し付け、左手で包み込むようにして握る。「まだ感触はないですね」

すっと左手を伸ばし、彼女の右手を握った。ボールが潰れる感触がわたしの手にも伝わる。驚いたように奈津が目を見開いたが、手を引っ込めはしなかった。やわやわと手を握り締めたが、指先は氷のように冷たく、血の気が感じられない。

「冷たいな」

「ええ」

「こうやって握ってると、何か感じないか？」

「圧迫感はあるんですけど……」手を解き放ち、彼女の人差し指の爪先から手の甲に向かって指を滑らせてみる。奈津はわたしの手の動きをじっと見ているだけだった。指が包帯の位置まで滑り落ちると、悲しげな笑みを浮かべる。「駄目ですね」

「こういうのはリハビリにならないかな」

「試してみたら？」敬語が消え、彼女との距離が少しだけ縮まった。わたしは喉の渇きを感じながら、今度は中指に触れた。右手首から先だけが、彼女の体ではないように感じる。しかし、それをはっきりさせるためには、他の部分にも触ってみないと。二の腕や首筋、唇にも。

無粋な携帯電話の呼び出し音が、妄想をぶち壊しにした。

「俺を連絡係に使うなよ」松田だった。寝起きのように声がしわがれているが、今にも嚙み付きそうな勢いだ。「本郷の野郎に、携帯電話ぐらい買うように言っておいてくれませんかね。だいたい、あんたに直接電話すれば済む話じゃないか。何で俺のところに言ってくるんだよ」

「本郷は謎めいたやり方が好きなんだ。自分をスパイ映画の主人公か何かだと思ってるからな」

「はっ」松田が吐き捨てた。「今時スパイ映画なんか流行らないでしょうが。東西冷戦が終わってから、そういうことにはリアリティがなくなったんだ」

「マスターこそ、これをきっかけにして、もっと早い時間に店を開けるようにしたらどうなんだ？　だいたい今は、生活のリズムが滅茶苦茶なんだから」

「滅茶苦茶？　ちゃんと一定してるじゃない。十二時に店を開けて、夜明けに閉める。一年三百六十五日、それは変わらないんだぜ。天体の運行に合わせてるんだから、極めて自然なんだ。俺のリズムを狂わせてるのは、あんたらなんですよ」

「本郷にはちゃんと警告しておくよ。で、伝言は？」

「十二時ちょうどに店に来いとさ。今日はあまり時間がないから、遅れるなって言ってましたよ。伝言はこれで終わり」

「お手数おかけしましたね」

「本当だよ」松田がぶつぶつと文句を言った。「絶対に何かで返してもらうからね」

「店が手入れされそうになったら、裏口から逃がしてやるよ」

「あんたは、そんなことするタマじゃないでしょう」

「どうかな」

電話が乱暴に切られた。奈津は何事もなかったかのようにコーヒーを飲んでいる。ＢＭＷの時計は十一時四十五分を指していた。彼女のリハビリに手を貸している時間はない。少なくとも今夜は。

「Ｍ」の前で車を停めた時、ふと異質な気配を感じた。闇の中に邪悪なものが潜む気配。

「ちょっと待っててくれ……キーはロックして」奈津に言い残し、車を降りる。野毛の外れのこの辺りは、真夜中を過ぎると人通りが途切れがちになるが、それにしても今夜は寂し過ぎる。雨が降っているせいもあり、見渡す限り人気《ひとけ》はなかった。ほとんどの店は既に閉まっており、頼りになるのは弱々しい街灯だけだ。

誰もいない。気のせいだったのか……奈津に合図し、店のドアに手をかける。その瞬間、わたしの嫌な予感が当たっていたことが裏付けられた。

ドアの隙間に差し込んであった一枚の紙が、濡れた歩道に落ちる。手を触れぬよう、しゃがみ込んで文字を読んだ。

『俺を捜せ』

プリンターから吐きだされた文字には、何の特徴もない。明朝体、十一ポイントというところだろう。

「どういうことですか」奈津の声が強張る。わたしはハンカチを使って紙を拾い上げ、ポケットにしまった。指紋は採れないだろう。この紙切れ一枚から、使われたパソコンやプリンターを割りだすこともほとんど不可能だ。仮にそれができても、使用者を特定することはできない。そもそも、正式なルートで鑑識に調べてもらうつもりもなかった。

青井はわたしを追いかけ回している。これは警察という組織ではなく、わたし個人に対する挑戦なのだ。

「奴だ」

「青井」奈津の声がひび割れた。

「他に考えられない」周囲を見回した。「奴は、ついさっきまでここにいたんだ。俺たちを挑発してる」

「どうしますか」

「とりあえず本郷に会おう」

本郷は、カウンターに寄りかかっていた。ドアが開くのを捉えた目に怯《おび》えが走ったが、わたしだと分かると途端に安堵の吐息を漏らす。しかしウォッカを持つ手は強張り、グラスの水面が細かく揺れているようだった。もう一つ、小さく溜息をついてからグラスを一気に干す。

カウンターの向こうにいる松田は、苦々しげな表情を浮かべていた。無言で唇を嚙み、厳しい目つきで店内を睨みながら爪をいじっている。本郷に目を向け、短く質問をぶつける。

「外に誰がいた？」

本郷がびっくりしたように目を見開く。元々白い肌がほとんど透けているように見えた。震えるような声で答える。

「分からん」

「あんたがそんなにびくびくしてるのは初めて見たな」

「人はどうしてお化けを怖がるか、分かるか？　正体が分からないからさ。相手が誰だか分かっていれば、まだ対処のしようがある。何かさ、この辺の毛が逆立ってるみたいだ」首から後頭部にかけてを掌で撫でた。

「こいつじゃなかったか」わたしは、財布に入れておいた青井の写真を差しだした。長い間そこにあったので、皺が寄り、本来の顔つきとは微妙に変わってしまっている。本郷が写真をちらりと見て、またウォッカを——今度は瓶から直《じか》に呷《あお》った。芝居がかった仕草ではあるが、恐怖は十分に伝わる。手が震え、透明な液体が一筋、顎を伝い落ちた。

奈津が左手を伸ばし、いきなりウォッカのボトルをひったくる。風が通り過ぎるような素早さだった。本郷が、手の中にボトルがないことに気付くのに少しばかり時間がかかった。

「何しやがる」低い声で言ってボトルを奪い取ろうと手を伸ばしたが、奈津はそれよりも早く背中に隠してしまった。この追いかけっこでは、本郷に勝ち目はない。

「酒は呑まないで下さい」鉄のように硬い声だった。

「ふざけるな。俺の酒だ」

「ちゃんと写真を見て下さい。お酒なんか呑んでたら、何も分からないでしょう」

「俺が酔っ払うって言うのか？」本郷がすっと唇を舐める。一見しただけでは、アルコールの影響はまったく窺《うかが》えない。「このくらいの酒で酔うわけないだろう」

「どんな人でも、ウォッカをストレートで呑めば酔いますよ。それを酔ってないっていうのは、酔うのがどういうことか、あなたが知らないだけです」

「何だと」本郷の唇が小さく震える。

「まあまあ」わたしは二人の間に割って入った。空気はぴりぴりと緊張し、どちらかの体に触れたら感電してしまいそうだった。「言い合ってる暇はない。この近くだったのか？　襲われたのか？」

「そうじゃなくて……気配を感じただけだ。跡をつけられてたんじゃねえかな」

「それで慌ててここに逃げ込んだ」

「逃げ込んだわけじゃねえよ。あんたとここで約束してたからだ」強がってみせたが、その声は頼りなくふらついていた。

「ちょっとここで待っててくれ」奈津に声をかける。「もう呑ませないでくれ」

「分かりました。取り上げておきます」

「ちょっと待て」それまで黙ってわたしたちのやり取りに耳を傾けていた松田が、声を発した。「さっきから聞いてれば何の話だ？　あんたら、人の店で何を勝手に騒いでるんですか」

「マスター、刃物はあるかな」

「ああ？」松田が目を剝いた。

「包丁ぐらいあるだろう。何かあったら、自分の身は自分で守ってくれよ。今、店の中で頼りになるのはあんただけなんだ」

「何言って――」

「鍵を閉めておいた方がいい。戻ったらノックする。長く一回、短く二回だ」

「古い探偵映画の見過ぎじゃないのか」

「探偵映画に影響されてたら、もっと楽天的になってる。ああいう映画では、最後は必ず犯人が捕まるからな」

店を出る。左右を何度も見渡すことは忘れなかった。依然として人の姿は見えないが、青井は気配を消す術《すべ》を知っている。かすかに漂うどぶ川の臭いを嗅ぎながら、慎重に、ゆっくりと歩き始めた。路地を覗く時は、用心して二歩後ろへ下がる。常に背中に意識を集中させ、何度も振り返って後方を確認した。闇は深く、降りしきる雨が遠慮なくわたしを濡らす。ブロックを一回りしたが、ふらふらと歩いて来る背広姿の酔っ払い二人組に会っただけで、青井の姿はどこにもなかった。
体に湿り気をまとったまま店に戻る。我ながら馬鹿馬鹿しいと思いながらノック
を長く一回、短く二回すると、奈津がドアを開けてくれた。左手には相変わらずウ
ォッカのボトルを持っている。薄暗い照明の下で、辛うじて笑みと判別できそうな表情を浮かべていた。本郷は不貞腐《ふてくさ》れてカウンターで頬杖をつき、松田は何かぶつぶつ文句を言いながらグラスを磨いている。ドアに鍵をかけると、途端に松田から
文句が飛んできた。
「おい、営業中なんだぜ」
「死にたくなかったら、しばらくこうしておいた方がいい。本当は、今日から休業
した方がいいぐらいなんだ」
「馬鹿言うな」吐き捨てるように言った。「一体、何事なんですか」
「人殺しがこの辺をうろついている」
わたしの一言に、松田の怒りの表情が凍り付いた。グラスが滑り落ち、流しに当
たって甲高い音を立てる。
「もしかしたら、あいつのことか?」
「そう——すっかり有名になったもんだな、青井も」
「そういう名前だったよな」

「マスターもちゃんと新聞ぐらい読んでるわけだ。この前は、ここはニュースを忘れる場所だ、なんて言ってなかったか？」

「馬鹿にするなよ」カウンターを飛びだし、わたしの背後に回って施錠を確かめた。肩が大きく上下し、息が荒い。「あんた刑事でしょうが。しっかりしてくれよ」

「俺はしっかりしてるよ」肩をすぼめる。「神奈川県警全体がそうだという保証はないけど」

「ふざけるな。このまま店を開けられなかったら、こっちは飢え死にしちまう」

「じゃあ、俺が少し協力するよ」岩井にもらった札束はまだ相当分厚い。一万円札を五枚、内ポケットから乱暴に引き抜いて松田の手に押し付けた。「これで俺たち三人に飲ませてくれ。ただし、目覚ましの水だ」

「俺は酒だ」本郷が抗議したが、奈津に睨まれて黙り込んでしまった。なかなかやる。わたしがいない短い間に、本郷のように面倒な男の制圧に成功したのだ。

松田からミネラルウォーターのボトルを三つ受け取り、奥のテーブル席に陣取った。座りながらキャップを開け、一気に半分ほど飲む。体が水分を求めていた。シャツの内側が汗でじっとり濡れているのに、その時初めて気付く。本郷は細い脚を組み、顎に手を当ててそっぽを向いている。奈津は左手の中でボトルを持て余していた。

「マスター、こちらのお嬢さんはボトルから直に飲むような下品な真似はしないんだ。グラスを差し上げてくれないかな」

「いつの時代の台詞だよ。まるで昭和の男だな」

「いい台詞は古びないし、実際に俺は昭和の男だぜ」

「いい加減にして下さい、真崎さん」忠告する奈津の声は真剣で、完全に刑事のそれに切り替わっていた。「さっきから、どうでもいいような話ばかり……早く先に進めましょう」

「死刑台のユーモアってやつだよ。本当にびびると、冗談を言って誤魔化すしかなくなるんだ」

「真崎さんでも怖いことがあるんですか」

「当たり前だ」半分に減ったボトルをテーブルにそっと置く。「俺は刺されるのが怖い。死にたくもない。それに恐怖心をなくしたら、その時点で警戒能力は一気に落ちるんだぜ」

本郷に向き直る。暗い照明の下で、顔はいつにも増して蒼白く、ほとんど死人のように見えた。

「実際に手をかけられたわけじゃないんだな」

「手をかけられてたら、とっくに死んでるんじゃねえのか」自棄《やけ》っぱちの口調で言い捨て、本郷がテーブルに置いた煙草を長い手で引き寄せる。「奴はそういう男なんだろう」

「顔は見たんだな」

「ああ」震えた。わたしがテーブルに置いた青井の写真を、目を細めて見る。そうしながらも体を椅子に押し付け、必死で距離を置こうとしていた。「忘れねえよな、そういう顔は」

わたしたちが持っている青井の写真は、前回逮捕された時に撮影されたものだ。それから五年も経っているから、ある程度顔付きは変わっているだろう。だが骨相までは変えることができないし、青井の顔には決して消すことのできない特徴がある。写真を凝視した。秀でた、というよりも顔の半分ほどありそうな額は、人間ではない別の生物を想起させる。生え際が後退しているわけではなく、額そのものが広大なのだ。顔はほとんど逆三角形で、顎は額に反比例するように細く頼りない。絶対にボクサーにはなれないだろう。軽いジャブが顎を擦っただけでも、腰から崩れ落ちるはずだ。しかし、そんな男をわたしは仕留められなかった。

「何か……人間じゃねえみたいだな」

「人間だよ。そうじゃないと困る」

「どうして」

「法律で裁けないから」

「こんな奴、普通に逮捕して裁判にかける意味があるのか？ さっさと殺しちまった方がいいんじゃねえのか」

「そうもいかない。少なくとも、俺の口からそういうことは言えないな。刑事なんだから」

「あんた、もうだいぶ刑事の枠をはみだしてるよ」

言われなくても分かっている。わたしは――たぶん狂気に犯されつつあるのだ。青井を追い詰めることを考えただけで頭が沸騰し、冷静な判断ができなくなっている。

「とりあえず、用件を聞こうか」

「ああ？」恐怖が記憶を消してしまったように、呆《ほう》けた顔付きになった。

「ここへ俺を呼び出したのはあんただぜ」思い出させてやると、「そうか」と短く言ってうなずく。

「例のAの件だ」

「分かったのか」

「とりあえず、名前だけはな。海老原憲太《えびはらけんた》」

「何者だ？」

「それはまだ分からない」

「青井の友人なんだな」

「間接的な情報ではそういうことになってる。だけど、俺は直接会って確かめたわけじゃないから。こうなると、もう係わり合いたくないけどな」

「どこで会える？」

「分からない」

「あんたのネタ元は、実際に海老原に会ってるんだろう？　そいつらに聞いてみればいいじゃないか」

「会ってるわけじゃねえよ」本郷が鼻を鳴らした。何とか調子を取り戻しつつある。「こういうことだ。呑み屋とかでな、酔っ払ってる振りをしながら耳を澄ませてる奴がいるんだよ。そういう連中がたまたま近くの席で聞いた話が、俺のところまで漏れ伝わってきたってわけだ」

「だったら、あんたのネタ元を教えてもらおうか。俺が直接当たってみる。どこで海老原に会ったのか、青井の名前を聞いたのか、思い出してもらえばいい」

「気が進まねえな」ようやく煙草に火を点けた。不味《まず》そうに吸って、下を向いて吐きだす。煙が霧のようにテーブルの上を漂った。「そいつらは、俺の貴重な飯のタネなんだ。あんたに突っ込まれても困るよ」

「この件が解決しないと、俺もあんたも困ったことになるんだぜ」

「あんたが困るのは分かるけど、俺がどうして困る？」

「あんたは横浜で商売ができなくなるからさ」

「何だよ、それ」

「青井は間違いなくお前のことを知ってて跡をつけてたんだ。お前は、奴のリストに載ったんだよ。そんな状態で商売ができるか？　逃げた方がいい。これは勘だけど、青井は横浜に居座るつもりだ」

「そこが分からねえんだよ」首を傾げる。「奴は指名手配されてるんだろう？　横浜にいたんじゃ、捕まえて下さいって言わんばかりじゃねえか。普通は逃げるはずだ。できるだけ遠くへ」

「ところが、実際には捕まってない。指名手配になって三か月以上経つのにな。それに奴は……」伝言を残した。が、改めてそれを口にすることはできない。実体の見えない恐怖がわたしを縛り付けているし、それを本郷に伝染させる必要はない。

「警察も落ちたね」本郷がかすかに笑った。「あれかい、神奈川県警のお巡りってのは、警視庁の試験を落ちた連中ばかりだってのは本当かね」

「それは県警の最重要機密なんだ。俺の口からは、死んでも言えないな」彼の煙草を一本貰い、火を点ける。きついメンソールで喉が焼け、腹の傷跡が燃え上がるようだった。「とにかく、青井はこの状況をゲームだと思ってるんじゃないかな。いや、ゲームじゃない。戦争か」

「サツと奴一人の戦争か？　随分分が悪いな」

「そうとも限らない。警察は軍隊みたいなものだから。きちんと訓練された軍隊は正規の戦いには強いけど、ゲリラには手こずるもんだよ……なあ、本当にしばらく横浜を離れていてくれないか。俺はもう、ネタ元を一人亡くしてるんだ。あんたを危ない目に遭わせるわけにはいかない」

「……マジかよ」本郷の口の両端が引き攣《っ》った。

「だから、頼む」札を何枚か折り畳み、テーブルの下で渡した。彼はしばらく天板の下でその感触を確認していたが、どことなく不満そうな表情が浮かんでいた。

「どれぐらい離れてればいいんだ」

「俺が奴を捕まえるまで」

「簡単に言うなよ。時間がかかるんじゃねえか」

「そうならないように、あんたが知ってる情報を全部置いていってくれ」

　結局頼んだグラスは現れず、奈津はペットボトルを抱いて車に戻った。ドアを閉めると、反射的に確認した。

「本当にラッパ呑みはしないのか」

「しませんけど、いけませんか？」

「いけなくないけど、ラッパ呑みしなくちゃいけない時もあるだろう。地震でも起こったら……」

「今はそういう時じゃありませんから」

「切り返しの天才って言われたことは？」

「真崎さんほどじゃありません」

「お褒めいただいて恐縮ですね」エンジンをかける。直列六気筒エンジンに火が入った瞬間、青井がこの車に爆弾を仕掛けた可能性に思いが及んだ。いや、それはない。青井はそういうやり方をしないだろう。あの男は、自分の手で直接熱を感じられるような方法でしか人を殺さないのだ。まるで魂を素手で摑み取ろうとするように。

「まだ頑張れるか」

「大丈夫です」

「だったら、もう少し回ろう。本郷の情報源に当たっておきたい」

「お付き合いします」

「了解」

大岡川沿いに車を走らせ、桜木町駅の近くに出る。この時刻になると飲食店はほとんど閉まっており、家路を急ぐ人たちの姿もまばらになっていた。傘に隠れた人影は、どれも力がない。わたしは経験がないが、ＪＲで横浜から東京方面に通勤している人は、私鉄で通う人に比べて疲労度がずっと高い、と聞いたことがある。

空振りが二回続いた。一軒はもう閉店しており、もう一軒では問題の人間に会うことができなかった。重い疲労が背中にへばりつき、目がしばしばする。むきになって走り回るのも限界だった。

「今夜は引き上げよう。明日、また巻き直しだ」

「分かりました」

「無理しなくてもいいぞ」

「わたしを巻き込んだのは真崎さんじゃないですか」

「そうだったな」左手をハンドルに添えたまま、右手を額に当てる。「とにかく、家まで送るよ。明日は基本的に、夕方に落ち合って動くことにしよう。昼間何かあったら、連絡する」

「わたしも情報があったら電話します」

「了解」

ふいに沈黙が訪れた。タイヤが水溜りを切り裂く音がやけに大きく聞こえる。

が、それが消えると、さらに大きな沈黙が車内を支配する。それに耐え切れず、カセットを押し込んだ。心を壊す者。グランド・ファンク・レイルロードの「ハートブレーカー」が流れだす。今のわたしにこれほどぴったりの歌はない。

クソ、壊されてたまるか。恐怖や不気味さは必ず乗り越えられる。

官庁街を突っ切って山手町まで走る時間は、やけに短く感じられた。ドライブを続ける理由を必死で考えたが、疲れた頭は言うことを聞かない。とうに一時を回っているのだ。家の前に車を停め、サイドブレーキを引いたが、奈津はすぐには降りようとしなかった。体を丸め、力をどこか一点に集中している。今夜、わたしは彼女の強さを見た。本郷のように不気味な男に対して強い態度に出られる人間は、それほど多くない。だが今の彼女はひどく小さく、傷付きやすく見えた。抱き締めてやりたい――わたしの想いをあっさり空振りさせ、奈津がドアを押し開ける。わたしも外に出て、車を挟んで向き合った。霧のような雨が二人を包み込む。

「ありがとうございました」ドアに手を伸ばしながら奈津が礼を言う。

「送りの料金はサービスしておくよ」

「できたら、もう一つサービスしてもらえますか？」

「何なりと」

「また真崎さんの料理を食べさせて下さい」わたしの心を暖かく包み込む笑顔付き

の台詞だった。

2

部屋は湿って冷たかった。エアコンで暖めようかとも考えたが、この冬の終わり頃からずっと、効きが悪かったのを思い出す。温風が吹きだすと同時に、黴臭い臭いが部屋に満ちるのだ。徹底的なクリーニングをするのと、新品に取り替えるのと、どちらが安く上がるだろう。まだ中身が残っているカンパの封筒に、つい目がいった。

時間をかけて熱いシャワーを浴び、体の芯にこびり付いた寒気を何とか追いだした。バーボンをほんの少しグラスに注ぎ、煙草に火を点けて床に胡坐《あぐら》をかく。グラスを口に近付け、甘ったるいアルコールの香りを嗅いだ途端に携帯電話が鳴りだした。新世界飯店。いつも摑まえるのに苦労する人間が、今日に限って二度も電話してきたのだから、やはり異常事態である。

「どうしました」声を潜めて電話に出る。ふと、視界の隅を何かが過《よぎ》ったような気がして、慌てて立ち上がる。壁に体をくっつけ、腕を一杯に伸ばしてカーテンを細く開けた。隙間から覗いたが、ベランダに人影はない。気のせいか……しかし、この部屋は二階だから、忍び込むのは決して難しくない。

　クソ、神経戦では既にわたしの負けだ。

「そこにいるの？」楊貞姫が心配そうな声を出した。

「ええ。何かありましたか」

「わたしの方は大丈夫だけど、そんなに心配してくれてるってことは、あなたの方で何かあったのね」

「青井とニアミスした奴がいたんですよ。無事でしたけど」無事、というところに力を込める。

「そう。ありがたいことに、こっちは何もなかったわ。それより、問題のAとかいう男のことだけど」

「はい」

「海老原憲太っていうのよ」

「なるほど」

「あまり感心してくれないのね」拗《す》ねたような口調で彼女が言った。

「ちょうど同じような情報が入ってきたところなんです。でもこれで、確実に裏が取れました。二か所から聞いたことになりましたからね」

「じゃあ、これはどうかしら」挑むような言い方になっていた。「その海老原は、青井と高校の同級生だった」

「楊《ヤン》さん、俺のかなり先を行ってますよ」目の奥が鈍く痛んだ。この情報が正しければ、二人の付き合いは十年にも及ぶことになる。だったらどうして今まで、海老原の名前が捜査線上に浮かんでこなかったのか。取りこぼし、という言葉が脳裏を過る。時田の班は、高校時代の交友関係まで広げて徹底的に調べたのだろうか。

「役に立ったかしら」

「もちろん。これでかなり絞り込めます。実はまだ、海老原を摑まえる目処《めど》が立たないんですよ」

「もう一つあるわよ」

楊貞姫得意の戦術だ。次々と新事実を明かし、こちらが驚いてガードが下がるのを待ってとどめの一撃を刺す。言葉の絨毯《じゆうたん》爆撃。

「爆弾は最初に落とした方が効果があるんじゃないですか」

「こういう癖は直らないわね。海老原が脅していた相手が分かったわ」

彼女が名前を告げた。超弩《ど》級の爆弾だった。一瞬背骨を直に摑んで揺らされたような衝撃が走り、その後に暗い想像が次々と脳裏を駆け抜ける。礼を言って電話を切り、ガラスのテーブルに置いた時にも、まだかすかに手が震えていた。

ベッドに潜り込んだが、すぐには寝付けなかった。衝撃の余韻が眠気を遠ざける。

海老原が脅していた相手は赤澤だった。

もちろん、今のところ裏は取れていないが、楊の情報は常に確度が高い。世の中には、決して「本当ですか」と聞き返してはいけない人間がいるものだが、彼女はまさにそういうタイプなのだ。頭の後ろに両手をあてがい、じっと天井を見詰める。煙草の煙で薄く黄色に染まった壁紙が、闇に浮き上がるようだった。

おそらく、脅迫はかなり長期にわたっていたのだろう。そうでなければ、簡単に表に漏れることはない。わたしと会った時、赤澤は既に脅されていたはずだが、彼はその事実を告げなかった。もちろん、脅されたからと言って、全ての人間が警察に駆け込むわけではない。金で解決できて、後腐れがない保証があれば、警察を巻き込まない方が得策である場合も多いのだ。特に赤澤のように、会社という公的な存在を背負っている人間は、隠しておけるものなら隠しておきたいと願うのが自然ではないだろうか。しかも海星社はイメージを売る商売である。奈津の顔が頭に浮かんだ。彼女はこのことを知っているのだろうか。急にわたしに協力するようになった背景に、脅迫の一件があるのか。

眠れない。ベッドを抜けだして煙草に火を点け、闇を少しだけ明るく照らす火先をじっと見詰めた。揺れる気持ちはどこか腹の一点に落ち着いたが、考えがまとまるわけではない。風が強い。吹き付ける雨が窓ガラスに当たってぱらぱらと音を立て、揺れる電線の口笛のような響きが部屋に入り込んできた。結論——今考えても仕方ない。まずは海老原を捜すことだ。それと、奈津に確認すること。いや、それは避けた方がいいかもしれない。ならば直接赤澤に訊ねるか。それも駄目だ。病人にショックを与えるようなことをすべきではない。

夜は長い。

朝が来るのをこれほど待ち遠しく思ったことはなかった。

短い、不快な睡眠の後で何とかベッドを抜けだし、コーヒーを用意した。卵二個をオーバーイージーのフライドエッグにし、軽くトーストした薄い食パン二枚で挟む。味付けは塩と粗挽きの胡椒だけだ。ケチャップかマスタードが欲しいところだったが、そんなものを使えばアメリカ人並みの味覚に堕してしまう。野菜ジュースをコップ一杯。さらにコーヒーを最初ブラック、二杯目にはミルクを加えて流し込み、出かける準備ができた。

出端を挫《くじ》かれることはよくある。外へ出て鍵をかけようとした瞬間に、携帯電話が鳴りだしたのだ。奈津。朝一番に話す相手が彼女というのは素晴らしい。人生は美しいものだと、心の底から信じられるようになる。少し甲高いが落ち着いたその声は、苛立つ朝の精神安定剤になった。

「朝からすいません」声が一オクターブほど低く、わずかによそよそしい雰囲気をまとっていた。

「出かけるところだった」

「申し訳ないんですけど、父の容態が……」

「どうかしたのか」夕べから頭の中を回り続けた様々な情報が、一気に零《こぼ》れ落ちそうになる。

「……危篤なんです」

「まさか」かすれた自分の声は、他人の発言のように聞こえた。「昨日会ったばかりなんだぜ。元気……とは言えなかったけど、そんな急に危篤なんて」

「明け方、急に容態が悪化したんです。難しい病気ですから、仕方ありません」

「分かった」言葉を切って唾を呑む。「こういう時だ、側《そば》にいてやれよ」

「すいません」

「気にしないでくれ。落ち着いてから連絡してくれればいい。でも、それは最優先事項じゃないからな」

「すいません」繰り返したが、それを会話のピリオドにするつもりはないようだった。「真崎さん、一つ聞いていいですか」

「どうぞ」

「真崎さん、お兄さんを亡くしたって、前に言ってましたよね」

「そう——随分昔だけどね」

「どんな気持ちでした？」

「分からない」素直に認める。「兄貴が死んだのは、俺が五歳の時だ。兄貴は六歳だった。五歳の子どもは、自分の兄弟が死んだことを、はっきりとは理解できないんだよ。あるいは、俺が少し間抜けな子どもだったのかもしれないけど」

「六歳で……」

「誘拐されたんだ」鼓動が高鳴った。落ち着け、と自分に言い聞かせながら淡々と説明する。初めて話すことではないし、とにかく四半世紀以上も昔のことなのだ。

「誘拐……ですか」

「おいおい、君も刑事なんだから、神奈川県警の未解決事件ぐらい知っておけよ」

「その事件のことは知ってます」奈津の声がさらに低くなる。「分かってました。真崎さんの名前を聞いた時、被害者の苗字と同じだって気付きましたから。そんなによくある苗字じゃないですよね」

「そういうこと」音を立てて息を呑んだ。「とにかく、家族を亡くした人間の気持ちを俺に聞いても、何の参考にもならないよ。特殊過ぎるからね。それにだいたい、君だっておふくろさんを亡くしてるだろう。親を失った時にどう対処したらいいかは、君の方がよく知ってるんじゃないか？　俺の親は二人ともまだ生きてるんだ」

残念ながら、という言葉を辛うじて呑み込む。父親を亡くしかけている人間にかけるべき言葉ではない。

ぎこちない雰囲気を残したまま会話は終わった。彼女が何を訊《き》きたかったのかは結局分からず、どうにもピントのずれた数分間だった、という印象だけが残っている。胸の奥がむずむずした。自分の気持ちと冷静に向き合えば、あの事件について未だに消化しきれていないのは事実だ。怒りの炎を燃やし続けているわけではないし、忘れることもできない。中途半端に目を背けたまま、時の流れに身を委《ゆだ》ねていただけである。何かの拍子に蓋が外れた時に、何が起きるかは分からない。今まで自ら蓋を外し、確認しなかった自分の弱さを呪う。

車に乗り込み、煙草に火を点けた。エンジンが温まるまでしばらく待つ。十年落ちのＢＭＷはまだまだ元気だが、少しだけ暖機運転をしてやると、機嫌を損ねる確率が低くなるのだ。ワイパーを一度だけ動かし、夕べの雨で濡れたフロントガラスの視界を確保する。今日は空のところどころに青色が覗いており、気温も高くなりそうだった。サンルーフを開け、かすかに夏の匂いが感じられる風を導き入れる。実際には、夏はまだはるか先だ。梅雨が明けるのは、だいたい高校野球の県予選が二回戦に入る頃なのだから。

奈津と話したことでかき乱された心は、容易には落ち着きそうもなかった。つい、溜息が零れる。それでなくても今日は、気が重い仕事をこなさなくてはならないのに。できる限り、生まれ故郷の厚木には足を踏み入れないようにしているのだが、青井と海老原が卒業した高校は厚木にあるのだ。

仕方ない。窓を細く開けて煙草を駐車場に弾き飛ばし、シフトレバーを「D」に入れた。かくん、という軽いショックを受け、ブレーキから足を離す。だが車が動きだした瞬間、きつくブレーキを踏み込む羽目になった。ノックする音に横を見ると、柴田が助手席の窓からこちらを覗き込んでいる。いきなりドアを開けてシートに滑り込み、「県警本部まで頼む」と、さも当たり前のように言った。

「タクシーの運転手に転職した覚えはないんですけどね」

「いいから出せ。車の中で話そう」

冗談が通じる雰囲気ではなかった。黙って柴田の命令に従う。柴田は声を上げて欠伸《あくび》を嚙み殺すと、スポーツ刈りにした頭を掌で撫で付けた。

「夕べも帰れなかった」

「伊勢佐木署に泊まったんですか」

「そういうこと」柴田の家は戸塚区役所の近くにある。それほど遠いわけでもないのだが、ちょっと遅くなると帰るのが面倒臭くなるようだ。

「朝の捜査会議もすっ飛ばして、本部に顔を出さなくちゃいけないんだよ。大事な話し合いがあってな。議題は何だと思う？」

「早目に暑気払いの相談」

「阿呆《あほう》」煙草に火を点け、窓を全開にする。「このままじゃ、今年は暑気払いどころじゃない。議題はお前だ」

「県警一の人気者は辛いですね。でも、騒がれるのは女の子からだけで十分です。申し訳ないですけど、議題から外してもらえませんか」

「ふざけてる場合じゃない」柴田が左の拳《こぶし》をドアに叩き付ける。「鬼殺し」と言われることもある強烈なパンチだ。「いいか、お前は隠し事ができるような立場じゃないんだよ。お前がネタを振った相手を全員喋れ。そういう連中がむざむざ殺されてもいいのか」

「もう忠告済みです」

「お前、係長の命令を聞かなかったらしいな。こっちでちゃんと保護してやるって言ったのに」

　こっちで。その言葉が引っかかった。わたしと彼の間には、既に越えられない線が引かれたというのだろうか。

「俺は休職中ですから、命令に従う義務はないでしょう」

「馬鹿言うな」

「係長に泣きつかれたんですか」

「それはどうでもいいよ……とにかく、一課で面倒をみてやることにしたからな」

「警察にまとわりつかれると嫌がる連中ばかりなんですけどね」

「そういう問題じゃない。上手くいけば、青井も捕まえられるかもしれないだろうが。いいか、何もお前を幹部連中の前で吊るし上げようって言ってるんじゃないんだ。俺にそっと喋ってくれればいいんだよ。あとは悪いようにしないから」

「柴田さんも、上の連中と同じ考えですか。そんな人じゃないと思ってたけど」

「何だと」柴田の表情が引き締まり、顎の筋肉が痙攣《けいれん》するように動いた。

「係長は、柴田さんの言うことなら俺も聞くと思ってるんでしょう。普通だったら、それも間違いじゃないけど」

「普通じゃないわけだ」

「柴田さんは普通の事件だと思ってるんですか」

　間《ま》が空いた。柴田が顔を背け、窓の外に煙を吐きだす。右手は百円ライターを神経質そうにこね回していた。

「異常だな。だからと言って、お前が勝手な真似をするのは許されない」

「でしょうね。警察は組織だから」

「分かってるなら、知ってることを喋っておけよ。な？」一転して宥《なだ》めるような口調になった。県警の中で一番信頼できる先輩なのだが、わたしの評価は急落している。

だが、喋ることにした。矢口の顔が頭の中で急にちらついたのだ。わたしのネタ元にはクソのような人間も多いが、自分のせいで殺されたとなったら寝覚めが悪い。しかし、楊貞姫の名前だけは出さなかった。彼女はあくまで特別な存在である。

「全員、俺がもう忠告してますからね」

「分かった」ようやく満足したようで、柴田の顔に薄らと笑みが浮かぶ。「こっちでも手配しておく。で、他に何を隠してるんだ」

「まさか」ハンドルを握ったまま肩をすくめた。「柴田さんに隠し事ができるわけないでしょう」

「あのな」携帯灰皿に煙草を押し付けてから、言いにくそうに切りだした。「お前は、もしかしたら警察官に向いてないのかもしれない」

「そうですかね」

「刑事には向いてる。だけど警察官には向いてない。その違いが分かるか？」

「さあ」

「お前は猟犬なんだよ。犯人を追い詰める独特の嗅覚を持ってる。だけど、猟犬は基本的に群れないんじゃないか？　しかも飼い主の命令には絶対服従だけど、お前の場合、飼い主もお前自身だからな」


横浜から見れば、厚木は別の県にも等しい。県警本部から座間や厚木、伊勢原に車で行くことになると、長い距離と渋滞を考えてうんざりしてしまう。

朝の混雑が残る横浜市内を抜けだし、保土ヶ谷バイパスを使って北上する。横浜町田インターチェンジで東名高速に入り、厚木を目指した。十分ほどで相模川を越え、東名の側にそびえる楕円形のアクストメイン・タワーが見えてくる。わたしが厚木を出てから完成した、二十六階建てのオフィスビルだ。インターチェンジは市街地から離れた平地にあるため、このビルだけが屹立《きつりつ》しているように見える。市街地を少し離れると、畑が広がり始めるような街なのだ。

一二九号線を北上し、市街地へ近付く。この街に来たのは、ここ五年で三回ほどだろうか。来る度に、胃の奥に重い物を呑み込んだような気分になる。一二九号線が二四六号線に合流してすぐ左折し、一本西側にある県道に入った。これだと目指す高校へ行くには遠回りになるのだが、わたしの両親が経営する病院は二四六号線沿いにあるのだ。前を通ったからと言って顔を合わせるわけでもないのだが、息を止めながらアクセルを深く踏み込むよりはましだ。

別に喧嘩してるわけじゃない、と自分に言い聞かせようとする。単に、互いに無視しているだけだ。それが馬鹿馬鹿しいことも分かっている。三十を過ぎて、いつまでも過去に拘泥《こうでい》していることに何の意味があるのか。だが、わたしの家族はある意味、あの夏に崩壊してしまったのだ。兄が誘拐され、死体で見つかったあの夏に。

しばらく裏道を走ってから二四六号線に戻り、厚木署の近くで左折して細い道に入った。厚木は、小田急線の本厚木駅周辺以外は、基本的に大いなる田舎である。西へ向かうと七沢《ななさわ》森林公園、さらに奥には大山が控えている。わたしが子どもの頃、地価の安さに惹《ひ》かれて大学が一斉に進出してきたことがあったが、交通の便の悪さに悲鳴を上げて、結局逃げだした大学もある。駅からバスで三十分もかかるキャンパスに魅力を感じる受験生はいないだろう。全入時代とさえ言われる今はなおさらだ。

開け放したサンルーフから、少しひなびた風が忍び込む。子どもの頃、大嫌いだった匂いだ。兄を奪った街の匂い。時折自問することがある。刑事になったのは、誘拐犯を自分の手で追い詰めるためだったのではないか？　いつも「ノー」という答えが即座に返ってくる。警察官になる前に、事件そのものが時効になってしまったのだから、法で裁くことはできない。私的な制裁を加えるにしても、そもそも犯人を捜している暇さえなかったのだ。神奈川県警は、常に超過勤務の問題を抱えている。

しかし、今でも時折夢想することがある。何かのきっかけであの時の犯人を割りだし——あるいは偶然巡り会い——対決する場面を。その時わたしは何を言うだろう。相手をどうするだろう。

何もできないかもしれない。崩壊した家族を元通りにしてくれ、失われてしまった楽しい子ども時代を返せ。そんなことを言っても何にもならないことは分かっている。中途半端だ。わたしは、物心つく前に自分の人生を大きく捻《ね》じ曲げてしまった男——あるいは女に対して、露骨な悪意を持つことも、大きな心を持って赦《ゆる》すこともできずにいる。だったらすっかり忘れてしまう努力をすればいいのだが、その棘《とげ》は存外に大きく、心にしっかり食い込んで取れないのだった。

この高校の野球部は、永遠に県予選の初戦を突破できない、とわたしは確信した。駐車場に車を停めると、バックネット付近の様子が目に入るのだが、水溜りがあちこちに残っている。雨が上がってから結構時間が経っているのにこのザマということは、普段きちんと整備していない証拠だ。イレギュラーバウンドに対処する練習ばかりしていても、守備は上手くならない。同じグラウンドでバックネットの反対側にあるサッカーのゴール付近も、同じような状態だった。

職員室を訪ねる。バッジを持っていないのが不安材料だったが、ここでは幸運に恵まれていた。わたしの高校時代、世界史を教えていた教師が、偶然この高校に勤務していたのだ。十数年ぶりの対面になったが、意外と変わっていない。耳が隠れるほどの長さに伸ばした髪型も昔通りで、元々若々しい顔に少しばかり皺が増えたかな、という程度だった。小柄だが、上半身は堅い肉でみっちりと覆われている。当時は剣道部の監督だったが、今でも続けているに違いない。身のこなしは軽かった。

「何だ、お前」古江《ふるえ》が、背伸びするようにしてわたしの肩の辺りを叩いた。脇腹の傷に響く。わたしが負傷したことを知らないのだろう。打ち明ければ話が長くなる。笑顔と沈黙で、彼の手痛い出迎えを受け入れた。古江が自分の頭の上に掌を翳し「随分背が伸びたんじゃないか」と言った。

「そうでもありませんよ」

「じゃあ、俺の方が縮んだのかな。俺ももう五十だからね……ところで今、県警にいるんだろう？」

「よくご存知ですね」

「自分が教えた生徒の進路ぐらい、頭に入ってるよ。それに、同じ神奈川県の公務員同士じゃないか」

「そうでした」

「で、今日はどうした？」職員室の中を素早く見渡す。授業中であり、席はほとんど空いていた。残っている教師たちも、わたしたちのやり取りに注目している気配はない。学校には、様々な人間が訪ねて来るものだ。

「ちょっと、内密のお話が」

「そうね……」もう一度視線を走らせ、ドアに向けて顎をしゃくる。彼の後について職員室を出て、湿った空気の漂う廊下を歩いた。コンクリートの角が磨《す》り減ってつるつるする階段を四段分上がり、屋上に出る。すっかり息切れして、背中が湿るのを感じた。古江も同じようで、肩が大きく上下していた。煙草に火を点けると、梅雨の晴れ間に挑みかかるように煙を噴き上げる。

「いいんですか、学校で煙草なんか吸って」

「おいおい、俺は成人だぜ」

「それは確かに、十分過ぎるほど成人ですけど……」

「生徒に示しがつかないとか？　こういう体に悪いものを吸ってるとどうなるかっていう、いい見本になるじゃないか。反面教師がいなけりゃ、生徒は自分で考えるようにならないよ。自分の頭で考えさせるようにするのが本当の教育ってもんだぜ」

付き合いで煙草を咥《くわ》えると、古江がにやりと笑い、火を点けてくれた。

「で、用件は？」

「青井のことです」

瞬時に古江の顔が蒼ざめる。辛うじてうなずき、短く「ああ」とつぶやいた。煙草を持つ指先が震える。

「当然ご存知ですよね」

「お前の前にも、何度も警察の人が来たよ。ここに来られても話すこともないんだけどな」

「先生は、ご存知なんですか」

「青井が在学してた頃、俺はもうこの学校にいた。それは事実だ」それ以上のことは何としても認めたくないような口調だった。

「どんな生徒だったんですか」猫を殺す。同級生の制服を切り裂く。突然噴きだした暴力で誰かを傷付ける——あんな人間になってしまった男の少年時代を、わたしは勝手に夢想していた。施設では無口な子どもだったという証言が得られていたが、学校ではまた別の顔を見せていた可能性もある。

「正直言って、あまり印象がないんだ」古江が、煙草を持ったまま手を組んだ。煙が腹の辺りから立ち上る。「実は、担任だったこともあるんだが、全然目立たない生徒でね。警察が何回も来たから調べてみたんだけど、成績もごく普通だった。部活動はやってなかったな」

「友だちは……」

「いつも一人でいたと思う。施設から通ってたせいかもしれないな。いじめがあったわけじゃないけど、あいつの方で壁を作って、周りの人間を寄せ付けない感じだった」

　ということは、海老原とも付き合いはなかったのだろうか。

「今回のような事件を起こしそうな気配はあったんですか」

「まさか」慌てて首を振る。が、その直後に自分の言葉を修正した。「いや、それも分からないんだ。それほど印象が薄かったってことだけどな」

「本当の用件は、青井のことじゃないんです」

「何だよ」急に緊張が解けたように、古江の体が弛緩した。「それならそれで早く言ってくれ。あいつのことを話してると、どうも胃が痛くなっていかんよ。だいたい、警察の人たちの聞き方も酷《ひど》かったんだぜ。まるで俺らが、あいつが犯罪に走るように育てたみたいに思ってるんじゃないか」

「まさか」

「で、本題は何なんだ」

「青井の同級生で、海老原って男がいたでしょう。海老原憲太」

「海老原」今度は露骨に顔をしかめた。古傷をたわしで乱暴に擦られたような表情であった。「海老原はなあ……あれこそ問題児だったよ。少なくとも高校時代は」

海老原の高校時代は暴走族に始まり、ヤクザの入り口で終わった。黒く染められた三年間のように思えたが、古江に言わせれば実際は灰色だったらしい。何をやっても中途半端だったからだ。暴走族はオートバイの自損事故がきっかけで抜けることになったし、ヤクザは向こうからお断りという状況だったようだ。高校を卒業してからの行方は知れないという。

そんな情報を仕入れて、横浜に戻ることにした。当面、大きな目標ができた。海老原を捜しだして揺さぶりをかけることだ。そのためにはどうするか……本郷から何か所か立ち回り先を聞いているから、いずれは行き着くことができるだろう。

厚木インターチェンジに着く直前、携帯が鳴りだした。ウィンカーを出さずに車を道路脇に停めて急停車し、他の車のクラクションを無視して電話に出る。奈津だった。

「すみません」いきなり詫びを入れる声は憔悴《しょうすい》しきっていた。「父が亡くなりました」

「まさか……」行く末を悲観して自ら命を絶った。そんな考えが去来する。

「自殺じゃありませんよ」いつの間にか考えを読まれていた。「本当に、急に容態が悪化したんです。それだけのことです」

「分かってる。君の親父さんは自殺しそうな人には見えなかった。とにかく、しばらくはやるべきことをやった方がいい」忌引《きび》きは七日だっただろうか、と考えた。一人で動き回ることは苦にならなかったが、しばらく彼女に会えないかと思うと、胸に穴があいたような気分になる。

「本当にすみません」

「いいんだ。君は親父さんの側にいてやってくれ。お通夜は？」

「身内だけですることになると思います。それが父の遺志でしたから。全部終わってから新聞に発表するんじゃないかな」

「俺が口を出す問題じゃないけど、それでいいのか？　親父さん、ある意味公人じゃないか。あれだけ大きい会社の社長なんだから。取引先とか、横浜の商工会議所の関係とか、いろいろあるだろう。そういう人たちも最後のお別れはしたいんじゃないかな」

「でも、実際は病気になってから、会社の経営からはほとんど手を引いてますから。社長は、肩書きだけなんですよ」

「通夜の場所と時間が分かったら教えてくれないかな。俺も顔を出したい。妙な縁だけど、顔見知りなんだから」

「……ごめんなさい」奈津が深々と頭を下げる様が目に浮かんだ。「これは、わたしと父と……会社の信頼できる人たちとのお別れなんです。真崎さんだけじゃなくて、他にも誰も呼びません」

それは言い訳にも慰めにもなっていなかった。落ち着いたら連絡してくれ、とだけ言って電話を切る。

落ち着きが必要なのは彼女ではなく、わたしの方だった。これで、恐喝の件について赤澤に直接訊ねる機会は永遠に失われた。一方の当事者の証言がなければ、恐喝の事実を立証することは極めて難しい。その事実がなければ、海老原を追い詰める大きな材料を失うことになる。

3

部屋に戻り、ぼんやりとした気持ちを抱えたままコーヒーを用意する。どこかに大きな穴があいたようだった。赤澤とは知り合ったばかりだが、何故か古い友人を亡くしたような気がする。コーヒーを一口飲んだ瞬間、ドアにノックの音が響いた。コーヒーカップを流しにそっと置き、足音を立てないように気をつけながら覗き穴から外を見やると、背筋をぴしりと伸ばした格好で角《すみ》が立っていた。すぐにでも通夜に駆け付けられそうな黒いスーツを着ているが、ネクタイはまだしていない。ドアを開けると、三十度の角度で頭を下げる。マナー本にでも載せたい、綺麗なお辞儀だった。

「こんなところで何してるんですか」

「ちょっとお時間をいただけませんでしょうか」

「わたしには時間はありますけど、あなたにはないでしょう」わざとらしく腕時計を見下ろしてやった。

「大丈夫……いや、是非お願いします」

無言で首を傾《かし》げてやったが、彼は動じる気配を見せなかった。仕方なくドアを大きく開け放ち、室内に向かって右手を伸ばす。外に例のプリウスが停まっているのが見えた。車を待たせているのだから、長くはかからないだろう。

シングルソールのストレートチップの紐を解《ほど》いて踵《かかと》から丁寧に脱ぎ、部屋に入ると、角が珍しそうに室内を見回す。居心地が悪くなって、コーヒーメーカーに逃げた。

「コーヒーはどうですか。淹《い》れたてです」

「いただきましょう」

「向こうの部屋にどうぞ。と言っても、その部屋しかありませんけど」

「では、失礼します」

コーヒーを準備して部屋に運ぶ。彼は窓辺に突っ立ったままだった。

「座りませんか」と言うと、小さく、素早くうなずいてガラステーブルの前に正座する。わたしはベッドに寄りかかるようにして、片膝《ひざ》を立てて座った。二つのコーヒーカップから、二人の間に薄く湯気が立つ。

「ミルクしかありませんけど」ガラス製のミルク入れを彼の方に押しやった。

「ブラックで結構です」ミルクを断わり、角がコーヒーを一口飲んだ。驚いたように右目を見開く。「何か特別な豆でもお使いですか？　実に美味い」

「コーヒーメーカーの手柄ですよ。東芝の技術力を褒めてやって下さい」煙草を取りだす。掌の中に包み込んだまま、じっと彼の顔を凝視した。上品だが能面のような顔付きからは、腹の底に隠した本音が一切読み取れない。

「懐かしいですね、こういう部屋は」

「はい？」

「わたしも学生時代、三畳一間の部屋に住んでいたことがあります。風呂はなし、トイレも共同でした。北向きで陽も当たらない、畳が湿ったような部屋だった。人間、金がないと気持ちも惨めになるものですね。その部屋に住んでいたのは二十歳の頃から四年間ほどでしたけど、今でも思い出したくない。若い頃の貧乏はいい想い出になるっていうのは、嘘ですね」

「あなた、自分の身の上話に絡めて、わたしが貧乏だということを皮肉ってるんですか。だとしたら巧妙なやり方だ」自分の皮肉が上滑りするのを感じながら言った。

「あなたの年齢の公務員が贅沢な暮らしをしていたら、税金を払っている神奈川県民としては、逆に釈然としませんよ。車にだけはお金をかけていらっしゃるようだが」

「ＢＭＷですか？　十年落ちですよ。買った時、百五十万しなかった。それも、まだローンを払ってますけどね」

「そうですか……」再びカップを口に運ぶ。音も立てずにテーブルに戻すと、暗い口調で切りだした。「社長のことは、もうご存知ですね」

「聞きました」誰から、とは言わなかった。角はもう全ての事情を知っているような気がしたから。「葬儀は家族だけでやられるそうですね」

「社長の強い希望でした」眼鏡を外し、ハンカチで丁寧に拭《ぬぐ》う。「最後のお願いということですね。派手なことがお嫌いな人でしたから」

「最近はそういう人も多いようですね。で、用件は何なんですか」

「少し、わたしの話を聞いていただけませんか」

「こっちは構いませんけど、あなたはお忙しいでしょう。お通夜や葬儀を仕切らなくちゃいけないんじゃないですか」腕時計に視線を落とす。午後一時。通夜は夜だろうが、自ら秘書役だと名乗っていた男だ、いろいろとやることもあるだろう。

「わたしは、一応専務ですからね」眼鏡をかけ直し、角を揃えてハンカチを畳む。

「細かい仕事は部下がきちんとやっています。うちの総務には優秀な人間が揃っていましてね。あなたにご心配いただくには及びません」

「そうですか」コーヒーを飲み、煙草に火を点けた。角がわずかに迷惑そうな表情を浮かべたが、顔を背けて煙を吐きだすことで妥協してもらう。自分の部屋で煙草を吸う許可を得るような真似はしたくない。「もしかしたら、跡目争いで困ってらっしゃる？　社内が社長派と反社長派に分かれて、取締役会が分裂している。ここは一つ、娘さんを担《かつ》ぎだすしかない。彼女を説得するために、わたしの力を借りたいということですか」

角が、表情を崩さずに喉の奥で笑い声を上げた。

「あなたの想像力は暴走しがちですね」

「本心じゃありませんよ。わたしの口は、自分の意志と関係なしに、勝手なことを喋りたがる」

「会社はしばらく前から、社長不在を前提で動いております。真崎さんにご心配いただく必要はありません。業務はこれからも粛々と進めていきます。それに奈津さんには、ご自分の人生を生きる権利がありますからね。もちろん、海星社で仕事をしたいということなら、わたくしどもとしては諸手《もろて》を挙げて受け入れさせていただきます。この世界では、血筋も物を言いますから」

「賛成しかねますね」

「どうしてですか」

「彼女は刑事に向いています」データを完璧に記憶し、見事に整理する能力、それに本郷を簡単にあしらった手際の良さを思い出す。「あれぐらい優秀な人間は、神奈川県警では貴重な存在なんですよ」

「そうですか。今のところ、奈津さんも警察を辞めるおつもりはないようですね」

奈津の行く末を案じる会話が終わり、一瞬の沈黙が訪れる。角がコーヒーを飲み、わたしが煙草を吸い、じりじりと緊張感だけが高まっていった。

「わたしは、社長とは長い付き合いなんです」突然、角が打ち明け話を始めた。「同郷でしてね。たまたま高校の先輩と後輩でもありました。わたしは大学に入って横浜に出てきたんですけど、実家の商売が傾いて、にっちもさっちもいかなくなりましてね。いよいよ退学届けを出さなくちゃいけないかっていう時に、社長が助けてくれたんです。元々、運送業のアルバイトをやっている時に、社長の仕事をお手伝いする機会があって知り合ったんですけど、同郷ということで随分良くしてもらいましてね。その頃社長は、大学を卒業されて海星社を立ち上げたばかりでした。輸入雑貨を扱う小さな店でしたけど、なかなか忙しかったんですよ。社長は、講義がない時だけでいいからという、夢みたいな条件でわたしを雇ってくれました。お陰で何とか、大学も卒業することができたんです」

「角さん、この話はどこへ行き着くんですか」苛々していたわけではない。社長の葬儀を出さなければならない忙しい身の上を案じたのだが、わたしの心配は彼には無用のようだった。

「最初の頃は社員も数人で、随分苦労しました。資金繰りで立ち行かなくなって、いよいよ倒産か、ということも何度もありました。当時は厚木に会社がありましてね。小さなアパートの一室でした。そういう場所しか借りられなかったんですが、倉庫兼用でしたから、立ったまま仕事をしたこともありますよ」

厚木。黙って首を振る。その名前は一日に二度も聞けば十分だ。

「社員も減らさざるを得なくて、一時はわたしと社長だけという時もありました。二人とも、それこそ死に物狂いで働いて、ようやく会社を立て直したんですけどね。その後は扱う商品を宝飾品だけに絞って、横浜に本社を移して……」

「今に至る、と」横浜を代表する企業になるまでの数十年の歴史を、わたしは一言でまとめた。角が大真面目でうなずく。

「そういうことです」

「どうして会社の事情をわたしに話すんですか。社長が亡くなったんで、想い出話でもしたくなったんですか？　だったら、わたしよりも適当な聞き役がいるでしょう」

「さあ」角の表情が初めて崩れた。「どうしてでしょうね。あなたには話しておかなくてはいけないような気がした」

「残念ながら、ビジネスマンの成功談は、わたしの人生の教科書にはならないんですよ。人殺しを捕まえるのが仕事ですから」

「社長が、あなたのことを気にかけておられました」角がコーヒーを飲み干す。「後でまた、連絡させていただくことになると思います」

「ヘッドハンティングなら、予《あらかじ》めお断りしておきます。わたしがプラネットの店先に立ったら、間違いなく客が減りますよ」

「どうしてですか」

「顔が怖いから」

「そうですかねえ」角が首を傾げた。「小綺麗な格好をしていただいて、少し髪でもいじれば、奥様方の受けはいいと思いますが。なかなかハンサムでいらっしゃるし」

「年上の女性は好みじゃないし、ホストクラブみたいな真似はどうかと思いますね」

「後でまた、連絡させていただくことになると思います」角が同じ台詞を繰り返した。「わたしが直接するかどうかは分かりませんが」

「用事があるなら、今言ってくれた方がありがたいんですけどね。どうしてこんな面倒なことをするんですか」

「タイミング的に、今は言えないこともあるんですよ。あなたがお忙しいのは承知していますが、どうかご了承下さい——美味しいコーヒーをご馳走様でした」

角を見送って外へ出た。しつこく迫れば話を聞きだせたかもしれないが、彼は犯罪者ではない。殺しの犯人なら、どんな手を使っても吐かせることができるのだが、今回の話題は、どうやらわたし自身に係わることのようだ。となると、追及の矛先《ほこさき》も鈍る。彼の曖昧《あいまい》な物言いは、わたしに明らかに悪影響を与えた。真っ先に確認しなければならないことをすっかり忘れてしまったのだから。

赤澤は何故恐喝されていたのか。

クソ、絶好のチャンスだったのに。空にはまた重い雲がかかっている。プリウスを見送って踵《きびす》を返した瞬間、わたしの背後で急ブレーキが軋《きし》り、ドアが開く音がそれに続いた。振り向くと、鯨を彷彿《ほうふつ》させる巨大なメルセデスが停まっている。わざとらしく凄みを利《き》かせて立っているのは、一目でヤクザと分かる若い男だった。光沢のある茶色いシャツに黒のスーツ。ネクタイも黒だった。それにしても、最近のヤクザは羽振りが良くない。メルセデスは最上級のSクラスではあったが、二世代前のモデルだったのだ。

「乗りな」男が凄んだ。

「ハイヤーを頼んだ覚えはないよ」

「減らず口を叩いてる暇はねえんだ」凄みのレベルが一段上がる。だが、わたしの中にある警報器は鳴らなかった。とにかく若い。せいぜい二十歳、上に見積もっても二十五歳ぐらいだろう。体の線は細く、目を細めて顎に力を入れることが威嚇《いかく》の王道だと勘違いしている。「とにかく乗りな」

「これから昼飯なんだよ。あんたもどうだ？　よかったら俺の手料理をご馳走する」

「縄田《なわた》さんがお呼びなんだよ。あんたとドライブしたいそうだ」

「なるほど」

縄田。その珍しい苗字には聞き覚えがあった。広域暴力団、塙《はなわ》組の若頭。神奈川県警とは浅からぬ因縁がある。もっともわたしにとっては、金村の親分格という方が理解が早い。あの野郎、何かヘマをやらかしたのか。わたしのネタ元だということがばれて、指でも詰めさせられたのかもしれない。見舞いはどうしようか、と考え始めたところで窓が下り、車の中から声がかかった。

「真崎さんよ、言葉が悪いのは勘弁してくれ」初対面だが、縄田だということはすぐに分かった。写真は何度も見たことがある。「こいつも育ちが悪いもんでね。ちょっと時間を貸してくれないか。あんた、どうせ休職中なんだろう？　時間はあるはずだよな」

「若頭」唇の端を軽く持ち上げて微笑んでやった。「予約を取ってもらった方がいいな。最近、俺は人気者でね」

「てめえ、ふざけてるのか」付き添いのチンピラがさらに凄んだ。精一杯強がってさそうだ。本物のヤクザは、無表情なまま、気配だけで人を恐怖に陥れる。いるが、痛みに顔をしかめているようにしか見えない。この男には、出世の芽はな

「よせ、ヤス」

「そうだよ、ヤス」呑気《のんき》な笑みを浮かべてやる。「あんた、いつもヤスって言われてるのか？　まるで昔懐かしの東映ヤクザ映画の世界だな。高倉健、好きか？」

たまりかねたのか、縄田が割って入る。

「真崎さんよ、あんたが口から生まれたみたいな男だっていうのは聞いてるけど、それぐらいにしてもらえないか。そいつは本当に安田《やすだ》っていうんだ」

「俺は常々、あんたたちのネーミングのセンスは素晴らしいと思ってたんだ」

「縄田さん、こいつ、ちょっと締め上げてやった方がいいんじゃないすか」安田が詰め寄ってくる。わたしは体の力を抜き、右足をわずかに後ろに引いた。安田が体を揺らしながら近付いて来る。先手を取って、左を腹に叩き込むフェイントを見せてから、右のストレートを放った。拳は固めず、掌の付け根で狙って、鼻先の一センチ手前で止める。

「よせ、よせ、ヤス」縄田が忠告を飛ばしたが、頭に血が昇っている安田の耳には届かなかったようだ。大きなモーションから右のストレートを繰りだしてくる。素人臭い攻撃だ。喧嘩慣れしている若者を連れて来ているわけではないようだ。最近

のヤクザのスカウト制度は崩壊しかかっている。頭を下げてパンチをかいくぐり、背後に回り込んで左手を折り畳む。そのまま腕をロックして締め上げながら、右足を左足にかけた。ぎりぎりと腕を捩《ね》じ上げながら「このまま倒すと、顔面が削れちまうぞ」と忠告する。

「クソ――」

「ヤス、やめておけ。お前の手に負える相手じゃねえよ」

「認めていただいて恐縮ですね」安田の後頭部を見詰めたまま言って、腕を解いた。振り返る暇を与えず、尻を軽く蹴飛ばしてやる。安田がよろめきだし、メルセデスのルーフに手をついた。磨き上げた漆黒のボディに掌紋がつくことを恐れてか、慌てて手を引く。

「若頭、あんたと話をするのは構わないけど、この腕自慢はここに置いていってもいいかな」両手で胸を押さえてみせた。「怖くて死にそうだったよ」

「俺もその方がいいような気がしてきた」縄田が溜息をつく。「若いのが怪我するのを見たくないからな」

「あんたたちも腕が落ちたな。県警の道場にでも来て、鍛えたらどうなんだ」

「その件は幹部会に諮《はか》ろう」

「約束だ。指きりでもするか？」

突然、縄田が笑いを爆発させる。右手をすっと上げると、そこにあるべき小指はなかった。

確か、この世代のメルセデスのSクラスは何かと評判が悪かったはずだ。しかし人に運転を任せて後部座席に収まっている限り、不満は一切感じられない。自動車評論家という人種は、口ではなく尻が奢《おご》っているのだろう。わたしのBMWは、基本的に足回りが硬く締め上げられており、コーナーでしっかり踏ん張ってくれる代わりに突き上げも激しい。一方このメルセデスは、振動のない飛行機に乗るような滑らかさを味わわせてくれた。エンジン音もロードノイズも、ほとんど耳に入らない。目を閉じれば、わたしのベッドよりも早く眠りを呼んでくれるだろう。

煙草を取りだすと、縄田が「禁煙なんだが」と短く警告を飛ばした。口に咥えたままにして、ちらりと彼の顔を見やる。短めに揃えた髪をきちんとオールバックにし、濃い柑橘系の匂いを漂わせている。ほとんど黒に近いピンストライプのスーツにグレーのシャツ、ネクタイは黒でスーツに合わせている。足元は見えなかったが、先の尖ったイタリア製の靴を、顔が映るほどに磨き込んでいるだろう。がっしりとした顎から唇にかけて、ぎざぎざの傷跡が走っている。腕の悪い医者にかかったのが運の尽きだ。あるいは、切り付けた相手の手が震えていたのかもしれない。

誰がやったか知らないが、まずい人間を相手にしたものだ。

「そういう服はどこで買うんだ」

「ああ？」

「あんたらは、みんな同じような服を着てる。制服なのか？」

「あんた、コメディアンになろうと思ったことはないか」

「俺はいつも真面目だけど」

「結構だね」縄田が素早くうなずく。真っ直ぐ前を向いたまま、低い声で話し始めた。「今日は特に、真面目に話してもらわないと困る。忙しいだろうから、さっそく用件に入ろうか。実は、あんたに協力させていただこうかと思ってるんだ」

「へえ」

「青井を捜してるんだってな」

「奴を捜してるのは俺だけじゃない」

「他の刑事さんじゃなくて、あんたに手柄を立てさせてやりたくてね」

「初対面の人間にそんなことを言われると、くすぐったくなるな」耳の後ろをかくと、かすかに汗をかいているのに気付いた。

「だいぶ難儀してるみたいじゃないか」

「この事件だけが特別なんじゃない。簡単な捜査なんか、一つもないよ」

「ごもっともだな」大仰に二度、うなずく。「刑事さんたちの苦労なら、俺らも分かってる」

「あんたたちに同情されたら終わりだね」

「別に同情はしてない。いいかい、俺たちは、あんたらが見られない場所を見ることができる。俺らとあんたらの間には、一本線が引いてあるよな。白と黒とは言わんが、とにかくその線で向こうとこっちに分かれてる。あんたらは時々こっちへ出てきて調べ回るけど、いきなりじゃ上手くいかないことも多いだろう。そこは、よく知ってる俺らが調べた方が効率がいいんじゃないか。青井みたいな人間がうろついてると、世の中みんな不安になるだろう」

「公徳心の強いヤクザ。矛盾してるな」

「あんたがそう言うのは勝手だが」縄田が肩をすぼめた。スーツに皺が寄ったとでも思ったのか、襟元をすっと撫で付ける。「俺らならやれる、そう思わないか」

「その自信はどこからくるんだ？　だいたい、青井はあんたらの側にいる人間でもないんだぜ」

「警察から見れば同じようなものじゃないのか」

「法的には一くくりにできるかもしれない。犯・罪・者、だ。漢字の書き方が分からなければ教えてやるよ。だけど同じ犯罪者でも、青井はあんたらとは違う人種の人間だ。あんたらは人を殺す、そうだよな」

「こんな場所で吐くわけにはいかないな」

縄田の軽口を無視して続ける。

「あんたらが人を殺す時は、理屈がある。もちろん、どんな理屈でも許されるわけじゃないけど、少なくとも理解はできる。あんたらの歴史は長い。わざわざ取り上げるマスコミもいるから、一般の人も、ヤクザがどんなものかはある程度理解してる。縄張り争いでも、面子を汚されたでも何でもいいけど、何かやった時に動機は想像できるはずだ。でも、青井は違う。あんた、奴がどうして人を殺すか、理解できるか」

「さあね。要するに、まともじゃないんだろう」

「人を殺すのは、どんな場合でもまともなことじゃないよ。でも、とりあえずはあんたの言う通りだろうな。俺の常識もあんたの常識も通じない人間、それが青井なんだ。もちろん、あんたらは自分の縄張りの中では強いと思う。だけど青井はそこにはいない。それをあんたたちが見つけだすのは、俺たちがやる以上に難しい」

「やってみて悪いことはないだろう」

「それはあんたらの勝手だ……見返りに何が欲しい？」

「見返り？」縄田が笑い声を漏らす。「俺らは、常にバーターの取り引きをするわけじゃないんだぜ。これはいわゆる先行投資ってやつでね」

「俺は買えないよ」

「いい銘柄だと思うがね。あんたはあちこちに情報源を持ってる。それでいい仕事をしてるようじゃないか。俺も、いい情報源を持てばいい仕事ができると思う」

「無駄だな」

「そう簡単に決め付けないで欲しいね。とにかくあんた、このままじゃネタ元を一人なくすことになるんだぞ」

ネタ元――金村か。唇を引き結び、窓の外に目をやった。金村とわたしの関係は秘密になっている。それが今は明らかに、縄田の知るところとなっていた。これで、情報源としての金村を失うことは間違いない。内容はともかく、警察に情報を流していたことが上に知れたら、落とし前をつけなければならないだろう。仕方ない。あいつの指はまだ十本ある。余裕は十分だ。

「誰だ、ネタ元って」

「あんたならそうやって惚《とぼ》けるだろうと思ったよ」

「この話はこれで終わりだ。俺は、誰かの操り人形になるつもりはない」

「立派な心がけだな。だけど、操り人形ってのは誤解だよ。俺らと警察は、昔から持ちつ持たれつの関係じゃないか」

「そういう刑事もいるかもしれないが、俺は違う。だいたい俺は、捜査一課の人間なんだ。あんたらとは、今後も付き合いがあるとは思えない」

「そんなことは分からんよ。先行投資ってのは、目の前の利益を無視しても、先を見ることから始まるんだ」

「そういう哲学は、別の商売で生かしてくれないかな」最初の忠告を無視して煙草に火を点ける。すぐに車内に煙が渦巻き、縄田が窓を細く開けた。彼の顔の前を煙が流れ、外へ出て行く。煙草を持ったまま両手を腹の上で組み合わせ、前を向いたまま話し始めた。「シリアル・キラーって知ってるか」

「連続殺人者か」

「さすが、塙組の若頭は犯罪研究も怠りないみたいだな」

「ふざけるな」短い警告だったが、先程までとは打って変わって明白な殺意が感じられた。「何が言いたい」

「シリアル・キラーを『時間』という観点で分類すると、大きく二つのパターンに分かれるんだ。一つが、突然切れて短時間に大量殺人を犯すパターン。もう一つが、長い時間かけて犯行を続けるパターンだ」

「青井は？　二番目か」

「そうなんだが、実際にはその範疇《はんちゅう》に入らないかもしれない。二番目のパターンの犯人は、普段はごく普通に生活していることが多いんだ。それが、定期的な発作みたいに犯行に走る。パターンが一定していることもある。一月に必ず一人ずつとか、満月になると血が騒ぐとかね。やってない時は、誰にも疑われない。ごく目立たない存在だったりするんだよ」

「何が言いたい？」

「青井は、普通に生活している気配がない。それどころか、実際に生きているかどうかも分からないぐらいだ。今この時点では、どこにも足跡を残してない。そういう男がどこにいるか、あんたらが割りだせると思うか？」

「最初からできないと決めてかかるなよ」

「馬鹿にするわけじゃないけど、無理だ。自分たちの理解できない世界に住んでる人間を捜すのは難しいよ。だからこそ、俺たちもこんなに苦労してるんだ……とにかく、あんたには俺は買えない。無駄なエネルギーを使うのはやめた方がいい」

「あんたがそう言うなら」肩をすくめ、引き下がった。「話はこれで終わりにしようか。この辺で降りてくれるかな」

自分の計画が頓挫《とんざ》したことに、縄田はそれなりの仕返しを用意していた。車は本牧《ほんもく》を走っていたのだ。知名度と反比例して、横浜市内で一番交通の便が悪い場所と言っても過言ではない。わたしの頭上には、首都高が覆いかぶさっているだけだった。汚れたコンクリートの塊《かたまり》は、癌に冒された内臓のようにも見える。さり気ない嫌がらせができないようでは、塙組の若頭は務められないのだろう。車を降りると、湿った潮風が頬を叩いた。人っ子一人いない。近くに埠頭《ふとう》があるのに、車さえ通りかからなかった。

〈動きにくくなった。捕まるわけにはいかないのだから。捕まれば死刑だろう。今までと同じことができなくなると考えると身悶えするほど息苦しくなる。どうもツキがないようだ。もう一人やれるところだったのに逃してしまった。こんなことは初めてだ。そのことを考えると涙が出てくる。二度と人を殺せないんじゃないか。そんなことになったら俺は何を誇りに生きていけばいいのか。あの感触を忘れたくない。肉を抉《えぐ》る感触をもう一度味わいたい。人によって全然違うのだ。ぶよぶよした脂肪だらけの肉。引き締まった筋肉。俺の好みは鍛え上げられた筋肉だ。ナイフで切り裂いてやると人間の体などしょせん刃物には勝てないことがよく分かる。ナイフ一本あれば簡単に制圧して解体することができる。残したメッセージはあまりにも明白過ぎたのだろうか。警察がどこまでやれるか俺のメッセージをちゃんと受け取ることができるか試してみたつもりだった。連中は予想外に敏感に反応した。今は殺すべき相手が一人でいることはほとんどない。襲ってさっと引く。殺しの感触をその場で味わい死体の様子を一瞬で頭に焼き付けるのは俺のやり方だ。ジェフリー・ダーマーのように。だが警戒している人間を殺すのはそれほど簡単ではない。こういう状況を作ったのは誰だ？　あいつだ。真崎薫。殺し損なったあいつ。やはりターゲットを奴一人に絞り込もう。そうすればこの腕の中途半端な傷をバツ印にできる。一本線は己の失敗の証《あかし》。バツ印は成功の印なのだ。傷をそっと撫でてみる。かすかにうずくようだった。ナイフを取り上げて刃先を傷に直角に当ててみる。そのますっと引いて綺麗な痕《あと》を付けたかった。駄目だ。俺はインチキはしない。だから今回のゲームもきちんとルールに則《のっと》ることにする。奴は俺のメッセージを受け取ったはずだ。闇討ちのような真似はしない〉

体の芯が熱っぽかった。気持ちも落ち着かない。汗が出尽くすほど体を動かしたかった。その後で冷たいシャワーを浴び、それでも筋肉の芯に残る熱の余韻を味わいたかった。しかし、手合わせをするのに最高の相手である柴田にはそんな暇はないだろうし、電話もかけにくい。

汗をかけないなら、代わりに料理だ。昼飯を抜いてしまったので、夜に備えて早めの夕食を用意することにした。安い牛肉を、包丁の背で徹底的に叩いて大きく薄く広げる。粉チーズとみじん切りのパセリをたっぷり混ぜたパン粉を用意し、丁寧に肉にまぶす。衣が落ち着くのを待つ間に、ジャガイモを二つに割り、半分は千切りに、半分はすり下ろした。混ぜ合わせて水気を絞り、形良く丸めてから電子レンジにかける。ある程度まとまっているのを確認してから、フライパンにオリーブオイルを引いて弱火でじっくり炒めた。慎重に、崩さないように気をつけてひっくり返す。両面が綺麗な黄金色になったところでフライパンから引き上げ、キッチンペーパーで油を切った。オリーブオイルをフライパンに足して肉を滑り込ませ、ゆっくりと揚げていく。カツレツが程良く色づいたところで完成。ハッシュポテトと一緒に皿に盛り、カツレツにはたっぷりレモン半個分を搾りかけた。思い付いて、冷蔵庫の隅で眠っていた柚子胡椒を薬味に添える。

レモンの酸味と柚子胡椒の爽やかな辛味で、肉があっさり食べられた。付け合わせのハッシュポテトも残さず平らげる。少し力が出てきた気もしたが、もう一つぴりっとしないのはアルコールがないせいだろう。要するにわたしは、まだ元に戻っていないのだ。あるいはもう、戻れないのかもしれないが。

クリームを加えたコーヒーを飲んで胃の中を落ち着かせてやると、ふいに柴田の言葉が思い起こされた。「刑事には向いてる。だけど警察官には向いてない」。言い得て妙ではないだろうか。誰かを追いかけ、狩る快感は何物にも代えがたい。しかし、ただそれだけをしていればいいというわけではないのだ。上司の顔色を観察し、誰かに足を引っ張られないように気をつけながらというのは、実に面倒臭い。自分の信念や考えが捻じ曲げられそうになることもしばしばだ。

警察という組織を離れて、一人で生きていくことはできないだろうか。ふと、そんなことを考えている自分に気づいた。

4

ＢＭＷの３シリーズは、さほど大きな車ではない。特に室内空間に関しては、設計者が優先順位を後回しにしているようだ。わたしの身長が百八十センチあることを差し引いても膝元は狭いし、頭上にも余裕がない。走っている時にはその狭さがタイトな一体感を生みだすのだが、停まって座り込んでいると、すぐに息苦しさを意識するようになる。しかも一人。横に奈津がいれば、とつくづく思った。彼女の香りを嗅ぎながら無駄話でもしていれば、待機しているだけの時間さえ貴重になる。しかし彼女は今、通夜の席で悲しみに耐えているはずだ。独りぼっちで。海星社の人間はあれこれ気を遣っているはずだが、奈津の心の内側まで入り込むことはできないだろう。側にいてやりたいと心の底から思った。

どうしてこんなに急に彼女に惹かれたのだろう。これは一種の熱病だ。分析を始めようとした途端、わたしの頭は混乱し、千切れた言葉が舞い始める。本当に人を好きになるとは、こういうことかもしれない。冷静に分析できる恋愛感情など、所詮は薄っぺらなものではないか。

窓を開け、張り込みを始めてから三本目の煙草に火を点けた。本郷に教えてもらった、海老原が立ち寄りそうな店。今夜から回ってみることにしていた。ダッシュボードの時計を見ると、約束の時間まであと三十分。目の前のジャズバアに人の出入りはまったくなかった。三十分前、店に入って店長に面会を求めた時、自分がひどく場違いな人間であることに気付き、店内での張り込みを諦めたのだ。海老原が顔を出したら合図してくれるように頼んである。しかし、時間は一時間、と切った。他にも回っておくべき場所がある。

昼間のうちに、刑事総務課にいる同期の男に連絡を取り、海老原の前歴を照会してもらった。二十一歳の時に傷害で逮捕されている。酒場で、見ず知らずの人間に喧嘩を吹っかけたのだ。この時は初犯であり、相手の怪我もさほどひどくなかったので執行猶予がついたが、しばらく後に再びリストに名前が載った時には、粗暴犯から知能犯に変身していた。二十三歳の時に、悪徳商法の詐欺グループの一員として逮捕され、懲役二年の実刑判決を受けた。刑務所を出た時には二十六歳になっており、その後は警察との接点はないが、少なくとも青井よりは分かりやすい人生である。暴走族にもヤクザにもなれなかった男。古江が指摘した通りだったが、そういう人間は中途半端な悪のスパイラルを滑り降り、最後は必ず最底辺に辿り着くものだ。詐欺の次には、海星社の社長を恐喝しようとする——不特定多数の人間を相手にする悪徳商法事件に係わった時と比べて、志が高くなったと言うべきか、そうでないのか。

相棒がいるのかもしれない。犯罪者として、海老原はこれまでのところB級レベルに留まっている。海星社のように大きな会社のトップを相手に、一人で恐喝ができるようなノウハウも根性もないはずだ。もしかしたら、青井がパートナーだったのではないか。いや、それは海老原の単独犯の可能性よりも低いだろう。ただ人を殺すために——青井は他のことなど何一つ望んでいない。

考え、煙草をひたすら消費し続けているうちに、残りの三十分が過ぎた。店長が、分厚いドアを押し開けて顔を出す。素早くうなずくと、わたしの車の方に歩いて来た。窓を開けると「来ませんでしたね」と短く報告する。ドアを開けて歩道に降り立ち、煙草を一本勧めてやった。彼は首を振って断り、自分のマルボロに火を点ける。わたしも付き合い、ラッキー・ストライクを咥えた。煙を吸い込んだ途端、軽い吐き気を感じる。この一時間で六本目。明らかに吸い過ぎだった。店長は目を細め、美味そうに煙草を味わう。三十歳を少し出たぐらいで、わたしと同年輩のようだ。ペンキを吹き付けたように体にぴったりしたシャツとジーンズはどちらも黒で、それだけに不健康な顔の白さが際立つ。この男も本郷や松田と同じように、夜にだけ生きる人種なのだろう。

「残念でしたね。でも、毎日来るわけじゃないから」

「どれぐらいの頻度だろう」

「月に一度……二度かな」

「どんな客なんですか」

「いや、普通の客ですよ。騒ぐこともないし、金の払いもちゃんとしているし。ディジー・ガレスピーが好きみたいですよ」

「それは、いい趣味なのかな？」ジャズ。縁遠い世界だ。そもそも日本でジャズの市場が成立していることが、わたしには理解できない。

「どうかな。好みは人それぞれなんで」

「悪いけど、店はあまり流行ってないみたいですね」何しろ、この一時間でドアを開け閉めしたのはわたしと店長だけなのだ。

「こういう店は仕方ないですね」肩をすぼめる。「食えるだけで感謝しなきゃ」

「もっとジャズファンがいれば流行るかもしれないけどね。模様替えしたら？ロックかハウス系にでもすれば、客ももっと入るんじゃないかな」

「少し難聴気味でしてね、その手のやつはちょっと……」両の耳を押さえてみせる。「ま、結局俺がジャズ好きだからやってるんですよ。一種の趣味ですね」

「趣味と実益が一致してるのは素晴らしいね」わたしはどうなのだろう。人を狩ることは趣味なのか？違う。これは本能に属する問題だ。「一度、ここを離れます。もしも海老原が顔を見せたら、携帯に連絡して下さい。いつでもいいですから」

「ええ」

「ところで奴は、クレジットカードは使うのかな？」それなら、追跡するチャンスが生じる。

「いや、うちの店はカードは扱ってませんから」

「現金払いの方が確実だ」

「そういうことです」

もちろん、海老原はカードそのものを持っていないかもしれない。いや、その可能性の方が高いだろう。やばい橋を渡り続けている男だ。追跡されそうなものは信用しないのではないか。結局こうやって、ガソリンを無駄に消費しながらタイヤを磨り減らしていくしか手はない。


さらに二軒、店を回った。どちらも空振り。時間を無駄に潰しているうちに、新しい一日が近付いてくる。奈津からは連絡がない。寂しかった。今日はもう一軒だけ回って終わりにしよう。そう決めて、野毛の外れにあるバアに足を運んだ。今さらながら、げっそりと疲れていることに気付く。酒を出す店に行きながら一滴も呑んでいないのだから、これはある種の拷問だ。それに、酒を呑んでいる人間のテンションの高さが、素面《しらふ》の人間を疲れさせることにも気付いた。わたしも、酔っている時はこうだったのだろう。完全禁酒することを一瞬考え始めた。

最後の一軒は雑居ビルの二階にある店で、階段には生ゴミの臭いがかすかに漂っていた。閉ざされたドアの向こうからは、クラシック音楽が低く流れている。クラシック音楽を流すバア？　わたしは疲れ、眠く、苛々していた。余計なことを考えるな。ドアの向こうがロックフェスティバルの会場になっていたとしても、ノックして、やるべきことをやるだけだ。

ドアの横に、表札のように小さな「Ａｑｕａ Ｖｉｔａｅ」の看板があった。何だったか……命の水？　ヨーロッパ各地の言語が頭の中で混じり合い、混乱に拍車をかけた。店に入ったらまず、名前の由来を確認すること――クソ、そんなことはどうでもいい。頭を振り、音を立てないようにそっとドアを押し開けた。

店内は濃い茶色一色だった。磨き込まれて漆黒に近くなったマホガニー色のカウンターが右手に広がり、左手にはボックス席が四つ。ソファも全て茶色の革張りだった。ごく弱い照明の下で、煙草の煙が薄く漂っている。客はボックス席に何人かいるだけで、カウンターは無人だった。そちらに身を運び、高いスツールに腰かける。カウンターは鈍く光るまで磨き上げられていたが、照明のスポットが当たっているところを見ると、無数の細かい傷に覆われているのが分かった。シャツのボタンを三つ開けたバーテンが滑るように近付いて来て、注文を訊ねる。バッジがないので、名刺をカウンターに置き、自分の名前の横に小さく「ウーロン茶。氷多目」と書き付けた。バーテンが一瞬眉をひそめたが、面倒なことになるのを嫌ったのか、黙って飲み物を準備し始める。すぐに、汗をかいた背の高いグラスが目の前に現れた。九割が氷。一割のウーロン茶がその間を泳いでいる。「氷多目」にもほどがある。煙草に火を点け、書店のポップのようにカウンターの上で揺れているメニューを眺めた。夕食が早かったので腹が減り始めている。しかし、固形物はナッツ類しかないようだった。ある意味潔い。

「ピーナツをくれないかな」

うなずき、バーテンが小さな木の鉢をわたしの前に置いた。バターピーナツが鉢に半分ほど入っている。掌に移し、一個ずつ口に運んだ。極端に塩気が強い。三つ食べたところで、喉が水気を求め始めた。

「このピーナツは、酒をどんどん呑ませるための味付けなのか？　それとも客を成人病にしたいのか？」

バーテンの顔がぼやけた。何を言われているのか分からないのかもしれない。とにかくこの分では、早目にウーロン茶のお代わりをすることになりそうだ。

バーテンが不安そうに体を揺らす。わたしは肩越しにボックス席を見て、海老原らしき人間がいないことを確認した。といっても、完全には自信がない。手元にある海老原の写真は、学生服を着た高校時代のものだ。学校で借りてきたのだが、今では随分顔付きが変わっているだろう。年を取ったからではなく、二度も逮捕されたから。留置場での暮らしは、どんなに短くても人の心を挫けさせ、外見にも影響を与える。カウンターに写真をそっと置いた。バーテンが体を折り曲げて写真を覗き込むと、整髪料で濡らした長い髪がはらりと垂れて頰にかかる。

「こいつが、この店に来たことはないか」

「高校生はうちには来ないっすよ」

「違う。これは昔の写真だ。今は、この時より十歳近く年を取っている」

「ああ」素早くうなずく。「触ってもいいすか」

「いいよ。指紋を保管されることになるかもしれないけど」

「もう保管されてると思いますよ。二年前にパクられたんで」

「何やったんだ」

「まあ、いろいろで」

訳ありか。彼が写真を手に取るのを黙って見守った。バーテンは鼻にくっつけんばかりにして写真を眺めていたが、やがて納得したように深くうなずいた。

「確かにうちのお客さんすね」

「名前は知ってるか」

「いえ」

「よく来るのか」

「そうすね……今日あたり、来るかもしれません」

「来る日が決まってるのか」

「週末が多いみたいです」

「少し待たせてもらうよ」

「あの、店の中で騒ぎは勘弁して欲しいんすけど……」言いにくそうにバーテンがつぶやく。

「おいおい、俺が暴れそうな男に見えるか？」

一瞬躊躇《ためら》った後、バーテンが小声で「はい」と肯定した。時々自分が分からなくなる。柴田は、逮捕術の試合中のわたしを「抜き身の剣だ」と評する。ただし全部みね打ちだそうだが。係長の岩井には「もう少し顔が怖くなかったら俳優になれたかもしれん」とからかわれたことがある。

奈津はどう見ているのだろう。

三十分経った。日付はとうに変わっている。ピーナッツの鉢は二つ目になり、ウーロン茶のグラスはわたしとバーテンの間を二回往復した。大声で一発気合を入れてから、壁に向かって突きを繰りだしてやりたくなる。ボックス席は空になり、客はわたし一人になった。この五分間で二回、バーテンが腕時計を見下ろした。

「ここ、何時までなんだ」

「一時です」

「悪いけど、閉店まで粘らせてもらうよ」

「ええ」

不満そうに唇を捻じ曲げたが、わたしは彼以上に不満だった。これ以上ここにいても無駄なような気がした。腰を浮かしかけた瞬間、ドアが開いて風が吹き込む。ちらりとそちらを見やると、心臓が高鳴った。海老原。努力して注視しないように気をつけながら、一瞬見たその姿を頭の中で再構築する。小柄。高校時代の写真よりもだいぶ肉付きが良くなり、顎が丸みを帯びている。愛想のいい笑みを浮かべているのは、既にアルコールが入っているせいか。また雨が降りだしたらしく、濡れた髪はぺっとりと頭蓋に張り付いていた。顔が細い割に頭が大きい。服装は……薄い茶系のジャケットだ。パンツは黒だったはずである。

海老原はカウンターの端に座った。わたしとの距離は五メートルほど。間に立ち塞がるのは空気だけだ。思い切って声をかけるか？　やあ、俺はあんたの友だちに刺されたんだ。ぶん殴って顎を骨折させてやりたいんだけど、居場所を教えてくれないかな。

煙草を咥えた。火を点け、ことさらゆっくりと吸う。バーテンが海老原に水割りらしき飲み物を運んでいったが、肩の辺りが緊張で盛り上がっているのが見てとれた。海老原は静かに呑む男のようで、バーテンと軽口を交わすこともなかった。ジッポーのライターの蓋が開き、閉まる音が涼やかに響く。すぐに、煙を吐きだす音がやけに大きく聞こえてきた。さながら世を憂う溜息のように。

ラッキー・ストライクをフィルター近くまで吸ってから灰皿に押し付ける。真鍮《しんちゅう》製の灰皿に溜まった吸殻は四本になった。喉がいがいがし、かすかな頭痛が忍び寄っている。尻を半分浮かしてジーンズの右ポケットから財布を引き抜き、五千円札を一枚、カウンターに置いた。バーテンが札をさらっていったが、その手が小刻みに震えるのをわたしは見逃さなかった。わたしが来るまで、海老原は単なる目立たない常連客だったはずである。だが今は、「刑事が興味を持つ男」というレッテルが貼られてしまった。バーテンは、逮捕されたことがあると言っていた。何をやったのかは分からないが、犯罪の臭いを嗅ぎ付ける鼻は持っているだろう。ボックス席に座っている男が詐欺師なのか、暴力行為の常習犯なのか、それとも殺人犯なのか、想像を逞《たくま》しくしてびくびくしているはずだ。釣りを持ってきた時に、「大丈夫だよ」と小さく声をかけてやる。笑顔付きで。効果はまったくないようだった。

外へ出て背伸びをする。やはり雨が降っていたが、霧雨に変わっていた。頭蓋に張り付いた海老原の髪を思い出す。これぐらいの雨であれだけ濡れるには、どれほどの距離を歩かねばならないのだろう。相当冷え込んでいて、散歩するには最悪の陽気なのだが。暖を求めて自動販売機に歩み寄ったが、冷たいコーヒーしかない。この自動販売機には、既に夏が来ているのだ。仕方ない。腹は冷えても眠気覚ましは必要だ。路肩に停めたBMWに戻り、寒さに肩をすぼめながら缶コーヒーを開ける。コーヒーを流し込むと、歯が溶けそうな甘みで目が覚め、未消化のピーナツが胃の中で転がされてごろごろ言った。

携帯電話を取りだし、手の中で弄《もてあそ》ぶ。奈津と話がしたい。いや、奈津でなくてもいい。昼間の意味不明な訪問について、角を問い詰めてやるべきではないか。結局、時刻を確認しただけで電話を閉じ、ジャケットのポケットに落とし込んだ。

三十分待つだけで済んだ。自分の足取りに自信がなさそうに、海老原がゆっくりと階段を下りてくる。雨垂れがくすぐったのか首をすくめ、うなだれるようにして歩きだした。後ろ姿が見えなくなりかけたところで車を出す。一人で尾行は難しい。本当は歩いて追いたいところだが、途中で車を拾われたらアウトだ。背中が見えなくなったところで車を動かし、気付かれないぎりぎりのところで停める、という繰り返しを続けざるを得なかった。ひどく神経が疲れる。が、ブレーキとアクセルを忙《せわ》しなく踏み分ける追いかけっこは、すぐに終わった。桜木町駅の方に向かって歩き始めた海老原が、タクシーを呼び止めたのだ。タクシーは桜木町の駅前まで出て左折し、灯りが消えかけた野毛の街を走り抜けて、野毛山公園の方に向かった。京浜急行の線路沿いに走り、十分ほどで南太田駅の南側に出る。そこから五分ほど走った場所にあるアパートの前で停まった。二階の一室に海老原が消えるのを確認し、十分待ってから車を降りる。一階のポストを確認すると、二〇三号室に確かに海老原の名前があった。

大がかりな詐欺事件で捕まった男が、今は倒れそうなアパート暮らしか。いや、この男は下っ端であり、金はほとんど懐《ふところ》に入らなかったのだろう。金を手にするのは常に上の連中。下にいる人間は、自分が大きな絵のどこに当てはまるのかも分からず、大した金を儲けることもなく、訳の分からないままぶち込まれる。

今日一日の仕事を終えることにした。家は分かったのだから、あとは何とでも動きようがある。それに今は、海老原に会っても脅す材料がないのだ。恐喝の一件をもう少し詰めないと。そのためには……そう、奈津に会うべきかもしれない。彼女がその事実を知っているかどうかは分からないが。いや、やはり駄目だ。父親を失って不安定な時に、そんなことは聴けない。今は刑事であるよりも、赤澤の娘でいるべきだろう。そういう機会は、この先二度とないのだから。となると、ターゲットは角だ。通夜、葬儀で忙しいと言い訳されるかもしれないが、「部下がきちんとやっている」と明言したのは彼自身である。できるだけ早く摑まえよう。頭の中のメモ帳に書き留め、次第に激しくなる雨の中、家に向かって車を走らせた。

わたしはほとんど夢を見ない。見るのは決まって疲れている時だ。あるいはそれは、夢ではなく記憶の再確認なのかもしれない。普段は思い出すこともないのに、夢の中ではひどくリアルな場面として再現されるのだ。わたしは登場人物の一人なのだが、天井辺りに漂ってその場面を観察している感じでもある。

その夢は、何度も繰り返し見てきた。

両親の様子がおかしい。電話がかかってきた後、二人だけでひそひそと話し合い、わたしが愚図《ぐず》っても相手にしない。そのうち、黒いスーツ姿の男たちが次々と家にやって来る。話し合いは続き、それが一段落するとひたすら待つだけの時間が続いた。朝が来て、わたしは保育園に送りだされ、帰って来た時には家の様子が一変していた。家全体をどんよりとした暗い空気が包み込んでいる。両親と食事をすることもできず、早々とベッドに追いやられた。夜中、慌ただしい動きを感じて目を覚ます。わたしは泣いていた。誰も相手にしてくれない。やがて、見知らぬ女性が——おそらく婦人警官だったのだろう——やってきて宥《なだ》めてくれたが、言いようのない不安に心を支配され、心臓が破れそうに高鳴るばかりだった。

朝。兄の遺体が帰って来た。会わせてもらえなかった。葬儀。その時見た兄は眠っているようだった。花と線香の香りが混じり合った空間は初めて経験するもので、座っているうちに吐き気に耐えられず、二回ほどトイレに駆け込む羽目になった。両親はついてきてくれなかった。読経が流れる中、母親がわたしを膝に乗せてきつく抱き締めてくれたが、どこか冷たい感じがした。母親の鼓動は早く、流れ落ちる涙がわたしの髪を濡らした。

後から考えてみれば、当然かもしれない。長男を亡くした直後なのだ、そのショックは想像するに余りある。だが当時のわたしは――それから後も――両親との間に一本の細く硬い線が引かれてしまったことを意識せざるを得なくなった。兄は期待の星だった、と後になって様々な人から聞かされた。小学校に上がる前だったが、あらゆる可能性を秘めた存在であったのは間違いない。勉強ができただけではなく、習わせていたピアノでも絶妙の音感を発揮し、近く新しい――よりレベルの高い教師につくことが決まっていたという。運動神経の鋭さも折り紙つきで、両親は将来兄をどの方向に進ませようかと、真剣に悩み始めていたようだ。そういうのは「五つで神童、十で天才」の類《たぐい》の話かと思っていたのだが、後で親戚の人間から聞いた限り、兄が不公平と思えるほどの才能を身に持って生まれた人間であったのは間違いないようだった。残された写真を見ても、賢さ、力強さ、全ての肯定的な要素が詰まった顔をしている。生きていたら、今ごろどんな人間になっていただろう。わたしとの共通点はほとんどない。両親も早くからそれに気付いていたようだ。苦笑せざるを得ない話である。兄に注いでいたのと同じ愛情を、馬鹿な弟には注げなかったということか。

いや、そうではないだろう。単に、愛することに疲れてしまったのかもしれない。どれだけ愛しても、自らコントロールできない悪意に潰されてしまうことがある。だったら最初から愛さなければ、傷付かずに済む。親がその気なら、わたしもそうしよう――極端な結論に達したのは中学生になってからだったが、その時には既に手遅れだった。凍り付いた家族の関係を溶かすのは容易ではない。実質的には不可能だろう。そうしなくても人は生きていけることが分かってしまった。ただ、少しばかり心が寒いだけで、日々の暮らしの妨げにはならない。

やがて、開き直りはより簡単なものになった――だから何だというのだ。寒い心を抱えたまま生きている人間など、掃いて捨てるほどいるではないか、と。

ベッドに入ったのは二時過ぎ。しかし、七時前には目が覚めてしまった。起きてすぐに考えたのは、赤澤の葬儀は何時からだろう、ということだった。角と話したかったが、電話では逃げられてしまうだろう。葬儀場に押しかけ、彼と直接話さなければならない。今日最初の仕事はそれだ、と決めて朝食の準備にかかる。夕べのピーナツがまだ胃に残っているように感じたので、今朝は軽目にした。トースト一枚とリンゴ一つ、コーヒー。コーヒーを用意し、パンが焼き上がるのを待つ間に、リンゴを齧《かじ》りながら外へ出た。郵便受けから新聞を引き抜いたついでに外を見回すと、見知らぬ男が電柱に寄りかかるようにだらしなく立っているのが目に入った。縄田がまだ諦めきれずに部下を寄越したのか、それとも岩井が監視をつけたのか。違う。ヤクザでもなければ刑事でもない。体に合わない大き目のスーツを着て、ネクタイはだらしなく緩めている。寝起きのように、髪はあちこちから角《つの》が突きでていた。ちらりとこちらを見上げると視線が合い、慌てて逸《そ》らす。偶然を装っているようだが、わたしが顔を出すのを待っていたのは、目付きの鋭さからも明らかだった。

新聞記者。

そういえば、あの嫌らしい顔付きには見覚えがある。一課の大部屋に出入りしている、どこかの社の県警担当だ。クソ、記者からはノーマークだと思っていたのに、厄介《やっかい》な奴が近付いて来た。

部屋に引き返すと、ちょうどトーストが焼き上がったところだった。わたしが部屋にいるのは確認したはずだから、ノックしてくるかもしれない。それは無視できる。だがいつまでも部屋の前で張り込まれたら、身動きが取れない。味気ないトーストを齧りながら考えた。ベランダから出る？　二階だから、気合を入れれば下へ飛び降りることはできるだろう。だが、駐車場に回れば見つかってしまう。かといって、車なしで歩き回るわけにもいかない。仕方ない。正面から突破するしかないだろう。あの男に、わたしの一番得意な台詞を教えてやってもいい。「ノーコメント」だ。

八時半まで時間を潰した。時計の長針が真下に来るのを待って電話を手にする。角から貰った名刺にある電話番号にかけた。誰もいない。会社は九時からなのだろうと判断し、財布を探って別の名刺を探しだした。弁護士の安東。彼なら、葬儀が行われる場所を知っているかもしれない。

事務所は朝が早いらしい。彼はすぐに電話に出た。何故か口調が甘ったるい。

「朝食は済みましたか」

「ええ」

「パンケーキ三枚にたっぷりのメープルシロップとホイップクリーム？」

「まさか。朝からそんな甘いものは食べられませんよ。朝は和食に決めてます。納豆と大根おろしがないと目が覚めないんですよ、わたしは」予想は外れた。この男は、わたしの勘を狂わせる何かを発している。「ところで、何かご用ですか」

「赤澤社長のことですが」

「はい」安東の声が急に引き締まり、裁判向けになった——いや、この男は確か、裁判にしないのが優秀な弁護士だと言っていた。

「今日、赤澤社長の葬儀ですよね」

「ええ」

「何時からですか」

「十一時です」

「場所は？」

「それは……」もごもごとした口調になった。「内輪で済ませるみたいですよ」

「わたしがお焼香ぐらいしても、バチは当たらないでしょう」

「真崎さん、何か企んでますね」

「まさか」コーヒーを噴きだしそうになった。「ちょっとしたご縁ですけど、こういうことは大事にしたいですからね。わたしは、社長が亡くなる直前に会った何人かの一人なんですよ。社長は、列席しようとする人間を食い止めるように遺言でも残したんですか」

「馬鹿な……まあ、いいでしょう。ただし、わたしから聞いたことは口外しないで下さいよ」

「大袈裟《おおげさ》です。ただ葬式に出るだけの話でしょう」

依然として渋々していたが、結局安東は教えてくれた。港北区にある葬儀場。早目に行って角を摑まえよう。まだだいぶ時間はあるが、出かけることにした。ドアに顔を押し付けて外の様子を窺うが、先ほど記者が立っていた場所までは視界に入らない。いるのか、いないのか……よし、強行突破だ。夏用のブラックスーツをクローゼットから出し、少し黴臭いのを我慢して羽織る。ネクタイはポケットに突っ込んだ。葬儀場に行ってから締めればいい。黒いウールの靴下を履き、靴は全体の雰囲気に合わせて黒のストレートチップを選んだ。久しぶりにブーツ以外の靴を履いたので、どうにも落ち着かない。足首の辺りを涼しい風が撫でていくのが不快だった。

ＢＭＷのドアに手を伸ばした瞬間、どこからか突然姿を現した記者に摑まった。

「真崎さんですよね」若かった。たぶんまだ、二十代前半。

「失礼ですが──」

「東日《とうにち》新聞の泉田《いずみだ》と言います。捜査一課の真崎さんですよね」念押しする声は、やや甲高く、聞き取りにくかった。

「ノーコメント」バージョンその一、無愛想。

「一課の大部屋でお会いしたことがありますよね。怪我の具合はどうですか？　今回は大変でしたね」

「ノーコメント」バージョンその二、苛立ち。通じなかった。こいつは徹底的に鈍いか、超大物か、どちらかだ。泉田は一歩詰め寄り、車のドアに手をかけたわたしになおも話しかける。

「あの事件のことでお伺いしたいんですけど、ちょっといいですか」

「悪いけど、これから出かけるところなんですよ」

「仕事は休んでるんじゃないですか」

「ノーコメント」バージョン三が出ないまま、材料が尽きた。

「ちょっと待って下さいよ、真崎さん」

「申し訳ないんだが、あなたに名前を明かすつもりもない。取材なら、捜査一課の上の人間に当たって下さい」

「幹部に話を訊くだけじゃ、仕事にならないんですよ」

「それはあなたの都合で、わたしには関係ない。これから大事な人に会いに行くんでね、遅れたくないんですよ」

「ちょっと時間を作ってもらえれば……」

「人のために時間を作る気はありません。俺の時間は俺のものなんですよ。では、ご機嫌よう」乱暴にドアを開け、ＢＭＷに乗り込む。今朝は暖機運転を抜きにして、いきなり走りだした。

ご機嫌よう？　たまげた。こんな言葉を使う機会があるとは考えてもいなかった。

第四章　雨に潜むもの

1

　葬儀場は、市営地下鉄の北新横浜駅と第三京浜の港北インターチェンジの中間地点辺りにあった。ショッピングセンター並みに巨大な駐車場に車を停め、雨の中をゆっくり歩いて行く。午前中は、四件の葬儀が同時進行するようだった。「赤澤」の名前を見つけたが、まだ人気《ひとけ》はない。九時半。吸殻入れが置いてある場所を見つけ、そこで煙草を吸いながら時間を潰す。体重を左右の足に移し変える度に、濡れた靴底が嫌な音を立てた。肌寒く、吐く息が白く顔にまとわりつく。夏はまだはるか遠く、コートが恋しくなるぐらいだった。

　兄の葬儀を思い出す。吐いたこと、わたしを膝に抱えた母の涙が冷たかったこと。子どもは、死の意味を絶対に理解できない。ある日突然兄がいなくなってしまっても、死という概念そのものが頭にないのだ。そのうち帰って来る、わたしは長い間そう信じていた。わたしを置いて旅行に行っているとしたら羨《うらや》ましい、とまで思っていた。

　兄には随分可愛がってもらった。二人でよく、家の狭い庭でサッカーボールを蹴っていたことを思い出す。自分たちで決めた独自のルール——ボールを蹴って、壁に当たる場所によって点数が決まる——で延々と遊び続けたが、そのゲームでわたしが負けたことはほとんどなかった。兄は、弟を喜ばせようとしてわざと負けてくれたのだろう。

　悲しげな気配が近付いて来るのに気付いて顔を上げると、奈津がいた。口を細く開け、少し疲れた顔でわたしを見ている。当然黒一色の格好で、普段はぴんと伸びた背筋が少し丸くなり、小さく見えた。髪に細かな水滴がとまり、化粧っ気のない顔は蒼白い。

「疲れてるな。大丈夫か？」

　わたしの問いかけにも、わずかに目を見開くだけだった。左手に強く握り締めたハンカチが捩《よじ》れている。涙は出尽くしてしまったようで、どこか諦めたような雰囲気を漂わせていた。

「来てくれたんですか」しわがれた声で言って、小さく咳払いする。

「迷惑かな」

「いえ」

「線香ぐらい上げさせてくれよ」

こっくりとうなずく。ひどく幼く、頼りなげに見えた。顎の線が一昨日の夜よりも細い。わずかな間に、体重が減ってしまったようでもある。

「大丈夫か」無意識のうちに、気の利かない台詞を繰り返してしまった。

「大丈夫」唇が少しだけ横に広がったが、笑顔を浮かべるには至らなかった。「覚悟はできてましたから……でも、これからあの家でずっと一人かと思うと気が滅入りますね」

「嫌なら引っ越してもいいんじゃないか。引っ越しなんて、そんなに面倒なものじゃない」わたしは、警察官になってからの十年間で四回引っ越している。独身の気楽さもあったが、環境が完全に変わる引っ越しが、格好の気分転換になるのは事実だ。もちろん、異動で仕方なく引っ越したこともあったが。

「そうですね。でも、今はまだそこまで考えられません。時間はありますから、これからゆっくり考えます」

「手は？」

黙って首を振る。思わず右手を取ったが、相変わらず冷たく、力が感じられなかった。奈津はされるがままで、真っ直ぐわたしを見詰めている。

葬儀が終わったら、無理しないでゆっくり休んだ方がいい。忌引きはちゃんと取るべきだ。

「それは分かってます」口調は曖昧《あいまい》だった。目がわたしから逸《そ》れる。「でも、真崎さんの仕事が……」

「俺の方は大丈夫だ。無理に仕事をして、倒れられても困るしね。そんなことになったら、俺は泣くよ」

「真崎さんに迷惑はかけません」生来の気の強さが一瞬だけ垣間《かいま》見えた。

「後で線香を上げさせてくれ。俺のことは放っておいてくれていいから。君はやることがあるだろう」

一瞬言葉が切れ、わたしたちの視線が絡み合った。抱き締めてやりたい、と強く思う。奈津が潤《うる》んだ声で言った。

「すみません――じゃあ」

彼女の後ろ姿を見送り、新しい煙草に火を点ける。ゆっくりと小さくなる背中は儚《はかな》げで、今にも崩れ落ちてしまいそうだった。小さな胸の痛みを感じながら煙草を吸う。何気なく駐車場に目をやると、お馴染みになったプリウスのドアが開き、角《すみ》が車から降りて来るところだった。素早く回り込んだ運転手が傘をさしかけようとするのを断り、自分で傘を開く。コンビニエンスストアで五百円で売っているような白いビニール製で、謹厳実直な彼の雰囲気にはまったく合っていない。

「角さん」

うつむき、大股で通り過ぎようとする角に声をかけると、驚いたように顔を上げて立ち止まった。背筋を伸ばし、傘を背中の方に倒して訊ねる。

「どうしてここへ?」

「わたしが線香を上げちゃいけない理由はないでしょう。それに、これは昨日のお返しなんですよ」

「お返し?」

「あなたに驚かされたお返し」

「そういうことなら、何も今日でなくてもいいじゃないですか。よりによってこんな日に」

「借りは早目に返す主義なんです。葬儀は十一時からでしょう? まだ時間がある。ちょっと話をしませんか」

「……いいですよ」ちらりと腕時計を見てうなずく。「わたしの車にしますか」

「いいえ、古くて臭いけど、わたしの車でお願いします。あなたの車では煙草が吸えないから」

「いいでしょう」

肩を並べて車に戻った。運転席に座ると、雨が吹き込まない程度に窓を細く開けて、煙草に火を点ける。角は迷惑そうに顔をしかめ、顔の前で手を振った。

「赤澤社長は誰に脅されていたんですか」恐喝の事実を確認するのではなく、それが本当だという前提で、より具体的な質問をぶつける。

「何の話ですか」角の声は硬く、台詞を棒読みしているようだった。疑いは強固な確信に変わったが、さらに追及を続ける。

「角さん、隠すのはやめて下さい。赤澤社長はもう亡くなってるんです。会社への攻撃ならともかく、社長に対する個人的な恐喝だったら、もう意味はなくなっていると考えていいでしょう」

「それは理に適《かな》ってますね」

「ですから……」

「いや、一般論として理に適っているというだけです」静かだが確固たる口調で、角がわたしの言葉を遮った。「とりあえず、わたしは何も知らないと申し上げておきます」

「角さん、恐喝は犯罪なんですよ」

「あなたの想像通りだとして、社長が個人的に脅されていたとすれば、もう犯罪とは言えないんじゃないですか」

「それでも事件は成り立つ」

「被害者が亡くなっていても？」

「角さん」煙草を持ったまま、ハンドルを軽く叩いた。「あなたと刑法や刑訴法の解釈について話しても、何にもならないんですよ。だいたいわたしは、この件を調べるつもりはないんだ」

「ほう」わたしの方を向き、角が左目だけを見開いた。「だったら、何を企んでいらっしゃるんですか」

「やることがあるんです。恐喝を立件することじゃありませんよ」

「だったらますます、わたしがお話しすることはない」

「社長の過去に何があったんですか？　恐喝されるような材料が……」

「この話は、これくらいにしませんか。葬儀の日に話すようなことじゃない」角の口調には苛《いら》立ちが滲みでていたが、その言葉を捨て台詞にして外へ出るような素振りは見せなかった。面倒な話は先送りにせず、その場で決着をつけるということか。優秀なビジネスマンは常に即断即決だ。

「まったく覚えがないんですか」

「ノーコメント」

「恐喝のネタにされた件は、まだ解決していないんでしょう？　それなら、あなたがどうしても話したくないのは分かります」

「わたしどもの会社はクリーンですよ。どこを叩いても埃《ほこり》も出ない。わたしが言うのもおこがましいですが、優良企業です。コンプライアンスにも、他の会社がそんなことを言い出す前から取り組んでますからね。この業界は夢を売る仕事ですから、少しでも影があっちゃいけない」

「そうですか。南アフリカの会社とダイヤモンドの不正な取り引きをしている事実はないんですね」

「真崎さん、あなた、時々不愉快な人になりますね」

「時々ですから我慢して下さい」言葉を切り、灰皿に煙草を押し付ける。すぐに新しい一本に火を点けた。「会社に関係ないとすると、社長個人の問題なんですね」

「亡くなった人のことを話す権利は、わたしにはありません」

脈あり、だ。この男は間違いなく何かを知っている。だが、角はわたしの追及を断ち切るように言葉を叩き付けた。

「とにかく、わたしの口からは何も申し上げられません」

「角さん、つまらない意地を張るのは――」

「わたしは言えませんが、あなたは間もなくその事実を知ることになるでしょう」

謎めいた言い方が気に食わない。これはゲームではないのだ。

「知らない人間から聞かされるよりも、あなたから教えてもらった方がいい」

「びっくりすることがなくなったら、世の中、つまらないでしょう」そう言った時には薄い笑みが浮かんでいたが、すぐに引っ込んだ。「ご焼香、お願いします。せっかくおいで下さったのだから」

角が車のドアを開ける。引き止める言葉もなかった。雨混じりの風が吹き込み、謎が一層濃くなる。


一度家に帰って着替え、午後の時間を、海老原という男について調べるために費やすことにした。アパートに足を運び、管理する不動産屋を割りだす——「入居者募集中」の看板ですぐに判明した。市営地下鉄の弘明寺《ぐみょうじ》駅近くにある不動産屋に赴き、そろそろ引退を考えた方が良さそうな店主に話を聴く。

眼球が巨大に拡大されて見える眼鏡をかけた老店主は、わたしの顔と名刺を交互にしげしげと見詰めた。

「警察ってのは、最初に手帳を出すもんじゃないんですか」

「今は手帳じゃなくてバッジですけどね」

「どっちでもいいよ。で、バッジは？」

「今日は休みなんですよ」

「休日出勤？」

「そう。休みの日にはバッジを持ち歩きませんから」

「ほ、ほう。熱心なことですね」フクロウが鳴くような声を漏らし、店主がデスクにわたしの名刺を置いた。店内に客はおらず、若い女性社員がパソコンのキーボードを叩く音だけが、やけに煩《うるさ》く響く。

「心配なら電話して下さい。名刺の電話番号は捜査一課の直通ですけど、それが信じられないなら県警の代表にかけて、そこから回してもらってもいいですよ」

「そう言うけど、今日は土曜日じゃないですか」

「捜査一課は二十四時間営業です」だが、絶対に人がいるとは限らない。老店主の出方を待ったが、結局彼は疑い続けることに飽きてしまったようだった。何ごとも、持続させるにはエネルギーがいる。

「ま、いいでしょう。あなた、南署の大岡《おおおか》さん、知ってますか」

頭の中で県警職員のリストをひっくり返した。大岡……大岡真《まこと》？　慎重に切りだす。

「副署長の大岡ですか」

「そうそう」店主の顔がわずかに綻《ほころ》んだ。

「大岡なら、昔、わたしの上司でした」正確には上司ではない。大岡は捜査一課で隣の班の班長だったが、一年ほど前の異動で南署の副署長に栄転していた。「お知り合いなんですか」

「いろいろとお会いする機会がありましてね」

「お世話になってます」深々と頭を下げてから顔を上げると、店主の顔にようやく満足げな表情が浮かんだ。副署長と地元商店街の不動産屋。確かに、何かの機会に会うことはあるだろう。大岡は基本的に無愛想な男だが、この店主には愛想良く接していたようだ。

「ま、大岡さんの知り合いなら間違いないでしょうね。それが身元の保証になる」

「すいませんね。休日出勤だとバッジが持てないもので」言い訳を繰り返してから本題に入った。「海老原憲太という人間のことなんです。京急の南太田駅近くのアパートに住んでるんですが」

「あの辺の物件でうちが扱っているのは……」天井を仰ぎ、しばらく記憶を探っていた。「ああ、『ハイツ南太田』だね」

「それです。海老原はいつから入居しているんですか」

「それはね……ちょっと待ってよ。おい、ショウコ」パソコンに向かっていた若い女性に声をかける。度を越してフレンドリーな職場でなければ、彼女は身内の人間だ。振り向いた彼女の顔はどこかぼんやりしている。化粧が濃すぎて元の顔が埋もれているのだ、と気付いた。店主にはまったく似ていない。「ちょっと調べてくれ。『ハイツ南太田』の海老原憲太さんの契約書類を出してくれ」

「ショウコ」と呼ばれた女性が無言でうなずき、パソコンを操作した。ほどなく、プリンターが紙を吐きだす。それを店主のところに持ってきた。胸の名札を見て、名前が「祥子」であることを確認する。苗字は店主と同じ服部《はっとり》、名前は祥子だった。おそらく、孫娘だろう。

服部は、わたしに読まれないように紙を顔の前で立てたまま見ながら、データを確認した。

「ええと、あそこに入ったのは三か月前だね」

「こちらに訪ねて来て契約したんですか」

「もちろん」

「誰か紹介者がいたとか？」

「いや」服部が言葉を切った。唇を撫でながら、ゆっくりと記憶の底に糸を垂らす。「アクセス速度は極めて遅いようだ。「あれはねえ、そう、ここへぶらっと入って来たんじゃなかったかな。だいたいそういうお客さんが多いですよ、うちは。時々電話してから来る人もいるけど」

「すぐに決まったんですか」

「そうですね。部屋を見に行って、一度で決まったんじゃないかな。ああ、祥子、お前が連れてったんじゃなかったっけ」

祥子が立ち上がる。青いベストとスカートという制服らしき格好だった。

「覚えてないか？　海老原さんってどんな人だったっけ」

「いえ、別に……」無愛想に祥子が応じる。まん丸な顔も、その態度を和らげる役には立っていなかった。「三か月も前でしょう？　覚えてないわ」

「いや、あの客だよ。ほとんど見もしないで決めちまっただろう」

「ああ、そうそう」かすかにうなずく。「部屋に行って、五秒で」

「五秒？」わたしは二人のやり取りに割り込んだ。「五秒じゃ、何も分からないでしょう」

「だから、本当は見る必要もなかったんじゃないかしら。わたしたちが『部屋を見ますか』って何度も確認したから、それで仕方なく行ったのかもしれません」

「普通、部屋を借りる時は入念に調べるものですよね」

「長く住むつもりなら、そうするでしょうね。でも、五秒っていうのは大袈裟でも何でもないですからね。靴を脱いで、部屋に入って中をざっと見てから『これでいいや』って。本当に、どうでもいいような感じで言ったんです」

これでいいや。投げやりな言葉の背後に隠されているものは何だ。家を探す時は様々な要素を検討しなければならない。駅からの距離、日当たり、周囲の環境……「ハイツ南太田」は決して好条件のアパートではない。駅からは歩いて十五分以上かかるし、近くにコンビニエンスストアも食堂もない。独身者には不便この上ない環境だ。しかも、震度三の地震でも倒れそうな建物である。ほとんど家にいないか、倉庫代わりにでも使うつもりでなければ、即断するような部屋ではない。あるいは経済的に、あそこを借りるのが精一杯だったのか。

想像はすぐに手詰まりになった。突破口を開くために、青井の写真をデスクに置く。

「これは……」服部が眼鏡を外し、デスクに顔をくっつけるようにして写真を確認した。「こんな人じゃなかったね。顔が全然似てない」

「あ、この人」祥子が声を上げた。服部の肩越しに写真を覗き込む。

「どこかで見たんですか」はやる気持ちを抑えながら、できるだけ低い声で訊ねた。

「ええ、あのアパートで」祥子が顔を上げる。もう一度写真に視線を落としてからうなずいた。

「いたんですか?」思わず声が高くなる。驚いた祥子が一歩引いたが、構わず質問を続ける。「まさか、あそこに住んでいるとか」

「住んではいませんけど、お客さんを——海老原さんをご案内した時に見たんです。すぐに契約したい様子だったから、車で店まで戻りますかって聞いたんですけど、『連れがいるから』って……結局、その日のうちにまた店に来られて契約したんですけど」

「その連れが、この男だったんですか」

「ええ」

「間違いない？」

「だって……」言い淀《よど》んでから、写真に視線を落とす。「この顔、すごく変わってるじゃないですか。簡単には忘れませんよ」

「誰だか分かりませんか」

「それはちょっと」

「ということは、あなたは新聞やテレビをあまり見てないわけだ」

「はい？」

「いや、何でもありません。で、二人はどうしたんですか」

「連れ立って、南太田駅の方に歩いていきました。あのアパートからは結構遠いんですけどね」

「契約に来たのは海老原一人？」

「そうです」服部が割って入った。「そうそう。うちは七時に店を閉めるんだけど、ぎりぎりで来てね。できるだけ早く引っ越したいって言うんで、少し残業して書類を作りましたよ」

「で、すぐにあの部屋に越してきたんですか」

「それは分からないねえ」服部が首を傾げる。「うちは、引っ越し屋じゃないから。とにかく部屋は空いてましたから、いつでも入居できる状態だったんですよ。鍵を渡してそれでおしまい、です」

うなずいてから祥子に視線を戻す。

「二人の様子は？」

「様子って……」

「親しそうな感じとか、そういうことですよ」

「そう、ですね。別に、腕を組んで歩いた行ったわけじゃないけど」

「仕事上の知り合いという感じ？　それとも友人同士ですかね」

「友だち……じゃないんですか？」逆にわたしに質問をぶつけてきた。「たぶん、そうですね。アパートに向かう途中、車の中でどこかへ電話をしてましたけど、友だちと話すみたいな口調でしたよ」

「それがこの男だという証拠は？」青井の写真を指先で叩く。

「アパートの住所を教えて、自分は十分ぐらいで着くって話してましたから。それで十分じゃないですか」祥子が半分むきになって説明した。

「だったら間違いないですね」

　そして現場で落ち合ったわけか。車を持っていない青井にしては動きが速かったようだが、事前にアパートの大まかな場所を決めて待ち合わせしていたのかもしれない。

　ギアを切り替えて質問を続ける。

「海老原の勤務先はどこですか」

「ええとね」服部が書類に目を落とす。「中区の藤原《ふじわら》工業っていう会社になってますね。藤原は藤に原っぱの原。工業は普通の工業。興す方じゃなくて」

「その会社、ご存知ですか」

「いや。それはうちには直接関係ないからね。とにかく必要な金はきちんと払ってもらったし、家賃も滞ってないですよ」

「そうですか……すいません、海老原と一緒にいた男のことなんですが」再び祥子に目を向ける。彼女の顔は急に蒼ざめ、口元を手で覆っていた。

「あの……」手の隙間から辛うじて言葉が漏れでる。「この写真の男、新聞か何かで見た記憶があるんですけど」

「そうですか」

「例の事件じゃないんですか？　あの連続殺人」

「覚えてるんですね」

「だって、あの……あの事件ですよね。わたし、この男のすぐ近くにいたんですか」

「そういうことになります」

「やだ」見る間に祥子の顔が蒼くなる。

「おい、あんた」服部が急に立ち上がった。「何なんだ、さっきから訳の分からないことばかり言って。うちの女房を怖がらせるなんて、どういうつもりなんだ」

孫娘ではなかったのか。わたしは顎が落ちそうになるのを堪《こら》えながら店から退散した。物事は大抵、見たままが本当の姿である。だが時には、経験豊富な刑事の目ですら欺《あざむ》かれることがある。

中区には、確かに藤原工業という会社があった。電話帳をめくるとすぐに電話番号と住所が分かったので、まず電話をかけてみる。誰も出ない。今日は土曜日なのだと思い出した。念のため会社を訪ねてみたが、三階建てのビルで、一階のドアは閉ざされていた。建築業なのだろうということは容易に想像できる。調べれば社長の名前ぐらいは割りだせるだろうが、海老原が本当にここに勤めているかどうかは、今の段階ではあまり重要ではない。

わたしの頭の中にあったのは、青井が南太田の街を自分の足で歩いていたという事実だ。しかも海老原と一緒にいるところを目撃されている。方向性が間違っていなかったことは証明された。海老原を揺さぶれば、必ず青井に辿り着ける。

海老原のアパートに戻り、周囲をぐるりと回る。裏側の窓にはカーテンがかかり、中に人がいるかどうかは確認できない。思い切ってノックをするにはまだ情報が足りなかったので、周囲の聞き込みを始める。といっても、まだアパートの他の住人に当たれるような段階でもなかった。商店街の方に引き返し、コンビニエンスストア、潰れかけたような定食屋、クリーニング屋と、海老原が普段使っていそうな店を回り、名前を持ちだす。誰も知らない。同時に青井の写真を見せてみたが、こちらでも反応はなかった。これだけ騒がれている事件なのに。あるいは布団に入ってから、わたしが見せた写真と事件の記事が一致し、蒼い顔になって跳ね起きることになるかもしれない。あんな男がこの辺に住んでるのか？　住んでなくても、うろついてるだけで迷惑じゃないか。

手がかりを摑めぬまま、時が流れた。海老原のアパートの前に戻って車を停め、エンジンを切って張り込みに入る。闇が下りてきて、やがて海老原の部屋に灯りが灯《とも》った。今夜は出かけるのだろうか。が、ドアが開く気配はない。チョコレートバー一本とペットボトルのお茶で空腹をなだめ、じりじりと時間を潰す。外へ出られないので、車内に籠《こも》ったまま煙草を吸った。闇夜の張り込みに煙草は厳禁だが――灯台のように目立つのだ――今夜は雨がわたしを隠してくれるだろう。副流煙が体に悪いということを、身をもって実感する。九時過ぎには胃が露骨に不平を零《こぼ》し始め、眠気が絶え間なく襲いかかるようになった。人通りはほとんどない。周りの環境全てが、眠りを誘う要因になった。一人きりの張り込みは、どんな修行よりも厳しい。

九時半、アパートのドアが開いた。街灯の弱い灯りが顔を照らしだす中、海老原が一瞬空を見上げる。傘がないと、百メートル歩いただけで足の先までずぶ濡れになるような降りだが、そもそも濡れることが気にならないようで、そのまま歩きだす。首をすくめたまま、そこにはない水溜りを避けるように、身軽な足取りだった。車を降りて跡をつけ始める。タクシーに乗られたら面倒だ。が、海老原はそのまま駅前まで歩き、一駅だけ電車に乗って黄金町《こがねちょう》に出た。この辺りは風俗店の密集地だが、道路を挟んで普通の分譲マンションが建ち並ぶ地域でもある。子どもも住んでいるだろうに。風俗店をなくすといろいろな軋《きし》みが出てくるのは間違いないが、それならそれで、一か所に押し込めて鍵をかけておくべきではないだろうか。嫌がる人間が見なくても済むように。

海老原は一軒の居酒屋の暖簾《のれん》をくぐった。店の前で十分待ったが出てこないので、腰を落ち着けるつもりだと確信し、慌てて隣のコンビニエンスストアに駆け込む。トイレを借りて膀胱を空《から》にしてから、温かいお茶を一本とサンドウィッチを買い込み、電柱の陰に身を隠したまま、中途半端な夕食を詰め込んだ。幸いなことに、この街では自分の存在を消すのにさほど気を遣わなくても済む。店に入らないで、ガードレールに危なっかしく腰かけたままカップ酒を呑んでいる人間もいるし、雨を避けてビルの階段に座り込み、静かに宴会をしているグループもいる。風俗関係の店が入っているビルに出入りする人は、皆早足だ。周りは同じ目的を持っている人間ばかりで、見られて困ることはないはずなのに。傘はほとんど役に立たず、全身が濡れそぼってしまったので、開き直ってガードレールに腰かける。尻が冷たく不快だったが、それはすぐに気にならなくなった。

海老原は一時間ほどで店から出てきた。酔っている気配はない。半分ほどお茶が残ったペットボトルをM―65のポケットに突っ込み、彼の背中が小さくなるのを待って尾行を開始した。海老原はゆったりとした足取りで、雨を楽しむように歩いている。時々呑み屋を覗き込むが、気に入らないようで、そのまま黄金町駅を通り過ぎ、平戸桜木道路を南太田駅の方に向かって歩き続けた。家までの道程は遠い。ドアを開ける頃には、アルコールはすっかり抜けてしまうだろう。

風俗店の看板がなくなり、酒を呑める店も少なくなった。二つの駅の中間地点辺りまで来たところで、一軒のラーメン屋の前で足を止める。「元祖とんこつ醬油」の巨大な看板がビルの前面にかかっており、一階全体を店が占めていた。入り口の脇に貼ってあるメニューを顎を撫でながら吟味《よ》していた海老原が、ようやく店に入る。一瞬、自分も入ろうかという考えが頭を過ぎった。わたしの顔はあの男には知られていないはずで、ここでちょっと休憩してラーメンを食べても、ばれる心配はないだろう。が、万が一を考えて踏みとどまることにした。少し戻ってガードレールに腰かけ、店の入り口を見守る。目の前の電柱にも店のポスターが貼ってあった。麵は太麵と細麵から選べるが、スープはとんこつ醬油一本。六百五十円だからそれほど高くないが、それはほとんど「素ラーメン」であり、トッピングを追加していくと、あっという間に千円を超えてしまうことが分かった。

張り込みをしていると、余計な知識が身に付く。

煙草を二本灰にし、残ったお茶を何とかもたせているうちに、海老原が出てきた。爪楊枝を使いながら、満足そうに笑みを浮かべている。歩きだそうとして立ち止まり、ひさしを作っている店の看板の下に入って携帯電話を取りだした。右手で送話口を覆うようにしていたが、相手が出なかったのか、すぐに電話を閉じる。興味深い。誰に連絡しようとしていたのか。

歩道の端に立ち、伸び上がるように手を上げてタクシーを停める。クソ、まだ夜の彷徨《ほうこう》を続けるつもりか。野毛に行けば、この時間からでも呑める店はいくらでもある。が、タクシーは広い道路で強引にUターンし、海老原の家の方角に走り去った。このまま帰るのだろうと予測し、わたしは雨の中を早足で歩きだした。

二十分後、全身が濡れ、中途半端に腹が空いた最悪の状態で海老原の家に辿り着いた。ドアの横の窓に灯りが灯っている。それを確認してBMWに滑り込んだ。全てが自分に馴染んだ空間に包まれ、ほっと溜息を漏らす。グラブボックスからタオルを取りだし、髪の水滴を拭った。頑丈一辺倒のティンバーランドのブーツにも水が染み、靴下が濡れ始めている。

車の中で一時間ほど時間を潰したが、動きはない。今夜はここまで。エンジンをかけ、ラジオのスイッチを入れて走りだした。NHKの天気予報では、これから数日間、関東地方では局地的に大雨が降る可能性があると告げている。横浜は雨に弱い。鉄道はすぐに止まるし、地盤が緩んで地滑りの心配をしなくてはならなくなる場所も少なくない。

地滑りか。重みを支え切れずに地盤が崩れる。わたしはまだ、そこまでの重みを背負っていないはずだ。材料が少な過ぎる。

　仔犬のようだった。奈津がドアの前にしゃがみ込み、雨に濡れ、悲しげな黒い瞳でわたしを見詰めている。一瞬唖然《あぜん》とした後、慌てて駆け寄って、肩を抱くようにして立たせる。体はぐにゃりと頼りない。持っていたタオルを頭に被せた瞬間に、少しオイル臭かったことを思い出した。

「何してるんだ」

「そうですね」奈津がふっと表情を緩めた。「何してるんでしょう。馬鹿みたいですよね、わたし。電話でもすれば良かった」

「いや、そういう意味じゃなくて。家にいなくて平気なのか？　葬儀の後始末とか、いろいろあるだろう」

「そういうのは、会社の人がやってくれてます。わたしは、あの家で一人きりでやることもないから」彼女の口元から、かすかに甘い酒の匂いが漂うのを嗅《か》いだ。

「分かった」へばっている。押し潰され、救いの手を差し伸べてくれる人もなく、慣れない酒に逃げるしかなかった。海老原のことなど放っておいて、一緒にいてやるべきだった——後悔の念で胸が押し潰されそうになる。抱いた肩を揺さぶると、そのままわたしに体重を預けてきた。ひどく頼りなく、軽い。体の震えが伝わってきた。「とにかく、家まで送るよ」

奈津が泣きそうな顔でわたしを見上げた。唇が薄く開き、泣き言が口を衝《つ》いて出る。

「一人でいたくない」

「俺の部屋は、人を招待できるような場所じゃないんだ」

「……分かりました。結構です」わたしの胸を突いて離れると、危なっかしい足取りで歩きだす。追いついてまた肩を抱き、彼女の歩調に合わせて歩く。体はぴったり密着しているのに、ほとんど熱は感じられなかった。

苦労して助手席に乗せた。相当酔っている。車を出すと、細い顎を胸に埋めたまま固まってしまった。

「随分呑んだみたいだな」軽い口調で声をかけたが返事がない。「本当はそんなに呑めないんじゃないか？　無理しない方がいい」

「お酒に頼る人の気持ちが少し分かりました」奈津の口調は投げやりで深く沈んでいた。「心って、簡単に穴があくんですね。それを埋めるにはお酒が一番手っ取り早いみたい。酔ってる間は、いろいろなことを忘れられるんですよね」

「でも、酒が抜ければまた思い出す」

「そうです。その繰り返しで、いつでも呑んでないと辛くなる」

「君は何を忘れたいんだ」つい、強い口調になった。ワイパーが必死で雨を弾き飛ばすが、フロントガラスは曇って視界が悪い。「親父さんが亡くなったことは残念だと思う。それで君が一人きりになってしまったことにも同情する。だけど、酒を呑んで寂しさを紛らそうとするのは君らしくない」

「わたしのことなんて、何も知らないくせに」うつむいたまま、呪いの言葉を吐くようにつぶやく。性質《たち》の悪い酒だ。

「知らないさ。だけど、これから知るつもりだ。ついでに言えば、俺は君を変えるつもりだ」

「どんな風に」

「強い人間に」

「酒を呑まなければ強い人間なんですか」酔ってはいるが、思考回路はショートしていなかった。理路整然とした酔っ払いほど扱いにくい存在もない。

「強い人間は、何かを忘れるために酒を呑んだりしない。そんな風に呑んだら、酒にも失礼だ」

「説教が好きなんですね」

「説教が好きなんじゃなくて、君が好きなんだ」

理屈の通らない滅茶苦茶な台詞だったが、奈津が息を呑む気配が感じられた。何とか血を通わそうとするように、左手で右の手首をきつく握り締めている。

「もう一回、言って下さい」

「どうして。聞こえなかったのか？」

「聞きたいだけです」

「何で」

「そんなこと、今まで人に言われたことなかったから」

「冗談だろう？　本当だとしたら、今まで君の周りにいた男たちはみんな腰抜けだよ。金持ちのお嬢様ってのは、そんなに高い壁なのかね」

奈津が泣きだした。本気で。その涙の海で、わたしは溺れそうになった。

2

「頭が痛い」かすれた声で奈津がつぶやく。わたしはベッドを抜けだしてM—65のポケットを探り、いつも持ち歩いているピルケースと、底に一センチほどお茶が残ったペットボトルを取りだした。鎮痛剤を二粒押しだし、窪みにした掌に載せてベッドに運ぶ。奈津が掛け布団を首元まで引っ張ったまま、のろのろと上体を起こす。天井を仰ぐように薬を飲んだ拍子に布団がずれ、小ぶりな乳房が露《あらわ》になった。

「いい眺めだ」闇の中、彼女の体が白く浮き上がる。

「馬鹿」しかし彼女は、掛け布団を引き上げようとはしなかった。ベッドに滑り込み、裸の背中に手を回すと、わたしの肩に頭をもたせかける。しっかり温もりが感じられた。生きた奈津だ。髪をそっと撫でてやると、猫のように甘く喉を鳴らす。長いキスを交わしたが、吐息からアルコールの匂いは抜けていた。奈津の左手がわたしの胸を滑り降り、脇腹の傷口に触れる。そこは長さ五センチほど、不恰好《ぶかっこう》に盛り上がっているはずだ。しばらく、彼女の指が傷跡を撫でる感触を楽しんでいるうちに、また強張りを感じ始めた。

「新しい性感帯かな？」

喉の奥で短く笑ってから、奈津が真面目な声で訊ねた。

「傷は平気だった？」

「ああ。不思議だな。煙草を吸っても沁みるような感じなのに。精神的なものなんだろうね。君も、手首は大丈夫だったか？」

「手首は……関係ないでしょう」

抑えていた笑いが噴きだし、二人ともしばらく静かに笑い続けた。互いの体温を感じ、鼓動のリズムを交換しながら。顎で押さえ込むようにして、頭の天辺《てっぺん》にキスする。

再びベッドから抜けだし、下着とジーンズを身につける。湿って不快だったが、我慢できないほどではない。シャツを羽織って一息つき、ベランダに向かって歩きだした。ベッドから窓まで七歩。この寝室だけでも、1Kのわたしのアパートより広いだろう。寝物語に聞いた話では、元々昭和初期に造られた洋館だという。空気は重く湿り、大声で喋るのも憚《はばか》られる。この家に一人きり。不安になるのも当然だ。

ベランダに通じる窓を細く開け、煙草に火を点けた。裏手は鉈《なた》で断ち切ったような急斜面の崖で、下から吹き上げる雨混じりの風が紫煙を夜空に連れ去る。ラッキー・ストライクはいつもより甘く感じられた。頬に浮かぶ笑みをどうしても消すことができない。笑う場合ではないと分かっているのに。

ふいに、背後に彼女の気配がした。次の瞬間には、生々しく湿った重みを背中に感じる。奈津が服を着ていないことにすぐに気付いた。

「風邪引くぞ」

「この方が温かいから」筋肉質の細い両腕をわたしの首に回す。左手で右の手首をきつく握っていた。

「ここ、いい眺めだろう。天気が良ければ」かすかに喉を締め付けられながら訊ねる。

「わたしはあまり好きじゃないけど」

「どうして」

「上から見てるのって……」

「下から見上げるよりはいいんじゃないか。それにしても、横浜は分かりやすい街だよな。金持ちは高いところに住む。俺みたいな貧乏人は海沿いに住む。津波が来たら貧乏人から先に溺れ死ぬんだ」

奈津の部屋のベランダからは、斜面に張り付いた住宅街、その向こうを走る首都高、遠くランドマークタワーやインターコンチネンタルホテルまでもが一望できるだろう。今は雨に煙《けぶ》り、時刻も遅いせいか、景色は黒く塗り込められている。

「少し寝た方がいい。昨日も寝てないんじゃないか」

「そうね」

再びシャツとズボンを脱いで暖かいベッドに潜り込み、天井を見上げた。奈津がわたしの肩に頭を乗せたので、ゆるりと抱いて髪の匂いを嗅ぐ。

「大変だったな、今回は」

「大丈夫。いつかこうなることは分かってたし。本当はもう覚悟もできてて、ちょっと疲れただけだから。誰かに甘えたかっただけかもしれない」

「でも、いろいろなことが重なり過ぎた。人生で一番忙しい一か月だったんじゃないか」

「そうかもしれません」奈津がわたしの胸に頬を擦り付けた。「でももう、本当に大丈夫だから」

「俺は酒の代わりになったかな」

「何で呑んでたんだろう、わたし」首を傾《かし》げる。「普段はほとんど呑まないんですよ」

「俺が近くにいるべきだった」

「そうですね」

夜が二人を包み込む。眠いのだが眠れない。奈津も同じようだった。

「お兄さんが亡くなった時、どんな感じでした?」

以前も同じ質問をされた。結構しつこいなと思いながら答えをまとめる。彼女は、閉じた蓋をこじ開けようとしているのか? だとしたら、何のために?

「はっきり覚えてないんだ。子どもだったしね。あの事件のことは、もちろん頭に入ってるよな」

奈津の顎がわたしの胸を擦ったので、彼女がうなずいたのが分かった。

「身代金の額は二千万円でしたね」

「うちの親は病院を経営してる。特別金持ちじゃないけど、それぐらいの金は何とかかき集められたんだ。犯人は入念に下調べしてたんじゃないかな。ぎりぎり用意できる額を要求してきたのかもしれない」

「そうですね」

「知ってると思うけど、犯人が身代金を奪って逃げ切った誘拐事件なんて、日本ではほとんどないんだぜ。誘拐は分の悪い犯罪なんだよ」

「よくそう言いますよね」

「あの事件は、犯人が狡猾だったわけじゃない。ただ偶然に味方されただけだ。まさか、身代金の受け渡し現場で土砂崩れが起きるなんてね。フライをキャッチしようとした途端に地震が起きてサヨナラ負け、みたいなものじゃないかな。あんなこと、万に一つもない」

　今年のように激しい雨が続いた六月だったそうだ。犯人は身代金の受け渡し場所に、わたしの実家からも近い厚木の山中を選んだ。道路脇に金の入ったバッグを置いて立ち去れ――その時点では警察に勝ち目があったはずである。山中の道路は一本道で、複数の地点で監視していれば、追跡も容易なはずだったから。車ばかりだと犯人に気付かれる恐れがあるので、オートバイが何台か用意され、リレー式で追跡することになった。だが、わずかに開いたドアから手が伸びてバッグを拾い上げ、車が走り去った直後、雨をたっぷり含んだ土砂が崩れ落ちて道を塞《ふさ》いでしまったのだ。追跡するはずだった車やオートバイは行き先を断たれ、情報が錯綜する中、犯人は逃げ切ってしまった。数時間後に車は発見されたが、手がかりは何も残っていなかった——唯一つ、路上で雨に打たれて血塗《まみ》れになっていた兄の遺体を除いては。

喉が渇く。唾を呑んで続けた。彼女はまんじりともせずに聞いている。

「犯人は車を現場に放置した後で、家に連絡してきた。車の中に兄貴を残したって。自分は別の車に乗り継いで逃げたんだろう。そこから先、また運の悪い話になるんだ。君も知ってるだろうけど——」

「聞かせて」

奈津の真意が読めなくなった。このことを話すのは決して楽ではない。そんなことは想像できるはずなのに、どうしてわたしの口から直接聞きたがるのか。

「あの日はとにかく雨がひどかったんだ。犯行に使われた車は盗難車で、ナンバーが外されていた。ナンバープレートは意外と目立つ目印になる。ヘッドライトが当たれば光るしね。それが外されてて、真っ暗で、雨が降ってて……後続のトラックからは、車が見えなかったんだろうな。トラックは車に追突した。弾みで車は歩道まで弾き飛ばされて、電柱にぶつかった。そのショックで、助手席に寝かされていた兄貴はフロントガラスを突き破って——」

「ごめん」奈津が急に顔を上げ、わたしの胸に手を置いた。「ごめんなさい。こんなにどきどきして」

「大丈夫だ。ただ、人に話すことはほとんどないから緊張してる。もちろん、県警の連中は誰でも知ってるけどね。入った頃は嫌だったよ。当時捜査本部にいた人が謝りに来たりしてさ。謝ってもらっても何にもならないのに」深呼吸する。彼女の言う通りで心拍数は相当上がっていたが、それでどうにか落ち着いた。「どうでもいいことなんだ。いろんな不運が積み重なっただけなんだから。兄貴は死んだ、その事実は受け入れなくちゃいけない。俺はガキで良かったよ。何にも分からなかったから。それからは……いろんな人間を呪ってみたこともある。犯人とか、両親とか、警察とか。でも、どうにもならないことはすぐ分かった。警察に入ろうと思った時は、もしかしたら自分で犯人を捕まえることができるかもしれないと考えたよ。その頃はもう時効になってたけど、自分で捜査して犯人を割りだして、なんてね。でも、日々の仕事をこなしながら、時効になってしまった事件の捜査をするなんて不可能だった」

「ご両親とは……」

「最悪」

「そんな」

「あの事件のせいだ。俺が言うのも変だけど、兄貴は本当にできのいい子どもでね。神童って言われてたんだ。勉強でもスポーツでも、どんな分野に進んでも成功したと思う。身内だから贔屓《ひいき》してるわけじゃないよ。その兄貴があんな事件で亡くなった後に残った俺は、まったく普通の——いや、どっちかと言えば愚図な子どもだったからね。あれから何となく、親が俺を見る目が冷たくなった。小学生になっても中学生になっても、それは変わらなかった。二人とも兄貴を亡くしたショックを忘れようとするみたいに、病院の仕事に打ち込んでね。俺はほとんど、お手伝いさんに育てられたようなものだった。高校に入る時に家を出たのは、単なる反抗期だったかもしれない。その頃野球をやってて、野球の強い高校で寮に入ったんだけど、それは上手い言い訳になったよ。親も反対しなかった。俺なんか、いてもいなくても同じだったんじゃないかな。結局それきりになった。今は、実家なんてないみたいなもんだよ。意地を張ってるわけじゃないけど、親の顔を思い出さない暮らしが普通になった」

「辛い？」

「いや」煙草が欲しくなった。唾を呑み、考えをまとめようとする。自分の胸をそっと叩いた。「ここには辛い想いが残ってるはずなんだ。だけど、胸をかきむしりたくなるほど辛いことはない」

「どうして」

「たぶん、逃げたから」認める言葉が喉に引っかかり、目の奥が熱くなる。奈津の左手がわたしの手首を摑んだ。「俺だけじゃない。両親も逃げた。みんな何かを失って、でもその事実と正面から向き合わなかった。別のことに打ち込んだりして、忘れた振りをしてただけだったのかもしれない。徹底的に話し合うとか、生の感情をぶつけ合うとか、やるべきことはあったはずなのに。でも、人間っていうのは、そういうことを避けても生きていけるんだ。意味もなく、ただ生きていくだけならね」

「犯人は？」

「どこかでのうのうと暮らしてるかもしれないな」彼女の後頭部から腕を引き抜き、自分の頭の後ろで両手を組んだ。

「憎んでないの？」

「憎んでるか憎んでないかと訊かれたら、そう、憎んでる。だけど、世の中にはどうしようもないことがあるじゃないか。俺は夢を見てるわけじゃないから、それは認めるよ。いつまでもこだわってちゃいけないんだ。毎日やることはあるし、後ろを振り返ってばかりじゃ何もできなくなる。特にこういう仕事をしてると、後悔したり考え込んだりしてる暇がないだろう？　一つでも多くの事件を解決するためには、自分のことで悩んでる暇はなくなるんだ」

「そんなに簡単に割り切れるの？」

「いや……割り切れない。俺はやっぱり、あのことを棚上げにしてるだけなんだ。仕事をすることで、封じ込めておこうとしてる」

「だから一生懸命仕事をするのね」

「だけど、この世の間違いを全て正そうなんて考えてないよ。そんなことができないのは分かってる。今の世の中は、あちこちが狂って箍《たが》が緩んでるよな。それは、俺一人が頑張ったところで直せるわけがない。ただ俺は、自分の身の回りにちょっとした平和を生みだしたいんだよ。担当した事件は解決したいし、自分が係わった人に幸せになって欲しい」

「わたしは……」

「いいから寝ろよ」喋るのに疲れてきた。こんなことは生まれて初めてだったかもしれない。そう、兄のことを、そして自分のことをこんなに長く話した経験はなかった。「ばてちまうぞ。俺も、何を言ってるのか分からなくなってきた」

「あなたには、家はないのね」

「きついこと言うな」苦笑すると、口の端が引き攣るのを感じた。

「わたしが、あなたの家になれるかもしれない」

「おいおい、いきなりプロポーズはやめてくれ。こういうことは、いろいろ段階を踏んでからだな……」わたしの軽口は彼女のキスに塞がれた。唇はわずかに塩味がした。体が震え、奈津の頬を伝った涙がわたしの顎に垂れる。

その時わたしは、悲しみも憎しみも感じていなかった。心のどこかにはわだかまりが、決して溶けないしこりが残っていたはずなのに、それが見えなかった。彼女がどうして急にこんなことを言いだしたのかは分からない。同情か？　自分もすがるものが欲しいからか？　どうでもいい。わたしは、生まれて初めて安住の地を見つけたと確信した。

小さなくしゃみで目が覚めた。もう一度。横で寝ている奈津の裸の肩が露になっている。名人が削った大理石の彫刻のように滑らかな肌。そっと指を這わせると、彼女がぴくりと体を震わせた。布団をかけ直してやって、ベッドからそっと抜けだす。窓の外は今日も冷たい雨だ。しかも激しく降っている。

一階のキッチンへ入る。外見は古い洋館なのだが、内部は比較的最近、綺麗にリフォームしたようで、キッチンの使い勝手も悪くなさそうだ。卵。紅茶。ミルク。プチトマトはまだ新しい。冷凍庫には背の高いイギリスパン。上等だ。お茶を淹《い》れるためにポットをレンジにかける。卵四個を溶いてミルクと塩胡椒を加え、四つに割ったプチトマトを四つ分、手で軽く潰してから混ぜ込んだ。パンをトースターに突っ込んでおいてからフライパンを温め、バターを溶かし入れる。卵の半分を入れて手早くかき混ぜ、半熟になったところでフライパンの柄を叩きながら返していく。上手く紡錘形になった。二つ目は、慌てていたのでちょっと崩してしまう。クソ、温かいが形の悪いものと、完璧な形だが少しぬるくなってしまったものと、どちらを彼女に食べさせよう。

「ごめんなさい」謝りながら奈津が階段を下りてきた。「食事の用意なんてしなくていいのに」

「腹が減ってたんだ。俺は、朝飯は絶対に抜かないから」

「手伝うわ」

「じゃあ、紅茶を頼む」ポットから白い湯気が上がっていた。パンが焼き上がる。二つ目のオムレツを皿に移しながら、奈津の姿を横目で見た。だぼっとしたトレーナーに細身のジーンズ。そこに隠れたスリムな体の香りも手触りも、今のわたしは知っている。ついにやけそうになるのを抑えながら、オムレツをダイニングテーブルに運んだ。トーストには、バターと富士屋ホテルのマーマレードを添える。彼女がティーポットを持ってきた。向き合って座ると、はにかんだようにうつむく。胸の底で何かが鳴り、手の届かないところに疼《うず》きを感じた。

「ケチャップか何か、いる？」奈津が訊ねる。

「俺はいい。とりあえずそのまま味見してくれ」

「じゃあ、いただきます」両手を合わせ、奈津がオムレツの端をフォークで切り取る。口に運ぶと、満面の笑みを浮かべた。「美味しい」

「お粗末様」パンにバターを塗った。マーマレードは、パンが残り半分になったら使おう。食品としてパンが優れているのは冷凍に適していることで、上等なものなら、一月ぐらいは香ばしい小麦の香りを楽しめる。そのためにはジャムさえも邪魔になるのだ。

「これは、ウチキパンかな」

「そう」

「いつもこれを？」

「だいたいは。うちから近いし」

「さすがに美味いな。創業明治……」

「二十一年」

「たまげたな」紅茶をカップに注ぎながら言った。「つまりあの店は、十九世紀からパンを作ってるわけだ。三世紀にわたってだぜ？　継続は力なり、だな」

「オムレツ、トマトが美味しいですね」

「本当は普通のトマトを使った方がいいんだけどね。プチトマトは甘みが強過ぎる」

「でも、バランスいいですよ」

奈津がさり気なくダイニングテーブルの上の醬油差しに手を伸ばした。オムレツに一直線にかけると、綺麗な黄金色があっという間に黒く汚れる。呆気《あっけ》にとられ、溜息とともに言葉を押しだした。

「なあ、他人と暮らしていくって、驚きの連続になるんだろうな」

「はい?」

「オムレツに醬油をかける人、生まれて初めて見たよ。ご飯を食べてる時なら分からないでもないけど」

「そうですか? うちは昔からこうしてましたけど」

「オムレツの真髄は、バターと卵の純粋な香りを楽しむことだ。そのためには、塩だってあまり使わない方がいい。そういうのは邪道……」

「でも、美味しいですよ」笑顔で幻惑しておいて、わたしのオムレツにさっと醬油をかけた。

「何ということを」額《ひたい》を掌で叩く。

「好き嫌い言わないで試して下さい」

試した。美味かった。考えてみれば卵と醬油、バターと醬油は相性がいいのだから、オムレツに醬油をかけて不味いわけがない。黄金の組み合わせと言ってもいいだろう。パンに合うかどうかは別問題だが。

食事を終え、二人とも二杯目の紅茶をカップに注いだ。普段飲み慣れていないせいか、かすかに胃が痛む。無性にコーヒーが恋しくなった。

「で、今までの経緯だ」気を引き締めた。結局夕べは、仕事のことはまったく話していない。話せるような状況でもなかった。

「はい」奈津が背筋を伸ばした。肉体的、精神的に疲れて頰がこけたように見えるが、刑事としての目付きはかえって鋭くなっている。

海老原の家を割りだしたこと、海老原と青井が会っていたことを話した。奈津の顔が緊張で蒼くなる。

「海老原を引っ張れないんですか」

「材料がない」確認しろ。海老原は君の親父さんを脅していた。その内容が分かれば、あいつを揺さぶる材料になる——。

聴けなかった。

わたしはどんどん、刑事の枠をはみだしていく。組織の命令に従うこともせず、一直線に行けば辿り着けるはずの手がかりに向かうことすら躊躇《ちゅうちょ》している。奈津のためだ。人生で一度しか出会えない女を逃してはいけない。引き換えに失うものは大きいが、躊躇《ためら》いはさほど感じなかった。

「とにかく、二人に接点があるのが分かったわけだから、しばらく様子を見てみるよ。奴は毎日飲んだくれてるみたいで、仕事をしてる気配はないんだけどな」

「真崎さんの情報源は大丈夫なんですか」

「県警が面倒をみてくれてる」

「そんな……」

「仕方ないんだ」カップを口に運びかけて、テーブルに戻した。コーヒーでないと、どうも調子が出ない。「背に腹は替えられない。俺はもう、一人ネタ元を亡くしてるんだぜ。これ以上誰も死なせたくない。海老原の件も、一課の連中に話すべきかもしれないな。人海戦術で行けば、もっと早く手がかりが掴めるじゃないか」

「駄目です」奈津が強い口調で言った。「真崎さんがやるべきです。わたしも手伝いますから」

「おいおい――」

「そうしないと後悔しますよ。真崎さんも、わたしも」

「俺たちだけじゃ、やれることに限りはあるぞ」

「わたしも今日から動きます」

「君は忌引き中なんだぜ」

「家にいてもすることがありませんから」真っ直ぐわたしの目を覗き込む。「それに、動いている方が気が楽です。いろいろ考えないで済みますから」

「分かった」本当なら、手を握って優しいキスの一つもプレゼントしたいところだ。だが、完全に刑事の顔になっている彼女にそんなことはできない。「海老原の監視を続ける。協力してくれるな」

「もちろんです」

「じゃあ、出直すよ。一度家に戻ってから迎えに来る」

「わたしも一緒に行きます。その方が時間が無駄になりませんから」

「了解」

彼女が着替え終えるのを待った。二十分後、階下に下りてきた奈津の顔は凛として厳しく、突き抜けていた。夕べのことなどすっかり忘れているように。

〈奴はここまで嗅ぎ付けたわけか。これは馬鹿にできない。神奈川県警は阿呆《あほう》揃いだと思っていたが中には光る奴もいるもんだ。真崎薫。褒めてる場合じゃないか。早目に何とかしないと。俺は新しいハンティングナイフを取りだした。刃先は薄いが頑丈だ。骨に当たっても欠けることはないし一気に切り裂ける鋭さを持っている。指を走らせると闇の中でわずかな光を捉えて輝き俺の顔が映り込む。こいつなら向こうが銃でも持ちださない限り一発で仕留められる。それに日本の警察官は滅多なことでは銃を撃たない。状況はこっちに有利なのだ。今夜から動こう。まずは奴の行動パターンを分析して計画を練り上げる。奴は海老原を付け狙っている。しばらくは張り付いているだろう。そういう時は背中への注意が疎《おろそ》かになるものだ。海老原を見張っているところへ後ろから一撃だ。今度はヘマはしない。ナイフを鞘《さや》にしまって立ち上がる。次の部屋を用意しないと。それと海老原をどうするか。あいつも今までは上手く盾になったがこれからはあまり役に立たないだろう。始末してもいい……それは時間の無駄か。何度もあいつを殺すチャンスはあったのだが何故かその気にならなかった。友だちだから？　まさか。そもそも友だちって何なんだ？　ボストン絞殺魔にだって友だちなんかいなかったはずだ〉

3

「クソ」毒づきながら、わたしはアパートのドアから紙を引き剝がした。

『俺を捜せ』

これで二度目だ。怒りと焦り、かすかな恐怖が胃の中で暴れだす。奈津に見せると顔をしかめたが、すぐに冷静な表情に戻った。

「この貼り紙、夕べはなかったな」

「ええ」

「俺たちがここを離れた後で、奴が来たわけだ」

「そうですね。もしかしたら、ずっと監視してたのかもしれません。この家も危ないですよ」

「いや」先に否定しておいてから、理屈を考える。「やるつもりならとっくにやってるだろう。奴はきっと遊んでるんだ。それより、君の家も割りだされてると考えた方がいいだろうな」

「そうですね」認める声は落ち着いていた。姿勢の良さが恐怖を追い払ったのかもしれない。

「クソ、どうして奴が見つからないんだ?」右の拳《こぶし》を左の掌に叩き付ける。「向こうから近付いて来てるのに」

「分かりません。とにかく、やるべきことをやりましょう」

恐怖を克服した彼女は、冷静な捜査マシンに変身していた。やはりプラネットで客に愛想を振りまいているよりも、この方が似合う。

違う。彼女が刑事でいなければならないとわたしが思う理由は一つしかない。プラネットの店内に引っ込んでしまったら、会えなくなるではないか。同じ仕事をしている限り、側《そば》に寄り添うチャンスはある。

家を離れ、奈津を海老原のアパートに連れて行った。外から見た限りでは、部屋にいるかどうか確認できない。

「ノックしてみますか?」

「直接会うにはまだ早い」

「だとしたら、しばらく張るしかないですね」

「そういうことだ」ハンドルを抱え込み、アパートを見上げる。雨は激しく降り続いており、ラジオの天気予報は何度も注意を呼びかけていた。

「海老原は、昼間は動かないんですか」

「まだ動きのパターンが読めないから分からないけど、少なくとも俺は、昼間は姿を見たことはない」

「基本的に夜型なんですね」

「引きこもってるだけなんじゃないか。夜出かけるのも、ほんの数時間なんだ。そうそう、奴はこの部屋を借りる時に、勤めている会社の名前を書いていた。今日は日曜だから確認できないけど、明日確かめよう。そっちから攻められるかもしれない」

「何ていう会社ですか」

「藤原工業」

「藤原工業？」奈津の目が大きく見開いた。「桜木町にある会社ですよね。建設関係だったと思いますけど」

「土建屋さんかどうかは知らないけど、桜木町にあるのは間違いない」

「藤原工業なら倒産したはずですよ。確か、二か月前に」

「何で君がそんなこと知ってるんだ」今度はこちらが大きく目を見開く番だった。よほど大きな会社でもない限り、倒産しても新聞の地方版にベタ記事が載るぐらいだ。そして、そこまで読み込んでいる人間はほとんどいない。

「父が商工会議所の役員をしてましたから、その関係で聞きました」

「なるほどね」腕組みをする。二か月前……海老原がアパートを契約したのは三か月前だ。その時はまだ倒産していなかったわけだが、そもそも海老原は藤原工業で働いていたのだろうか。

電話が鳴りだした。体を捩《ねじ》り、ジーンズのポケットから抜きだす。

「真崎さんですか？　安東です」

どうも、とだけ答える。奈津の前で彼の名前を出すのは憚《はばか》られた。彼女はあの弁護士の名前を知っているはずだし、わたしたちが電話で話しているのを聞いたら、当然不審に思うだろう。

「今、話しても大丈夫ですか。食事中ですか？」言われて反射的に腕時計を見る。十一時だった。

「食事にはまだ早いですよ。あなたこそ、ちょうど昼飯時じゃないんですか。デザートは喜久屋《きくや》のチョコレートケーキとか」

「昼はおろし蕎麦を食べる予定ですよ。わたしはだいたい、昼は軽く蕎麦なんです。そんなことより、ちょっとお付き合い願えませんか。何だったら食事をご一緒してもいい」

「あなたと？　気が進まないな」

「わたしも、あなたとデートしたいわけじゃありませんよ。とにかく、お渡ししたいものがあるんです」笑い声が引っ込み、急に真面目な口調になった。

「郵送して下さい。今、ちょっと手が離せないんで」

「いや、郵送はまずい。わたしが直接お届けしてもいいんですけど、どうしますか」

「それは無理です。仕事場に押しかけられても困りますよ」

「そうですか。それは弱りましたね。夜はどうですか」

「それも難しいな……分かりました。俺がそちらに伺いましょう。早い方がいいんですよね」あなたは間もなくその事実を知ることになる――角の台詞を思い出したのだ。二人が裏でつながっているのは間違いない。

「そうですね。わたしも早く義務は果たしてしまいたい」

「そんなに大変なことなんですか」

「そう思います。わたしの事務所の住所、お分かりですよね」

「ええ」

「今日は一日、事務所にいます。いつでも結構ですよ」

「分かりました」

電話を切り、小さく溜息をつく。奈津が心配そうに訊ねた。

「どうかしましたか」

「ちょっと人に会う用事ができた。プライベートだけど」

「ここはわたし一人で大丈夫です。行って下さい」軽やかな、自信に満ちた声だった。

「分かった。昼飯はまだいいよな」本当は昼飯などどうでもいい。心配なのは青井だった。あの男はわたしたちを監視している。彼女を一人にしておいて大丈夫なのか。

「朝、ちゃんと食べましたから。今日は遅かったし」凜とした表情がわずかに割れ、笑みが零れる。寄り添って過ごした時間が、鮮明に脳裏に蘇《よみがえ》った。

「青井は……」

「大丈夫です」奈津が低い声で言った。「自分の面倒ぐらい、自分でみられますから。同じ失敗は二度としません」

「分かった」そう言わざるを得なかった。この場に一人で残すのは心配だが、彼女の意志の強さと能力に賭けるしかない。「帰りに何か調達してくる。何が食べたい？」

「何でも大丈夫です」

「また驚かされるのかな、君の食習慣に」

奈津が小さく微笑んで肩をすくめた。

「驚くのはわたしだけじゃないかもしれませんけどね。こういうことは、お互い様じゃないですか」

小さな驚きを共有しながら生きていけたら。だがわたしは、その甘い想像がいずれは砕け散るだろうという予感を持った。理由は分からない。おそらく、刑事としての勘だ。そして刑事の勘は、悪いことを想像している時ほどよく当たる。


安東の事務所は関内の官庁街にあった。県庁や地検、地裁が建ち並ぶこの辺りは、表向きは明治と平成が見事に調和している。レンガ造りの古い建物と真新しいビル、広々とした道路が混在して違和感がまったくない。しかし、一本裏道に入ると、今度は昭和の匂いが濃厚に漂いだす。互いに寄り添うように建てられた小さなビル、狭い道路。ひたすら無秩序な開発が続いた時代、それが昭和なのだ。

横浜中央法律事務所は、茶色いレンガ造りの雑居ビルの二階に入っていた。一階は喫茶店、その他に社名を見ただけでは業種が想像できない小さな会社もいくつか。建物自体は古く、立地条件が良い割に資産価値はさほどないように思える。

階段は暗く、湿り気が肌にまとわりつく。二階の内廊下の蛍光灯が一本切れかけ、目に優しくない灯りをちかちかと浴びせかけてきた。すりガラスに「横浜中央法律事務所」の文字があるのを確認してから一つ深呼吸し、分厚い鉄製の扉を押し開ける。入ってすぐのところに半透明のガラスの衝立《ついたて》と受付のデスクがあったが、無人だった。奥へ続く通路は、背の高いポトスの鉢植えで半ば塞がれている。大きな葉を一杯に広げているので、中の様子はほとんど窺《うかが》えない。受付の電話を取り上げ、安東に面会を求めると、すぐに本人が出てきた。口の端に白いものが付いている。

「デザートでも食べてたんですか」

「ああ」慌てて口元を拭い、ふやけた笑みを浮かべる。「まあ、どうぞ。中で話しましょう」

外から見て想像するよりも内部は広かった。中央に事務用のスペースが確保されているが、各弁護士の部屋は、そのスペースを取り囲むように、天井まで届くベージュの衝立で仕切られた個室になっている。安東はその一つにわたしを導き入れ、自分のデスクの前の椅子を勧めた。

「こういう部屋は落ち着きませんね」壁は法律書で埋まっており、地震が起きたら崩れた本で圧死しそうだった。

「そうですか？」安東が自分の椅子に腰を下ろし、ノートパソコンを閉じた。「わたしは気になりませんけどね」

「あなたは、法律じゃなくてインテリアの勉強をすべきです。これじゃ、依頼人は落ち着いて話ができない。もっとリラックスできる空間を作らないと」

「わたしはカウンセラーじゃないんでね。相手が緊張してようがリラックスしてようが、話を訊ければそれでいいんです」素っ気なく言ってから、受話器を取り上げる。しばらく電話を取り次がないように告げてから、寿司屋で出すような大きな湯呑みを脇に押しやった。傍《かたわ》らには、白い粉が付着したプラスチック製の容器。彼の口を汚したのは、コカインでなければ大福らしい。

「で、渡したいものというのは？」無性に煙草が吸いたくなった。代わりに指でもしゃぶってやろうかと思ったが、安東が引き出しから事務用の封筒を取りだしたので、子どもじみた真似をする代わりに、まじまじとそれを見詰める。

「先に一つ確認しておきたいことがあるんですが」安東の顔から表情が消える。知り合ってから初めて見せる事務的な顔付きだった。両手を組み合わせてデスクに載せ、前屈みになってわたしの顔を覗き込む。

「どうぞ」

「あなた、赤澤さんとはどういうご関係なんですか」これまで彼の口からは聞いたことのない、憤然とした物言いだった。

「はい?」

「赤の他人だとばかり思ってましたよ」

「ほぼ赤の他人ですよ、今でも」向こうは死んでいるし、という言葉を呑み込む。

「わたしはね、基本的に騙《だま》されるのが嫌いなんです」

「そうは言っても、弁護士の仕事なんてそもそも騙し合いみたいなものじゃないですか」

「わたしが騙す分にはいいんです」

「それは自分勝手な理屈だな」

「そんなことはどうでもいい。とりあえず、おめでとうございます」まったくめでたくなさそうな口調で安東が言った。目は皮肉に光っている。

「ちょっと待って下さい」折り畳み椅子から腰を浮かすと、軋む音が耳を刺した。「さっきから何の話かさっぱり分からないんですけど、何が言いたいんですか。あなたにおめでとうと言われる覚えはない」

「これをご覧になれば、素直にわたしに感謝したくなりますよ」安東が封筒から書類を取りだし、角を揃えてデスクの上に置いた。「目を通して下さい。内容が難しいようでしたら、わたしが口頭で簡単に説明します。それぐらいはサービスにしておきますよ」

必要なかった。甲、赤澤浩輔。乙、真崎薫。内容は「譲渡」。顔を上げた。

「これは――」

「捜査一課の刑事さんには、こういう書類は理解できないですか」

「理解できないのは、赤澤さんが何を考えていたかです」

「それはわたしも知りたいぐらいですね」安東が溜息を漏らし、椅子を左右に揺らした。芝居がかった仕草で腹の上に両手を置き、壁のどこか一点を見詰める。「わたしは、赤澤さんとは長い付き合いですよ。しっかりとした信頼関係もあると信じていた。それでも、弁護士というのは所詮弁護士なんですかね。何の相談もなしに、急にこんな書類を作れと命令された時には驚きましたよ。あなたにビルを一つ譲るなんてね」

「わたしの方が驚いてますよ。一つ、教えて下さい。このビルはどこにあるんですか」

「ここ」安東が自分の足元を指差した。「あなた、このビルの大家になったんですよ。というわけで『おめでとうございます』なんです」

険悪な雰囲気は、時が経つにつれて徐々に薄れていった。結局安東は、赤澤が突然新しい遺言状を作ると言いだした時に理由を話してくれなかったので拗《す》ねていただけのようだ。自分の事務所のビルのオーナーが誰かということは、さほど気にはならないらしい。それはそうだろう。彼が個人的に家賃を払っているわけではないのだろうから。それに、他人の資産を羨まない程度には金を稼いでいるはずである。

「それで、わたしと赤澤さんの関係を訊いたんですか」

「そういうことです」湯呑みの茶を音を立てて呑み干し、うなずいた。「この建物と土地の評価額、どれぐらいになりますかね。少なく見積もっても数千万円はするでしょう。それをいきなり、ほとんど会ったことのない人間に譲渡しようとするのは異常だ。だからわたしが知らないだけで、あなたたちは昔からの知り合いじゃないかと思ったんですよ。それをわたしに隠していたとしたら、赤澤さんもひどい人だってね」

「赤澤さんは何か言っていたんですか」

「いや」嫌なことを思い出したようで、口元が歪む。「急に呼ばれたんです。書類を作れと。こっちは客商売だから言われた通りにしたんですが、あなたとの関係は気になるじゃないですか。で、それを訊いたら『黙ってやれ』の一言ですからね。急にわたしを使用人扱いですよ。相手は病人だから文句も言えなかったけど、ちょっと傷付いたな」

「それも仕事のうちじゃないんですか」

「まあね」唇の横を親指で擦る。「とにかく、赤澤さんは何も教えてくれなかった。あなたはどうですか」

「材料があれば教えてもいいけど、何もないんですよ」

「いや、あなたは何か隠してらっしゃる」

ああ、隠してるさ。俺は夕べ、赤澤の娘と寝た。だけど、それがどうした？

「刑事は隠し事はしません」

「何をおっしゃいますやら。機密保持があなたたちのモットーじゃないんですか」

「原理原則はともかく、そもそも隠すべき機密がない」

「なるほど」不機嫌に言って、指先でデスクをこつこつと叩く。「まあ、この件に関するわたしの仕事はこれで終わりです。その書類はお持ち下さい。不動産の譲渡となると、いろいろと手続きが面倒ですけど、そこはうちでお助けしてもいい。こういうことの専門家もいますから。料金はご相談でね――安くするとは言いませんけど」

「冗談じゃない。こんなもの、受け取れませんよ。ビル一棟？　税金がいくらかかると思ってるんですか」

「それは計算してみないと分かりません。税金を払うだけの資金があるといいんですがね」肩をすくめる。ザマアミロ、とでも言いたそうな表情になるのを辛うじて抑えていた。「ま、無事に税金を払ってこのビルを手に入れたら、あとは左団扇《うちわ》で暮らせますよ。建物は古いけど、立地条件がいい。テナントは一杯だから、家賃収入で十分やっていけるでしょう。きついだけで金にならない刑事の仕事なんか、辞めたらどうです？」

「家賃を集めて回るのは仕事とは言えない」

「それが嫌なら、不動産屋が代わりにやってくれますよ。そうそう、この建物の最上階は人が住めるようになってましてね。キッチンもシャワーもある。そこへ引っ越してくれれば、家賃の心配もなくなりますよ。今は空いてますしね」

「これをあなたに突き返したら、面倒なことはしなくていいんですか」手にした書類を左の掌に叩き付けた。

「無理」丸顔に重々しい表情を浮かべて、安東が首を振った。「もうお渡ししたんですから、これでわたしの仕事は終わりです。あとはあなたがご自分で考えることですね。相談ならいつでも乗りますよ。もちろん、有料ですが」

思い出したように、わたしに向かって封筒の口を開けてみせる。

「上の部屋の鍵は、この中に入ってます。それと、あなた宛ての手紙もね。わたしはそちらには目を通していませんから、後でご確認下さい」

封筒を受け取った。手触りで、手紙は一枚だけではないことが分かった。中を覗くと、折り畳まれた便箋が入っていることに気付く。何なんだ？　実はわたしは赤澤の息子だったとか。あの男はそれを死の間際に打ち明けようとした？　まさか、あり得ない。全ての書類を封筒に戻し、立ち上がる。何もしていないのに、体全体が痺《しび》れたような感じがした。


安東の事務所に近い日本大通り駅から、わたしのアパートの最寄り駅である元町・中華街駅へは一駅である。地下鉄に乗っても良かったし、歩いても帰れる距離だったが、タクシーを拾うことにした。金の匂いを漂わせる書類をさっさと家に置いて、早く奈津のところに戻らないと。しかし、この事実を彼女にどう話すべきだろう。そもそも彼女は、この件を知っているのか。知っているなら向こうから話しだしそうなものだし、そうしないということは、たぶん知らないのだ。だったら話せない。話をするにしても、赤澤の真意を知ってからにしたい。しかし、死んだ人間が何を考えていたか、どうして分かる？

手紙が謎解きの役に立つかもしれないと考え、タクシーに乗り込んだところで封を切った。長い手紙で、家に帰り着くまでに読み終えるとは思えなかったが、最初の一枚を読んだだけで全てが理解できた。手紙から顔を上げると、流れる街の風景が少しだけぼやける。

「どうかしましたか」奈津がちらりとわたしを見た。無言でグラブボックスからハンドタオルを取りだし、濡れた髪を乱暴に擦る。奈津がわずかにわたしの方に身を乗りだした。右手にゴムボールを握って――持っている。「体調でも悪いんですか」

「いや、誰かさんのせいで寝不足な以外は元気だよ」クソ、俺は何でこんな軽口を叩いているのだ。早く彼女に確認すべきではないか。だが、何度もリハーサルした質問は、彼女の顔を見た途端に頭の中で弾け飛んだ。「何か動きは?」

「出てきませんね。訪ねてきた人間もいません」

「了解。夜まで動きはないかもしれない。ところで、レンタカーを借りてきたんだ」

「ああ」奈津がバックミラーを覗き込む。「他の車に乗って来たから、どうしたのかと思いました」

「いざという時のために、もう一台車があった方がいいだろう」

「そうですね」

「それと、遅くなったけど昼飯だ」コンビニエンスストアの袋を彼女に差しだす。握り飯とサンドウィッチ、ココアが入っている。滅茶苦茶な組み合わせだ。頭が痺れた状態で店に入り、手当たり次第にカゴに放り込んだらこの始末である。彼女は何も文句を言わず、握り飯の包装を破いた。自分では食べず、助手席に座るわたしに差しだす。

「どうぞ」

「いや……」

「食べてきたんですか」

「そうじゃないけど」

「真崎さん、変ですよ。何か気になることがあるなら言って下さい」

「ああ、そうだな」思い切り両手で顔を擦る。「苛々《いらいら》してるんだ。ここで奴を張っていても、何か動きがあるとは思えない。青井がのこのこ顔を出すとも考えられないし」

「でも、今のところはこれしか手がないでしょう」

「まあ、そうなんだけど……クソ、頭が働かないな」

「そういう時は、何でもいいから喋ってるといいですよ。無駄話をしているうちにアイディアが出る時もあるでしょう」

「君は少し休憩してくれないか」わたしが言うと、握り飯を両手で持ったまま、奈津が目を見開いた。「いや、深い意味はないんだ。トイレとかね」

「わたしは大丈夫ですけど」

「動きがないうちに、やるべきことを済ませておいた方がいい。今日は随分冷えるからね」エンジンをかけていないので、車内は冬を思い出させるような寒さになっていた。

「そうですか」

「そう。いざという時のためだ」

「分かりました」奈津が握り飯をわたしに押し付け、ドアを開けた。握り飯の代わりにレンタカーのキーを渡してやる。「すぐ戻ります。何か必要なものは?」

「愛」

一瞬きょとんとした表情を浮かべた後、奈津が柔らかく笑った。

「それは、今は無理ですね」

「君たち若い人間の問題点はそれだ。愛をすぐ肉欲に結び付ける」

奈津の顔が真っ赤になった。思い切り音を立ててドアを閉め、雨の中、小走りにレンタカーに向かった。車が動きだすのをバックミラーで確認してから、少しシートを倒す。ＢＭＷのシートは張りが良いので運転には向いているが、横になってくつろぐには適していない。もちろん、眠るつもりもなかった。ただ、頭の中に溢れる疑念と想いは、ただ真っ直ぐ座っているだけでは支え切れなくなっている。

自分の車の助手席に一人で座っているのは奇妙な気分だった。普段目につかないところが気になりだす。フロントガラスの汚れ。サイドブレーキの左側にある傷。奈津が残した香り。

ポケットにある赤澤の封筒が重い。家に置いてきても良かったのだが、一人になった時にもう一度読み返してみたかった。しかし、実際にその機会が訪れてみると、再び目を通す気にはなれない。死を目前にした状態だったにもかかわらず、赤澤の筆致にはぶれがなく、論旨も明快だった。あるいはこの手紙を書くことで、全ての力を使い果たしてしまったのか。わたしだったら、そうなっていただろう。そして死が近付く。

心が晴れるわけではない。むしろ複雑な想いが渦巻き、どうしていいのかさっぱり分からなくなってしまった。今、自分は間違った方向に一歩を踏みだしてしまったという確信がある。今ならまだ戻れるかもしれない。何食わぬ顔をして、いつも通りの自分を取り戻すことが……できない。何かが永遠に変わってしまった。しかし、その結果手に入れたものを手放したくはない。

奈津。

倫理観、常識、そして何よりわたしたちの感情。あらゆる障壁を乗り越えて君と一緒にいられたら。いずれわたしは、全てを二種類に分けて天秤にかけなければならないだろう。二種類——過去と未来。

散り散りに乱れる想いは、電話の音にかき消された。柴田だった。

「よう、どうしてる」遠慮がちに切りだしてきた。先日の厳しい追及を、やり過ぎだと思っているのかもしれない。

「デート中です」

「ほう」急に声が甲高くなった。「いいことだな。お前に彼女がいたとは知らなかったけど。焦るぜ」

「彼女になるかどうか、今、微妙な段階なんですよ」

「おっと。ということは、この電話は邪魔だったな」

「大丈夫です。彼女は今、トイレに行ってますから」それは事実だ。「で、何かあったんですか」

「いや、動きはない」声が曇る。「こんなこと、わざわざ言う必要もないんだろうけど……この前は、ちょっと言い過ぎた。ずっと気になってたんだ」

「いえ」

「お前はまだ怪我人なんだぜ。気持ちは分かるが、無理して欲しくなかったんだ」

「分かってますよ」

「とにかく、こっちの方はちゃんとやってるから心配するな。青井をパクる時には上の連中には黙って呼んでやるよ。立ち会いたいだろう？」

「奴が見つかれば、ですけどね。何か手がかりはあるんですか」

「それを言うな」柴田の口調から歯切れの良さが消えた。それで少しだけ安心する。わたしの方がはるかに先を行っているのだ。柴田が探りを入れるように訊ねた。「本当に大人しくしてるんだろうな」

「ご心配なく。腹の傷が疼くんで、何もできませんから」

「大事にしろよ」

「それは、柴田さんじゃなくて彼女が心配してくれると思います」

「まったく、やられたね」柴田の声に笑いが忍び込んだ。「お前に先を越されるとは思わなかったよ」

「柴田さんも、仕事ばかりじゃなくて私生活を大事にした方がいいですよ。釣りもいいけど、彼女を見つけないと」

「ご忠告、どうも」

電話を切って、今のは要するに監視だったのではないかと勘繰《かんぐ》った。電話を入れることで、わたしに忠告を与える。四六時中見張っていることはできないだろうが、時々電話をかけておけば、動きにくくすることはできる。だったら携帯電話の電源を切っておけばいいのだが、電源の入っていない携帯はただの小箱に過ぎない。

溜息をつき、ポケットの上から手紙に触れる。その分厚い感触が、またわたしの心を惑わせた。

4

日が落ちた直後、海老原が家を出た。わたしはBMWをアパートの前に残したまま歩いて跡をつけ、奈津がその後を車でゆっくりと追うことにした。海老原は二十分ほど歩いて、南太田駅の近くにあるレンタカー屋に入っていく。奈津に電話をかけ、店の場所を教えた。三分後に彼女が到着したので、二人で車に乗り込んで海老原が出てくるのを待つ。ほどなく、青いマツダのアクセラが道路に滑りだした。薄闇の上に雨が降って視界が悪いため、海老原は首を突きだすような格好でハンドルを握っている。

ついに青井と接触するのかと期待したが、海老原はアパートまで車を走らせると、再び部屋に引っ込んでしまった。

「何だったんでしょう」サイドブレーキを引いた奈津が首を傾げる。

「さあ。誰かに会うと思ったんだけどな」

「そうですね、でもわたしたち、海老原のことはほとんど何も知らない。行動パターンも、性格も」

「確かに」

「レンタカー屋に行ってみましょうか？　車を借りる時は、いろいろ書類に記入するでしょう。何か分かるかもしれません」

「その辺はいい加減に書いておいても、車は貸してくれるぜ」

「それでも、何かの手がかりになるかもしれません。わたしが行きます」

「そうだな。じっと待ってるだけじゃ飽きるだろう」

「そういうわけじゃありません」奈津が表情をさらに引き締めてわたしを見た。「手がかりになりそうな情報なら、何でも集めておかないと」

「分かった。任せる」特に期待せずに彼女を送りだした。バッジがない状態でどこまでできるか見極めたいと思っていたのも事実である。

二十分後、彼女は幾つかの事実を携《たずさ》えて戻って来た。

「車は明日までの予約になっています。行き先は横浜市内ということですね」

往復にかかる時間を考えれば、店に着いてほとんどすぐに情報を引きだしたことになる。内容についてはともかく、スピードは一級品だ。脅しか泣き落としか、それとも特別の笑顔を使ったのか。どれにしてもプロの技であることは間違いない。

「随分早かったな」

「ええ」しれっとして肩をすくめる。「でも、真崎さんの言う通りですね。これが本当かどうかは分かりません」

「一つだけははっきりしてる。今までよりも面倒になったのは間違いない」

「ええ。車があれば行動範囲が一気に広がりますからね」

「そういうことだ」自分の車に戻るため、降りしきる雨の中に足を踏みだす。左右からアパートを挟んで待機することにしていた。「とりあえず待ち、だな」こっくりとうなずく奈津の顔が、闇の中で白く浮き上がる。

夜がじりじりと進む。海老原が動きだしそうな気配はなかった。時々奈津と話したが、会話は長続きしない。誰かから電話がかかってくるかもしれないと思うと、海老原の動向について長々と推測を交換したり、甘い言葉を囁《ささや》く気にはなれなかった。

十時、部屋の灯りが消える。出かけるのだろうかとエンジンをかけたが、ドアが開く気配はなかった。部屋が暗くなってから十分ほど経った頃、奈津が電話をかけてきた。

「寝たんでしょうか」

「どうかな」

「明日の朝、早いとか」

「そうかもしれない」親指を噛む。このまま夜が明けるまで待ち続けることもできるが、それはエネルギーの無駄遣いだろう。奈津の読みが正しいような気がした。早起きするために早寝する——それなら、朝まで動きはないはずだ。「今夜は引き上げよう。それで、明日の朝早く戻る。そういうことでどうかな」

「分かりました」

「じゃあ、五時にここへ集合」

「今夜はどうするんですか」奈津の声が、夜に相応《ふさわ》しい、低いものに変わった。

「そうだな……俺の家は汚れてるし、青井が見張っているかもしれない」

「わたしは気になりませんけど」

「いや、君の家にしよう。ベッドの硬さが気に入った」

「そうですか？」

「そういうこと」本当は別のことを考えていた。二人でわたしの家に戻ったところを柴田に見つかったら——いや、それは何とでもなる。問題は青井だが、何かあった時でも、二人一緒なら対処しやすい。失敗が教訓として頭に、体に叩き込まれている。青井は知っているだろうか。過剰なほどに用心している刑事を襲うほど危険なことはない。

熱いシャワーで、体を締め付けていた緊張が解《ほぐ》れる。帰る途中にコンビニエンスストアで買ってきた下着に着替え、多少なりとも清潔な気分になって風呂を出た。奈津は広いリビングルームで一人がけのソファに座り、髪を乾かしていた。少し上を向いていたので、綺麗な顎の線がくっきりと見える。素早く鑑賞してから、斜め向かいのソファに腰を下ろした。彼女のシャンプーの匂いが顔の周囲にまとわりつく。

「これからどうするんだ」

「何がですか」ドライヤーのスイッチを切って奈津が訊ねる。

「この家とか、仕事とか」

「仕事は続けます」決然というより、ごく当たり前の事実を確認するような口調だった。ゴムボールを取り上げる。右手に載せ、ゆっくりと手首を裏返すと、辛うじてボールは掌にとどまった。

「だいぶいいみたいじゃないか」

「まだ……でも、少しずつ感覚が戻ってる感じはするわ。真崎さんにはお礼を言わないと」

「自分で頑張ったからだよ。すぐに回復するさ」

「そうだといいけど」小さな溜息。「とにかく仕事は続けます。警察以外の仕事をしたことはないし、今はこれが天職だと思ってるから。絶対に辞めたくない」

「そのためには、ヘマした分を取り返さないと。青井を捕まえれば、加賀町署の連中も君に頭を下げるよ。揉み手をしながら近付いて来るんじゃないか」

「そうさせるつもりです」

「結構だね。ところで、海星社の方は大丈夫なのか」

「それは、角さんたちがきちんとやってくれてます。わたしはやる気がないし、会社の人だって、急にわたしが乗り込んでいったら嫌じゃないかな。今まで刑事をやってたのに、娘だっていうだけで偉そうな顔をされたら、抵抗感があるでしょうね」

「確かにいい気分はしないだろうな。どんな世界にもやっかみはある」

「お茶でも飲む？」立ち上がろうとしたが、手を伸ばして腕を押さえた。

「いい。ここにいてくれ」

無言。奈津がゆっくりとゴムボールを揉んだ。表面が少しだけ凹んだが、ボール全体が歪むまではいかない。だが、数日前に比べれば大きな進歩だ。

「家はどうする？　一人でここに住んでると、いろいろ大変だろう。だいたい、相続したら税金だけでも相当な負担になるはずだ」かまをかけてみたつもりだった。ここで彼女が、わたしが譲り受けたビルのことを口にすれば——だが奈津は、その件については触れようとしなかった。わざと避けているわけでも忘れているわけでもなく、本当に知らないのだろう、と判断する。

「税金のことは何とかなると思うけど……ここ、会社の名義になってるから」

「ああ、社宅扱いなんだ」

「そういうこと。だから、会社に関係ないわたしがいつまでも住んでるのは、まずいかもしれない」

「だとしたら、本格的に引っ越しを考えた方がいいかな」

「そうね」

ドライヤーが熱風を送りだし、二人の会話が途切れた。ちらちらと奈津の横顔を盗み見る。おそらく、彼女は何も知らない。知っていれば、平気な顔で髪を乾かすことなどできないはずだ。わたしを避けるか、跪《ひざまず》いて謝るかするはずである。彼女に関して、一つだけ確信していることがあった——演技ができる女ではない。

「明日は四時起きでいいですか」髪を乾かし終えて、奈津が立ち上がった。

「もちろん」

奈津の視線がわたしの顔を舐め回した。

「今日はここで寝るよ」ソファに横になった途端、奈津の顔に疑わしげな表情が浮かぶ。

「ベッドの硬さがいいんじゃないですか」

「ここも悪くない。さすが、高いソファは寝心地がいい」百八十センチのわたしが横になっても足がはみでないし、硬めの手すりがちょうど枕の高さになっている。張りのあるクッションもしっかり体を支えてくれた。

「そう、ですか」奈津の声はどこか冷えていた。灯りを消してリビングルームを出て行く奈津の白い後ろ姿を見送ってから、静かに目を閉じる。車の中で、ずっと一人で考え続けてきたのだが、未だに結論は出ない。どうすれば全てを丸く収めることができるか。完全な円にならなくてもいい。わたしが傷付く分には構わないのだから。だが、奈津は無傷のままでいて欲しい。しかも捜査一課の連中を上手く排除したままで、全てをやり遂げなければならない。

眠気と戦いながら考える。一つだけ、方法がある。捜査一課の連中には知られていないネタ元を使うのだ。その相手との関係はこじれてしまうかもしれないが、この際仕方がない。

ネタ元も仕事も、全てを失っても守らなければならないものがある。

奈津。

ふいに空気に入り込んだ異質な気配で目が覚めた。奈津がソファに寄りかかる形で軽い寝息を立てている。慌てて上体を起こすと、いつの間にかかけられていた毛布がずり落ちた。それを奈津の肩からかけ、体を包んでやる。そっとやったつもりだったが、彼女はすぐに目を覚ました。状況が摑めないようで、ぼんやりした目つきで左右を見回す。毛布が肩から落ちて、床に小さな塊《かたまり》ができた。

「風邪引くぞ」

「大丈夫」

「ベッドへ戻れよ」

「だけど、あなたが一人でここで寝てるから」

「一人で寝るのは慣れてるよ」

「寂しくない？」

「俺が？　どうして」

「自分で分からない？」

「さあ」

口には出さなかったが、彼女が何を言いたいかはよく分かった。そう、寂しいという感情は確かにある。わたしはそれをずっと飼い慣らしてきたのかもしれない。だがその寂しさは今や、まったく別の意味合いに変わっていた。ソファから下り、彼女の右手を取る。相変わらず冷たく、握り返してもこない。

「一緒に寝ようか」小さな声で言うと、奈津が柔らかく笑った。誰かの温かさを必要としていたのは、わたしではなく彼女の方だったかもしれない。

ふと、背筋に氷を入れられたような寒気を感じた。気配の変化に気付いて、奈津が急に表情を引き締める。顔を寄せ、「どうしたの？」と訊ねた。わたしは窓に視線を向け、「庭の向こうは——この下はどうなってる？」と訊き返した。

「崖よ。そんなに険しくはないけど」

「誰かいる。下から登ってきたのかもしれない」

「まさか」否定したものの、奈津の顔は険しく引き攣っていた。窓際まで移動し、カーテンの隙間から外を覗く。猫の額ほどの庭があり、その先は小さな森のようになっている。狭い隙間から見える範囲を精査したが、誰かがいる様子はなかった。玄関から靴を取ってきて、思い切って窓を開ける。奈津が早手回しに用意していた懐中電灯を受け取り、狭い庭へ出た。異変はすぐに見つかった。庭に面した木の一本で、枝が皮一枚でぶら下がっている。明らかに、つい最近折れたもののようだ。雨懐中電灯を下に向けると、下生えが不自然に踏み潰されているのも確認できた。

の音に混じって、はるか下の方で草をかき分けるような音が聞こえてくる。追うか？　いや、この場に彼女を残していくわけにはいかない。振り返ると、窓際に立った奈津が左手にゴルフクラブを握り締めているのが見えた。

「ドライバー？」

何を言われたのか分からない様子で、奈津がクラブを見下ろした。

「それなら、青井を三百ヤードぐらい吹っ飛ばせるよ」冗談を言ってみたものの、空回りすることは最初から分かっていた。奴はここまで来た。安全な場所はどこにもない。


朝五時、海老原のアパートの前で左右に分かれて待機に入った。レンタカーはまだある。夕べ、奈津の家に侵入を試みた人間のことについては、二人とも口を閉ざしたままだった。崖を調べてみても良かったのだが、何かが見つかるとは思えなかった。状況が分からない中で話し合っても、不安が増すばかりである。

六時を回り、海老原の部屋のドアが開く。その直後、マナーモードにしてあった携帯電話が震えだした。

「来ましたね」奈津の声は緊張していたが、どこか生き生きしていた。やることができれば、青井の影を気にしなくても済むからだろう。

「ちょっとこのまま様子を見よう。電話は切らないで」

海老原は背中を丸めながら階段を下り、アパートの前の駐車場に停めてあった車に乗り込んだ。奈津の弾んだ声が耳に飛び込んでくる。

「どうしますか」

「俺が先に行く。君は後からついて来てくれ。できたら、時々前と後ろで入れ替わろう。気付かれてるとは思わないけど、念のためだ」

「了解」

海老原は雨をついて車を走らせ、根岸線の線路を桜木町駅のところでくぐって、すぐに左折した。ランドマークタワーを右に見ながら左折して、みなとみらいランプから首都高に入る。アスファルトが乾いているようなスピードで飛ばし、横浜駅前の金港ジャンクションで左の車線に飛び込んだ。第三京浜を使う様子である。予想通りになったがドライブは短く、港北インターチェンジで終わりになった。まだ七時前で、雨に支配された街は暗い。バックミラーの中に、辛うじて奈津の車が確認できるぐらいだった。

海老原はさほど急ぐ様子もなく、鶴見川を渡って新横浜駅方面に向かった。日産スタジアムを通り過ぎると、労災病院のある交差点を右に曲がる。すぐに左折してしばらく走り、横浜アリーナまで辿り着いた。アリーナの正面にあるコイン式の駐車場に車を入れたが、すぐに出て来る気配はない。わたしはそのままアリーナを通り過ぎて左折し、路肩に車を停めた。奈津の車がわたしを追い越して前に停車する。すぐに電話がかかってきた。

「どうしますか」

「俺はここで車を降りて見張る。君は一回りして、反対側に回ってくれないか。確か、右折してきたところに中華料理屋があったよな？　その辺りで待機してくれ。挟み撃ちにしよう」

「了解です」

傘を広げ、アリーナの端にある音楽スタジオの前まで歩を進めると、海老原が駐車場を出て道路を横断するのが見えた。アスファルトに叩き付けられた雨が破裂するような降りなのに、例によって傘はさしていない。アリーナの前は広場になっており、コンサートや格闘技のイベントがある時は長蛇の列ができるのだが、今は海老原の他に誰もいなかった。誰かと待ち合わせをするには不自然な場所、時間だが、人に見られたくない時には好都合かもしれない。二階へ上がる階段の陰に身を隠して海老原の様子を観察した。左右の足に順番に体重をかけて体を揺らしながら、しきりに時計を気にしている。七時五分。相手が遅れているのかもしれない。

しかし、待機は長続きしなかった。時計の秒針が一回りする頃、一台の車がアリーナの前に滑り込んできてスピードを落とす。白いプリウス。ナンバーに見覚えがあった。後部座席の窓が開くのと同時に、海老原が駆け寄ってくる。窓から手が突きだされた。何かを持っている——おそらく、封筒。海老原はひったくるようにそれを受け取ると、プリウスの背後を回って駐車場に走って行った。プリウスがすぐに走りだす。向こうが気付いていないことを祈りながら、反射的に背を向けた。

誰が乗っているかは分かっていた。頭が混乱する。プリウスが環状二号線を左折するのを横目で見送ってから、駐車場に視線を転じる。海老原のアクセラが出て行くところだった。気付かれないように背中を向けた瞬間、奈津から電話がかかってくる。珍しく慌てふためいていた。

「ごめんなさい。遅くなりました」

「今、海老原が車を出した」

「誰かと会ったんですか」

「いや」とっさに嘘が出る。「俺は今、車から離れてる。奴を追ってくれ。何かあったら報告を頼む」

「分かりました」

電話を切って、しばらく雨の中に佇《たたず》んでいた。恐喝は終わったはずではないのか。いや、それはわたしの想像に過ぎなかった。ターゲットが変わったに違いない。海老原は思ったよりもしつこいようだ。搾り取れる相手からは徹底的に搾り取ろうという考えなのだろう。

だがそこに、わたしの付け入る隙がある。問題は、この件から奈津を遠ざけておくことだ。深夜、眠りの狭間で考えた計画を実行に移す時が来たようだ。

南太田に戻るまでに、車の中から何本か電話をかけた。楊貞姫は摑まえにくい人間に逆戻りしてしまったようで、ようやく話すことができたのは三ツ沢で高速を下りてからだった。朝のラッシュのせいでのろのろ運転せざるを得なかったが、おかげでゆっくりと話す時間ができた。

「なに？　こんな朝早くに」

「日本人の九〇パーセントは、もう動いてますよ」

「わたしは残りの一〇パーセントなんだけど」楊貞姫の声はぶっきらぼうで、一刻も早く電話を切って暖かいベッドに戻りたそうだった。「用件は箇条書きでお願いね」

「一つ、あなたが無事かどうか確認したい。二つ、大事なお願いがあります」

「一つ目は、何も問題ないわ。こうやってあなたと話してるのが何よりの証拠でしょう。二つ目は？」

「かくまって欲しい人がいるんです」

「誰？」

「女性です。同僚ですけどね」

「何か動きがあったのね」楊貞姫が声を潜める。

「ありました」

「危険な状況？」

「今は、あなたのところが一番安全だと思います」

「それは保証できると思うけど、誰をかくまえばいいの」

話した。呆気にとられたようで、楊貞姫は相槌も打たずに聞いていた。

「それは……変じゃない？　自分のことぐらい自分で守れる人でしょう」

「そうとは言い切れません。今回は特別なんです」

「わたしに頭を下げてまで守りたい人なのね」

言葉を呑み込む。そう、その通りだ。だがここで、奈津に対する想いを彼女に打ち明けても仕方ない。

「まあ、いいわ。それよりあなた、どんどん仕事の枠をはみだしてない？」

「そうかもしれません」

「上の方に何も言われないの」

「そのうち辞めさせられるかもしれませんね。でも、そうなったらそうなったで何とかなりますよ」

「困ったら、うちで雇ってあげましょうか」半分笑いながら楊貞姫が言った。「あなたみたいにハンサムなウェイターがいたら、女性客が喜ぶわよ」

「この前も同じようなことを言ってましたね。調べてみないと分からないけど、ウェイターがハンサム過ぎると風営法に違反するかもしれないな。それより、もう一つお願いがあるんです」

「なに?」

「今回の件、あなたが彼女をかくまうんじゃなくて、彼女があなたを護衛するという形にして欲しいんです」

「なに、それ」

「ちょっとしたプライドの問題ですよ。一芝居打ってもらえませんか」

楊貞姫が空気を震わせるように笑った。

「確かに、警察官がわたしに守ってもらうのは筋違いよね。じゃあ、わたしは彼女が来たら抱きついて、ぶるぶる震えてればいいの?」

「そこまで演技してもらわなくていいですよ」

「あら、わたし、子どもの頃劇団に入ってたのよ。いろいろあって続けられなかったけど、映画に出たこともあるんだから」

「たまげたな。銀幕の緊張感を経験したせいで、いつまでもお綺麗なんですか」

「お世辞はそれぐらいでいいわよ」

「お世辞が言えるような性格じゃありませんよ。とにかく、どんな態度で彼女に接するかはお任せします。今日中にそちらへ送り込みますから、よろしくお願いします。どこへ行かせればいいですか」

「お店でいいわ。お昼ぐらいでどうかしら。わたしの名前を出せば分かるようにしておくから」

　電話を切り、運転に集中した。雨が大粒になり、ワイパーが追いつかなくなる。前を走る車が水飛沫《しぶき》を跳ね飛ばし、一瞬視界が消えた。煙草に火を点けたが、窓を開けられないので自分の吐いた煙の臭いに吐き気を感じる。まだ長いまま、車の灰皿に押し付けた。

　海老原のアパートに戻った時には、八時をだいぶ回っていた。奈津の車の二十メートルほど手前に自分のＢＭＷを停め、雨をついて走りだす。助手席に滑り込み、慌ててドアを閉めると、奈津が左手に持っていたスパナを腿《もも》の上に置いた。

「何やってたんだ」

「左手を動かす練習です。右手が使えないうちは、左手で何とかしないと」左の掌を閉じては開いてを繰り返す。

「動きは？」狭い車の中で無理に振り返って、アパートの駐車場を見やった。海老原のレンタカーは、朝方と同じ位置に停まっている。

「戻ってからは何もありません」

「奴は？」

「部屋に入りました。何だか嬉しそうでしたよ」

「そうか」金儲けをした直後だ。表情が緩むのは当然だろう。

「横浜アリーナで何してたんでしょうね。いかにも誰かと待ち合わせしてたような感じでしたけど」

「分からない。わざわざ車を借りてまで出かけたんだから、よほど大事な用だったんだろうけど……ふられたのかもしれないな」楊貞姫に持ちかけた計画の方へ、話を捻《ね》じ曲げることにした。不自然にならないように、できるだけさり気ない口調で切りだす。「ところで話は変わるけど、ここへ戻って来る途中で、ある人から連絡が入ったんだ」

「この事件の関係者ですか」

「ああ。ネタ元の一人」

「ネタ元って……」奈津が顎に指を当てた。

「楊貞姫。日本名は高木紀久子」

　何かに思い当たったようで、奈津が首を傾げた。ほどなく目を見開き、わたしの顔をまじまじと見詰める。

「新世界飯店の社長の高木さん？」

「さすが、横浜の有名人については詳しいね」

　奈津が目を細めてわたしを睨んだ。

「何でそんな人が真崎さんのネタ元なんですか」

「いろいろあってね。他のネタ元は全部一課の連中に教えて警戒してもらってるけど、楊貞姫だけは秘密にしてある。彼女と俺の関係は、捜査一課の連中も知らないんだ。俺にとっては一番大事なネタ元だから、他の連中には知られたくない。だから、君も内密にしておいてくれよ」

「その人が、身の危険を感じているんですね」奈津が拳を固め、人差し指の関節を唇に押し当てた。目が据わっている。

「そういうことだ。余計な仕事になるかもしれないけど、彼女を危険な目に遭わせるわけにはいかない。だけど俺は、海老原から目を離したくないんだ。信頼できる人間に、彼女を守ってもらいたい」

「分かりました。わたしにやらせて下さい」奈津が即座に言った。「どうすればいいですか」

「昼は中華にしてくれ。十二時に新世界飯店で彼女が待ってる」

「どんな人なんですか？　名前は知ってますけど……」

「性差別するわけじゃないけど、男なら大人《たいじん》と言われそうなタイプかな」

「肝が据わった大人物ということですね」

「まあね。口は悪いけど」

「周りにはスタッフもたくさんいるはずですよね。もしかしたら、危険なことを手伝う人間も。そういう人でも身の危険を感じるものですか？　いくら青井だって、楊さんに近付くのは難しいでしょう」

「奴の行動パターンは読めない。俺たちの常識では計り知れない男だからな。平気で君の家に近付いて来た人間だぜ？　とにかく、できる限り危険は排除しておきたいんだ。海老原の件である程度目処《めど》がついたら、俺もそっちに合流するから。もしかしたら、青井をおびき寄せることができるかもしれない。奴が楊貞姫を狙ってるとすれば、こっちは網を広げて待ってればいいんだから」

「真崎さん、何か企んでるんじゃないですか」

「どうして」素っ気なく言って、煙草を咥える。火は点けなかった。

「根拠はありません。でも、真崎さんの考えてることは何となく分かります」

「分かるって言われても、それだけじゃこっちも納得できないな」

「説明できないこともありますよ。感じるだけで……とにかく、わたしの知らないところで強引に動かないで下さい。お願いですから」

「了解。忠告はありがたく受け取るよ。とにかく、楊貞姫にずっと張り付いて注意しててくれ。もしも青井が現れたら……」

「何とかします」奈津が右手を上げた。ゴムボールの凹みが、夕べより深くなったように見える。「わたしは刑事ですから」


十一時半、奈津が去って行った。窓を細く開けて煙草を吸いながら、考えをまとめる。このまま海老原の部屋に踏み込もうかとも思ったが、できるだけ慎重にいくことにした。煙草を灰皿に押し付けると、電話を取りだして海星社に連絡を入れる。名乗ると、すぐに角につないでもらえた。わたしは、あの会社ではＶＩＰ扱いになっているのかもしれない。

「昨日はどうもお疲れ様でした」角はさり気なく丁寧な口調で切りだしてきた。「わざわざお越しいただいて……社長も喜ばれたでしょう」

「赤澤さんをいつまで社長と呼ぶんですか」

「後任が決まるまでですね。それは取締役会を経て――」

「昼飯を奢りたいんですが、付き合ってもらえませんか」

「奢る？　あなたがわたしに？」心底意外そうな口調だった。一介の刑事が、ある意味横浜のアイコンとも言える会社の専務に食事を奢る——普通ならあり得ない状況だ。

「急に金持ちになりましてね。悪銭身につかずとか言いますから、誰かに奢って手っ取り早く散財したいんですよ」角は、わたしがあのビルのオーナーになったことを知っているだろう。反応を待ったが、彼はごく常識的に忠告するだけだった。

「金は金ですよ。良い金も悪い金もない。強いて言えば、持っている人によって金の性格は変わるんです。とにかく、無駄にお金は使わない方がいいですよ。大事に取っておいた方がいい」

「わたしが奢る額なんて、高が知れてますよ。どうですか？　とにかく一人で食事をするのは嫌いなんです」

結局角が折れた。三十分後に落ち合うことにして、車を出す。アパートの横を通り過ぎる時、スピードを落として右手で拳銃の形を作り、引き金を絞る。もうすぐだ。待ってろよ。

第五章　罠

1

元町プラザの隣にある立体駐車場に車を入れて歩きだす。プラネットの本店を通り過ぎる時に、ちょうど店から出てきた角《すみ》と出くわした。わたしに気付くと、小さく目礼して近付いて来る。わたしはその場に立ち止まって、しばらくプラネットを眺めた。ディスプレーは控え目だが、大理石をふんだんに使った建物そのものの豪華さで、店の格が知れる。写真でしか見たことがないが、ニューヨークのティファニーも、外からはほとんど内部の様子が窺えないはずだ。高級になればなるほど、宝石店は要塞に近くなる。

「どうしました」わたしの横に立って、角が訊《たず》ねた。

「見れば見るほど、わたしには縁がない店だ。日本はやっぱり豊かですね。こんな高い宝石を買う人がいるわけだから」

「婚約指輪や結婚指輪をお買い上げの際は、サービスさせてもらいますよ」

「結婚指輪ね……そういう趣味はないな」

「なるほど」角の視線が、指の関節にタコのできたわたしの手を捉えた。「その手は、空手ですか？　それだけ鍛えてたら、指輪のサイズを合わせるのに苦労しそうですね」

「指輪を使うとしたら、喧嘩用ですかね。宝石みたいに硬く小さなもので傷がつくと、痛みがひどいし傷跡が汚くなる。昔、そういう傷害事件の捜査をしたことがありますけど、被害者の目の脇の傷跡はトカゲそっくりでしたよ。ああいう傷を綺麗に縫うのは難しいんでしょうね」

角が顔をしかめた。それを無視して歩きだす。雨が激しいので、さすがに今日は人出が少ない。傘もほとんど役に立たず、何を食べるか話し合う余裕もないまま、わたしたちはプラネットのすぐ近くにある「あいかわ屋」という店に飛び込んだ。

「なるほど、ここならあなたに奢ってもらってもあまり引け目は感じませんね」角が店内を見回しながら言った。唇の端に微笑が浮かんでいる。

「刑事の給料じゃ、トンカツ屋が限界ですからね」

「金持ちになったって言ってたじゃないですか」

「いわゆる含み資産です。すぐには金にならないし、税金の心配もしなくちゃいけない。とんでもない話ですよ」

角の反応を窺った。無言。無表情。腕組みをして言葉を待ったが、呑気《のんき》な台詞《せりふ》が出てきただけだった。

「この店は美味《うま》いですからね。わたしも時々来ます」

「お元気なのは、そうやって脂を入れているからですか」

「まだ脂っ気が抜けるような年じゃありませんよ」

メニューを確認し、注文を入れる。平日の午後一時、昼食の客足も途絶えた時刻で、十分ほどでロースカツが二枚、揚がってきた。黙って食事に専念する。角は食べるペースが早く、キャベツをお代わりした。わたしはご飯をもう一膳《ぜん》貰って、残ったロースカツ二切れで片付けた。最後はカツよりも、甘みの勝ったつぼ漬けが食事の手助けになる。

「場所を移した方がいいですか？　お茶でも飲みましょうか」紙ナプキンで上品に口元を拭《ぬぐ》いながら角が訊ねた。一時を回り、店内の客はわたしたちだけになっている。声を低くすれば、他人に聞かれる心配はない。

「ここでいいですよ」

「では、伺いましょう」

「そちらから先にどうぞ」

「何をですか」角が首を傾《かし》げる。

「わたしが金持ちになった理由です。それとも、聞くまでもないことですか？　そそうでしょうね、あなたはとっくに知っているはずだから。どうでもいいけど、滅茶苦茶な話だと思いませんか」

「申し訳ありません、何のことか分からないんですが」眼鏡の奥で角の目が泳いだ。

「角さん、とぼけるのはやめましょう。わたしは全部知っているんです」

「どういうことですか」角の顔から血の気が引いた。が、柔和な表情そのものには変化がない。誰かが一筆で色だけを塗り替えたように見えた。

「赤澤さんは、わたしに手紙を残していました。詳細な内容でした。あれなら、裁判でも証拠として採用されるでしょうね」

「それが分かっているなら――」

「そのことの善悪については、今は言いたくありません」またも結論先送りだ。正面から向き合わない――わけではない。近いうちに、嫌でもそうしなければならないことは分かっていたから。ただ、今はそうしている場合ではない。「とにかく今は、あなたを助けたいと思っている」

「あなたに助けてもらうようなことはありませんよ」

「隠さなくていいんですよ。わたしならできることがあるんです。刑事でなければできないことがね――角さん、今朝、横浜アリーナにいましたね」

「そのことについては肯定も否定もできません」そう言うことで、認めてしまったも同然だった。

「わたしは今朝、横浜アリーナの前であなたのプリウスを見てるんです。それとも、誰か別の人間があなたの車を使ったんですか」

「仕方ない人ですね」角が深々と溜息をついた。「まったく、何をやってるんだか」

「やるべきことをやってるだけです」

煙草を咥《くわ》える。「一時まで禁煙」の貼り紙を確認してから火を点《つ》けると、角が迷惑そうに顔の前で手を振った。

「ほとんど分かってるんです。だけど、理解できない部分もある。脅されていた人間が死んで、本当なら恐喝のネタは尽きたはずですよね。それがどうして今も続いているんですか」

「わたしどもとしましては、表に出さずに済むならそうしたいところなんですよ」

「黙って金を渡してると、いつまでも要求は続きますよ。相手はワルの出世階段を一歩ずつ上ってる人間なんだ。マイナスの向上心がある男に足がかりを与えちゃいけません。叩き潰すなら今のうちです。表沙汰にしないで済ませることも可能ですよ――わたしに任せてもらえれば」

煙の向こうで角が目を細める。人差し指で唇を撫《な》でてから、ぽつりと話し始めた。

「大した額じゃありませんから。それでうちの会社が傾くようなことはありませんん」

「海星社の財政状況が健全なのは分かりました。それはともかく、あの男がどういう人間と付き合ってるか、ご存知ないでしょう」

話した。胃の中でロースカツが暴れだしたように、角が顔をしかめる。

「わたしなら何とかできる。一気に片を付けられると思います」

「警察沙汰にはしたくないんですよ。その……死者の名誉が……」

「亡くなった人の名誉を傷付けるようなことは絶対にしません。それにあなたは、わたしに話さざるを得ないんです。恐喝の元になった事件、いつから知ってたんですか。脅すつもりはありませんけど、知ってて黙っていたとすると、問題にならないとは言えない」

「それは――」

「角さん、今は、自分の身を守ることだけを考えて下さい。ちゃんと話してもらえれば、わたしの胸の内にしまっておきます。それとも、わたしは信用できませんか」

　角が顔を上げる。目には初めて見る恐怖の色が浮かんでいた。瞬時に様々な考えが頭の中を巡ったはずだ。この刑事は、事実を知っているのにどうしてそれを揉み消そうとしているのか――最大の謎はそれだろう。

　わたしは事実と愛を天秤にかけた。それはまだ安定せず、ぐらぐらと揺れ動いている。最終的にどちらに落ち着くかは、事実を全て知ってから決まる――いや、それは建前に過ぎない。事実が結果を導くのではなく、結果のために事実を解釈するのだ。たとえ「曲解だ」と批判されようが。

「とにかく、全部話して下さい」店内を見回す。誰かが聞き耳を立てている気配はないが、それでも気になった。ここまでは抽象的な会話を連ねていても意味は通じていたが、この先は具体的な名前を出さなければ話にならない。

「実は、今日の午前中にまた電話がかかってきたんです」角が低い声で言った。

「今朝会ったばかりなのに？」

「満足できなかったようですね。要求はエスカレートしています」

「場所を移しましょう」伝票を持って立ち上がった。「会社の中に、目立たない会議室ぐらいあるでしょう。できればこれは、わたしと角さんの間だけの話にしたい。

それとも、会社全体が絡んでいるとでも――」

「それはありません」わたしの言葉が終わるのを待たずに、角が否定を重ねた。「絶対にありません。わたしの名誉に懸けて保証します」

「結構です」うなずき、レジに向かった。青井は警察に――わたしに挑戦している。引っかかる前に、こちらから罠《わな》を仕掛けろ。誰かがわたしの頭の中で囁《ささや》く。

「一気に終わらせるために、こっちから攻撃します。協力して下さい」

肩が凝った。プラネット本店の三階と四階を占める海星社の本社は、ガラスとクロムをふんだんに使った重厚なインテリアで統一され、座って話をしているだけで息が詰まるようだった。吐きそうになるまで体を動かしたいという欲求と闘いながら駐車場へ戻る。タワー式の駐車場から車が出てくるのを待つ間に携帯の着信を確認すると、角と話している間に奈津から電話がかかってきていたことが分かった。すぐにかけ直した。

「楊《ヤン》さんと合流してます」低く抑えた口調だった。

「彼女、どんな様子だ」

「落ち着かないみたいですね。不安なのかもしれません。ずっと喋りまくってます」

演技過剰だ。黙って首を振り、電話を左耳に押し当てたまま車に乗り込む。

「神経質になり過ぎじゃないかな。具体的に何かあったわけでもないのに」

「楊さんもそう言ってます。でも、不安なのも分かりますよ」

一方通行の細い道を抜けて、前田橋を渡る。首都高の下を流れる中村川は増水し、いつもに増して茶色が濃い。普段は油を流したように穏やかな水面なのだが、今日は内臓が脈動するように波打っていた。

「俺が動き始めてから一人殺されてるのは事実だからな。それを考えると、不安になるのも当然かもしれない……君はどうだ？　彼女に信頼してもらえそうか」

「大丈夫だと思います」

「彼女、君のことを知ってたんじゃないか」

「ええ、名前だけは。いろいろな会合で父と顔を合わせていたそうですから」

「亡くなったことは話したのか」

「話の流れで」少し声の調子が沈んだが、それだけのことだった。彼女はもう、自分の感情を完全にコントロールしている。わたしよりもよほど冷静だ。

「面倒な仕事を押し付けて申し訳ないけど、しばらく頼む」

「大丈夫です。ずっとお店で待機してるんですけど、これでいいんですか？」

「ああ。逆に、彼女がどこかに出かけることになったら面倒だ。そこにいて、君が見張ってる限りは安全だろう。とにかく、君の特技が分かって良かった」

「何ですか」

「有名人のお世話。これからこういう仕事は君に任せるよ」

「SPの仕事に興味はありません」

「失礼。とにかく、また連絡する。俺は今日も夜まで張るつもりだから、適当なタイミングを見て電話するよ。もしもどこかへ動くようなことがあったら、君の方から連絡してくれ」

「分かりました」

電話を助手席に放りだして大きく溜息をついた。これで上手くいくのか？　当然だ。これぐらいのことができなくて、失われた面子《メンツ》を取り戻すことは不可能だ。だったら自信満々でいられるはずなのに、気持ちが落ち着かない。原因ははっきりしていた。

奈津を騙《だま》しているから。

一芝居打つために、捜査一課に顔を出した。理想は、岩井班全員が出払っていることだ。岩井や柴田に小言を言われることなく、他の班の刑事たちに自分の存在をアピールしたい。自分一人で捜査している人間は——そんな刑事はまずいないが——同僚の前に顔を出したりはしないものだ。馬鹿話をして怪我の痛みでも訴えておけば、リハビリ中だということを印象付けられる。

間が悪いことに、岩井がいた。

「何してるんだ、薫」椅子を蹴飛ばして立ち上がると、わたしに指をつき立て、口から泡を飛ばしそうな勢いでまくしたてる。「こんなところに顔を出してどういうつもりなんだ。家で大人しくしてろ」

「まあまあ」両手を前に突きだして彼の攻撃をブロックしながら、椅子を引いて座った。岩井は自席の前に立ったままで、顔を赤く染めてわたしを見下ろしている。

「まあまあ、じゃないよ。勝手なことばかりしやがって。こっちでちゃんとやってるんだから、首を突っ込んでくるな」

「別に、仲間に入れてくれってお願いしてるわけじゃないですよ」

「何だと」鼻息が荒い。

「休職中なのに、勝手に動き回るわけないでしょう。それに今日はひどい雨だ。こんな日に外をうろうろしてたら、靴が台無しになっちまいますよ」実際、レッドウイングのブーツには雨が染み込み、明るい茶色の革は所々が黒くなっている。普段からたっぷりオイルを塗り込んで手入れしているのに、これでは台無しだ。

「だったら、何でわざわざここに顔を出したんだ」

「差し入れですよ。伊勢佐木署に顔を出そうかとも思ったんですけど、あっちの捜査本部は殺気立ってるでしょうからね。俺がのこのこ現れたら、所轄の人たちにも悪いし」

「分かってるじゃねえか」

「そりゃあそうです。俺は常識と良識の塊《かたまり》なんですよ」

「俺が聞いてる評判とは違うな」

「本人がそう言ってるんだから間違いないですよ。で、これが差し入れです」手提げ袋を差しだす。来る途中、中華街で調達してきた月餅《げっぺい》だ。餡《あん》に松の実を混ぜ込んだ、こってりとした味わいの一品である。

「おお、こいつは……」岩井の顔が蕩《とろ》ける。彼は酒を呑まなくなってから、甘党に転向したのだ。係長の性癖に合わせて人選したのか、岩井班にはわたしと柴田以外、下戸ばかりが揃っている。

「初夏の限定ですよ。今しか買えませんからね」

「いやあ、ありがたいね」両手を擦り合わせながら岩井が猫撫で声を出したが、何かに気付いたのか、慌てて表情を引き締める。「買収か？」

「冗談じゃない。係長を買収してどうするんですか。これは、反省の証《あかし》です。俺だって首にはなりたくないですからね」

「そうか……まあ、いい。ちょっと付き合えよ」

窓を眺めて雨が止んでいるのを確認し、岩井がわたしを庁舎の裏手に誘った。濡れた銀色の手すりに両手をつき、生い茂る植え込みの隙間から、運河の向かいの赤レンガ倉庫を見詰める。増水した運河の上を薄く靄《もや》が漂っている。わたしは彼と少し離れて立ち、煙草に火を点けた。

「俺はな、お前のことを本気で心配してるんだぞ。そう見えないかもしれんが」

「それはどうも」煙が目に沁みた。人差し指で擦りながらひょこりと頭を下げる。

「お前には将来があるんだ。今説教しても仕方ないが、独断専行になりがちなところを改めれば、この先も道は開けてるぞ。どうだよ、ぼちぼち警部補の昇任試験を考えてもいいんじゃないか」

「まだ早いですよ。試験勉強してる暇もないし」

「お前さんなら、その気になれば早いうちに合格できる。すぐに俺に追いつくよ」

その前に彼が定年を迎えるのは明らかだったが、黙って肩をすくめるだけにした。

「だからな、今回の件では大人しくしてろ。この前の一件は、お前の勤務評定にバツ印をつけないために、大勢の人間が冷や汗をかいたんだぞ。それもこれも、皆お前に期待してるからだ。こんなところでミソをつけて欲しくないから、皆で少しずつ泥を被って、お前の経歴は綺麗なままにしたんだぜ。こんなつまらんことで引っかかるなよ。捜査一課には——神奈川県警には、お前のような人間が必要なんだ」

小さくうなずいた。感謝の念を込めて。正直、彼がここまでわたしのことを買っているとは思ってもいなかったから。だがわたしは、彼が期待しているような人間ではない。今は天秤の傾きを自分で決めかけていた。一番大事なものは何か。誰を守るべきか。それに比べたら、県警の中で出世の階段を上っていくことなどに、いかほどの意味があるだろう。

「今日はこれで失礼します」

「濡れないように気をつけろよ。風邪なんか引いたら、つまらんからな」

「係長も」

「おいおい、何だか永遠のお別れみたいじゃないか」岩井がおどけて両手を広げる。

「そうかもしれませんね」つぶやくわたしの声は、湿り気を帯びた空気の中に溶けた。岩井の耳には届かなかったはずである。別れの言葉は、必ずしも明瞭な発音で語られるべきものでもない。

計画はほぼ出来上がっている。最大のポイントは、どこまで奈津を騙し続けられるかだ。もう少し時間稼ぎをしたい。海老原のアパートの前で張っていると、十時過ぎ、楊貞姫から電話がかかってきた。

「参ったわね」半分困って、半分笑っているような口調だった。「あのしつこさ、凄いわよ。彼女、本当に刑事に向いてるわ。あんな可愛い顔してるのに」

「それは俺が保証します」

「どっちを？　仕事のこと？　それとも顔のこと？」

「両方です」

「ずっと張り付いたまま、動かないのよ。わたしだって仕事をしなくちゃいけないのに、会議の時は部屋の隅でじっとしてるし、トイレにまでついて来るし。彼女、あなたの部下なの？」

「そういうわけじゃありません」

「赤澤社長、亡くなったそうじゃない。新聞には出てなかったけど……」突然、楊貞姫の声に怒りが忍び込んだ。「あなた、知ってたの？」

「ええ、まあ」

「知ってて黙ってたのね」

「葬儀は内輪だけで済ませたんです。明日の朝刊あたりに、そういう死亡記事が出るんじゃないですか」

「でも、赤澤さんは、横浜財界の重要人物なのよ。それなのに、家族だけでお葬式を済ませるのは、ちょっと納得できないわね」

「彼女にそんなことを言ったんじゃないでしょうね」無意識のうちに声が鋭くなる。

「まさか」わたしの声に潜んだ怒気に気付いたのか、楊貞姫の声のトーンが柔らかくなる。「だいたい、わたしが怒ってるのはそのことじゃなくて……父親のお葬式が終わったばかりの娘を働かせていいわけ？　普通、喪に服する時間があるでしょう。警察にも忌引きぐらいあるわよね」

「刑事にはないんですよ」

「それはあなたの常識かもしれないけど、世間では通用しないわよ」

「これは、俺と彼女の問題です。彼女が仕事をするのは、二人で話し合って決めたことですから」

「俺と彼女ね」今度はからかうような調子が入り込む。「そういう関係なの？」

「特別な関係です。二人で暴走してるんですよ」

「明日なき暴走ね」意識してかせずか、楊貞姫がブルース・スプリングスティーンの名曲のタイトルを挙げた。ニューヨークの隣、ニュージャージーの青春を描いたこの曲は、わたしの中では川崎のイメージと重なる。汗とオイル、出口のない怒り。「七五年以降のアルバムは置いていない」という「M」では聴いたことがない。

「とにかく、今日はありがとうございました。そろそろ彼女を解放しましょう」

「さり気なくやらないと駄目なのよね。ということは、彼女にわたしの家まで送ってもらって、それで解散という形にしたらいいかしら」

「おやおや、俺もあなたの家を知らないのに、彼女には教えるんですか」

「女は女同士で、秘密を共有してもいいのよ。あなたには絶対に漏らさないようにお願いするつもりだけど」

「いいですよ。今回の件の片がついたら、こんなに頻繁にあなたと話をすることもなくなるでしょうけどね」

「そんなことはないわよ。それよりあなた、彼女と一緒に暴走してるのはいいけど、大事にしてあげないと駄目よ。わたし、今日は正直言って少し感動したわ。もう、心なんか乾き切ってて、簡単には感動しないと思ってたけど」

「何ですか、一体」

「奈津さんね、あなたのことを心から心配してるのよ。無理してるんじゃないか、何か無茶なことをやるんじゃないかって。そういう話をする時だけ、泣きそうな顔になるのよ。普通に話してて、急によ？　そういう女の人、見たことある？」

「いや」心なんか乾き切って。わたしもそんな人間の一人だと思っていたが、暖かな湿り気がじわりと染みだすのを感じた。

「わたしも、若い頃はああいう気持ちを持ってたはずなんだけど、すっかり忘れてたわ。もっとも彼女の場合、年をとってもあなたに対する気持ちは変わりそうにないわね。だいたい、男と女なんて、どんなに好き合ってても、一緒に暮らすようになると気持ちが硬直してきちゃうでしょう？　でも中には、そうならない人もいるんじゃないかな。わたしは、そういうのは素晴らしいことだと思うし、あなたが頑張れば不可能じゃないでしょうね」

ゆっくり深呼吸した。彼女の言葉が腹の底に落ち着く。

「貴重な恋愛講座、ありがとうございました。ついでにもう一つ訊《き》いていいですか？　人生の先輩としてアドバイスして下さい」

「どうぞ。わたしで答えられることなら」

「どこまで赦《ゆる》せますか」

「なによ、いきなり。彼女にひどいことでもされたの？　裏切られたとか」

「いや」

「仮の話？」

「そういうわけじゃないんですけど」

「例えば、彼女の家族があなたにひどいことをしても、彼女の気持ちがあなたの方を向いてるなら、家族の問題は切り離して考えなくちゃいけない。あなたは彼女の家族——家族じゃなくて友だちかもしれないけど——を愛するんじゃなくて、彼女を愛するんだから」

　まるで、わたしが置かれた複雑な状況を全て知っているかのような口ぶりだった。

「さすが、亀の甲より何とやら、だ」軽い緊張感を冗談で解《ほぐ》す。

「茶化さないの」楊貞姫が喉の奥で笑った。「仕事も大事だけど、こういうこともちゃんと考えていかなくちゃ駄目よ。人を愛することが分からなかったら、被害者のために頑張ろうなんて言っても、誰も信じてくれないでしょう」

　少しばかり説教臭くなってきたので、会話を事務的な方向に変えた。自宅へ戻ったタイミングで、奈津にわたしに電話するよう伝えること、明日も朝から奈津が張り付くので、今日と同じように接して欲しいこと。

「それはいいけど、いつまで？」少しばかりうんざりした口調になっていた。

「上手くいけば、明日で終わりです」

「今夜は彼女と会う？」

「あるいは」

「優しくしてあげなさい。そうじゃないとわたしが許さないわよ」

　難しい注文だ。優しくされることに慣れていない人間は、人に優しくする術《すべ》を知らないものだから。

半日近く楊貞姫と一緒にいて、奈津には疲労の色が濃かった。彼女の家まで送ったのだが、リビングルームに辿り着いた途端に、音を立ててソファに腰を下ろしてしまった。両の掌で顔を覆い、背中を丸める。立ち上がるだけで大変な力が必要なようだった。

キッチンに立ち、お湯を沸かす。勝手に冷蔵庫を漁《あさ》って、ココアを見つけた。お湯で溶くだけだからコクのある味は望めないが、甘いものは疲労回復に役立つはずだ。二人分作り、彼女のところへ運ぶ。

「ごめんなさい」

「サービスだよ。あの人と一緒だと疲れるだろう」

「ああいうエネルギッシュな人が世の中にいるのは分かるけど……そうね、疲れます。でも、さすがにやり手ね」

「会うのは初めてなんだよな」何度か店に来たことがある、と楊貞姫が言っていたのを思い出す。

「ええ」

「お疲れのようで申し訳ないけど、明日も頼む」

「ちゃんとやりますよ」自分に活を入れるように言って背筋を伸ばし、カップを手に取る。左手でしっかり持ち、右手は添えるだけだった。

「明日の予定は?」

「十時に出社予定ですから、家で九時半に落ち合うことにしています」

「だったら、明日は少し寝坊できるな。少し休んだ方がいい」

「真崎さんは?」

「俺は明日も海老原に付き合う。本当は、今晩もずっと張っておくべきなんだけどね。車があるから、夜中も動くかもしれないし」口からでまかせだ。今夜は無視しておいていい。勝負は明日だ。それに、万が一急な動きがあったら連絡が入ることになっている。

「心配だったら、今夜はわたしが張りましょうか」

「大丈夫だろう」ココアを一口飲む。やはりコクがない。甘いだけだ。「で、楊さんの家はどうだった?」

「ああ」カップ越しに奈津の目が笑った。「それは、真崎さんには秘密ということです。彼女のたっての希望で」

「何だよ、それ」楊貞姫が言っていた通りだ。自然に頰が緩む。

「女同士の秘密だそうです。でも、これから楊さんと話したいと思ったら、わたし経由ですぐに連絡が取れますよ。携帯の番号を交換しましたから」

「彼女、携帯は持ってないって言ってたんだぜ。俺も信用されてないんだな。それとも、君がそれだけ凄腕ってことか」

「そんなこと、ないけど」

「謙遜しなくていい」真顔で首を振った。「君には可能性がある。今までそれを生かすいいチャンスがなかっただけでね。才能を腐るままにしておいたらいけないよ」

「わたしに才能があるかどうかはともかく、一般論では……そうですね」

「さて」一口飲んだだけのココアのカップをテーブルに置く。「そろそろ寝ようか」

「そうね」

「大人しく。素っ裸でいるところを襲われたくないから」

奈津の顔が赤くなった。

「俺はここで寝る。一階を警戒しておいた方がいいんじゃないかな」

「でも、ソファで寝るのは体に良くないですよ」

「いいんだ。リスクの分散になる」

渋る彼女を、二階の自室に追い上げた。無性に酒が呑みたくなる。探せば何かあるのかもしれないが、結局アルコールは諦めて、この夜最後の煙草を楽しむことにした。リビングルームの窓を開けて、堂々と煙草を吸う。どうだ、青井。この小さな火が見えるか。俺はここにいる。やれるものならやってみろ。確実に返り討ちにしてやる。

「優しくしてあげるのよ」という楊貞姫の言葉が思い出された。自分が彼女の忠告に従っているのかどうか、自信はない。そもそも、自分の我儘《わがまま》で始めた捜査に奈津を巻き込んでしまったことが間違いだったのではないだろうか。

しかしわたしたちは、確実に終幕に近付いている。その先に何があるのかは考えたくもなかった。築き上げてきた全てが変わってしまうような気がしていたから。

2

無理にでも寝ておこうと思ったのだが、様々なことを考えると目が冴えてしまい、結局は浅い眠りの間をゆるゆると漂うだけの数時間になった。こういうのが一番疲れる。

六時。奈津を起こさぬように家を抜けだし、まだ暗い街を走りだした。今日も朝から細い針のような雨が降っている。自宅の近くを流れる中村川が氾濫しないか、本気で心配になってきた。

海老原のレンタカーは、まだアパートの前に停まっていた。二十メートルほど行き過ぎたところでUターンしてBMWを停める。時計の針が七時を指そうという頃、ドアが開いて海老原が顔を見せた。今日も雨を気にする様子はなく、肩をすぼめたまま軽やかな足取りで階段を下りてくる。車に乗り込むと、すぐに走りだした。行き先は分かっているので、一呼吸置いてから尾行を始める。横須賀街道から一六号線に入って八景島の近くまで。途中で海の方に転じ、横浜市大の医学部近くの路上に車を停める。ここまでは予定通り。雨の中、海老原の車のマフラーから白く立ち上る水蒸気が目印になった。BMWのドライブコンピューターで外気温を確認すると、十二度。十一月初めぐらいの陽気だろうか。海老原のアクセラを追い越し、交差点を左折してから車を停めた。ほどなく、一台の車が背後で急停止する。角のプリウスだ。BMWを出てプリウスに走り寄り、右の後部座席に飛び込むと、勢い余って角を左のドアまで押しやってしまった。

「時間通りですね」

「時間を守るのはビジネスの基本ですよ」

「これはビジネスじゃありません。あなたは事件に巻き込まれてるだけなんですよ」指摘すると、角の頬がひくひくと痙攣《けいれん》する。「今日で決着をつけますから」と言って安心させようとしたが、さしたる慰めになっていないのは明らかだった。

「予定通りでいいんですか」角が確認する。

「もちろん。わたしの計画は常に完璧ですから」

会話が途切れると、角の運転手が耳を澄ませている様子が窺えた。一言も発しないが、肝が据わっているのは雰囲気で分かる。「お願いします」と声をかけると、運転手が無言でうなずき、わたしのBMWに乗り込んだ。代わってわたしがプリウスのハンドルを握り、車を出した。この道路は市大医学部をぐるりと取り巻くように走っているので、一回りすれば海老原の背後に近付ける。それが、あの男からの指示でもあった。要するに、昨日と同じやり方である。背後から近付き、すれ違う瞬間に封筒をやり取りする。ただし今日は、向こうも車に乗っている予定だ。

素人臭いやり方だ。

「金は用意してきたんですか」

「ええ」バックミラーを見ると、角が背広の内ポケットから白い封筒を覗かせた。

「ダミーですよね」

「いや、現金です」

身を乗りだして封筒を差しだした。前を向いたまま受け取り、一枚引きだして確認する。確かに。大袈裟《おおげさ》に溜息を漏らし、封筒に戻してから角に返した。

「無駄ですよ。本当に渡すわけじゃないんだから」

「何ごともリアルに、ですよ。変なところで手抜きすると、ろくなことにならない」

「それがあなたのビジネスの哲学ですか」

一瞬首を傾げてから、角の顔つきがバックミラーの中で真面目なそれになった。

「人生の哲学です。神は細部に宿ると言うでしょう」

年長者の言葉はいつでも参考になる。

雨は激しく、視界が白く煙《けぶ》った。わたしは慎重に車を走らせ、海老原の車が待つ場所へ向けて角《かど》を回った。アクセラのマフラーからは、相変わらず薄く白い水蒸気が上がっている。近付くに連れてスピードを落とした。角が後部の窓を開けると、湿り気を帯びた冷たい風が吹き込んでくる。一瞬身震いしたが、興奮がそれを上回った。ほとんど停まりそうなスピードでアクセラの横を通過する。窓を半分開けた海老原が手を突きだしていた。角が封筒を渡すのを横目で確認してから、わずかに外側へ膨らみ、ついで一気にハンドルを切ってアクセラの前に斜めに突っ込んだ。きつくサイドブレーキを引いて車から飛びだす。すぐ後ろにはわたしのＢＭＷが停まり、前後からアクセラを挟み込む格好になった。

焦りの表情を浮かべた海老原は、車の中に閉じこもることでこの状況を解決しようと決心したようだったが、わたしは窓が上がりきらないうちに靴底でガラスを蹴破った。輝く破片を浴びた海老原が、ショックに頭を抱えて呆然《ぼうぜん》としているうちに、ドアを開けて外へ引きずりだす。襟首を摑んで左右に振り回すと、バランスを崩して膝から水溜りの中へ崩れ落ちた。それを無理矢理立たせ、左のストレートをフェイントにして、鳩尾《みぞおち》に右のパンチを叩き込む。体が半分に折れたが、髪を摑んで伸ばし、右肘の硬いところを、顎を射抜くようにぶち当てていく。顔が歪み、目があらぬ方を向いた。再び体が曲がったのを見て、両手を拳《こぶし》に固めて首筋に打ち下ろす。体の力が抜け、海老原が水溜りの中に突っ伏した。プリウスに乗っている角をちらりと見ると、顔がはっきりと蒼ざめている。深呼吸して息を整えてからノックすると、一瞬間《ま》が空いた後に窓が開いた。

「嫌なところをお見せしましたね」両手首をぶらぶらと振って見せた。肘打ちは余計だったかもしれない。海老原は気を失ったが、こちらの腕も痺《しび》れるように痛んでいる。

「何というか……わたしはそういうのは」角の喉仏が大きく上下する。

「申し訳ない。でも、あなたの役目はここまでですから。ここから先はわたしが一人でやります」

海老原の車を覗き込み、助手席に置いてあった封筒を拾い上げて運転手に渡す。運転手は黙ってうなずき、プリウスの運転席に乗り込んですぐに車を出した。

海老原の脇の下に体を差し入れ、強引に引きずった。軽い。中腰になりながら

BMWまで運び、何とか助手席のシートに押し込めた。シートベルトを思い切り引きだして、右腕に一度絡めてからセットする。後頭部をヘッドレストに押し付けて半分口を開けている姿は、徹夜明けで居眠りしているように見えるはずだ。できるだけ制限速度を守って車を走らせる。海老原は、生まれて初めて見る場所で目覚めるだろう。それを言えばわたしもそうだが。

ガレージは埃《ほこり》臭く、実際にBMWのタイヤは埃を巻き上げた。雨に濡れたボディが、あっという間に茶色く染まる。ガレージの奥にエレベーターがあるのを確認してから灯りを点けた。裸電球に照らされ、気絶している海老原の顔が白く浮き上がる。改めて間近で見ると、ひどく気弱そうな男だ。ドアを開け、シートベルトを外す。外に引きずりだして、埃だらけの床に横たえた。服が濡れているので、たちまち全身が真っ黒になる。脇の下を抱えてエレベーターに運び込んだ。腰と腕がだるく、脇腹の傷が引き攣《つ》るように痛む。

四階まで上がり、部屋の鍵を開ける。安東は「住めるようになっている」と言っていたが、実際には事務所に使った方が良さそうな部屋だ。家具の類《たぐい》は何もなく、汚れた壁と埃の積もった床が無愛想に出迎える。裸電球のスイッチを入れると、汚さがさらに浮かび上がった。壁紙は場所によって色が違っているし、床のピータイルは合わせ目があちこちで浮き上がっている。奥のドアは隣の部屋に続いていて、そちらにはシャワーもあるはずだが、今は汗まみれの体を洗っている暇はない。

カーテンはないが、ブラインドが下りているので外から覗かれる心配はなかった。海老原を部屋の真ん中に横たえると、窓際に寄ってブラインドに指先を引っかける。雨はさらに激しくなっていた。ブラインドを閉めたまま窓を細く開け、冷たく湿った風を頬に受ける。嫌な汗がたちまち引いていった。窓を閉め、M―65を脱ぐ。埃まみれになるのを承知で、丸めて床に置く。

海老原は目を覚ます気配がなかった。やり過ぎただろうか。だからと言って、ここで甘い顔を見せてはいけない。詰めが甘い――柴田に馬鹿にされないよう、あくまで非情に徹することにした。わざと足音を立てて近付き、耳の上を軽く蹴ってやる。呻《うめ》き声が漏れ、体がぴくりと震えたが、やはり意識は失ったままだ――失ったままのように見えた。そこそこの演技だが、完璧にわたしの目を誤魔化すほど上手くはない。

「おい」腰に両手を当て、見下ろしたまま声をかける。「寝たふりはやめろ。今度は確実に殺すぞ」

海老原が跳ね起きた。顎は腫《は》れ上がり、体を中から食い荒らす痛みを押さえ込むように、腹に拳を押し付けている。目は虚《うつ》ろで、まだ衝撃から抜けだしていないようだった。わたしは彼の前で、膝を折ってしゃがみ込んだ。海老原の顔が引き攣り、ぺたりと座り込んだまま手を使って後ずさりしようとする。

「おはよう、は？」

何かを訴えるように目が光ったが、唇が震えるばかりで声にならない。

「起きたらおはよう、だ。子どもの頃、ちゃんと躾《しつ》けられなかったのか？」

目を見開く。そうすれば、自分がどんな状況に巻き込まれているのか理解できるとでもいうように。わたしは首を振って立ち上がり、再び窓に歩み寄った。ブラインドを途中まで巻き上げ、わずかに出っ張った窓の縁に腰かける。

「海老原憲太。憲太と呼んでいいか？」

海老原がそっぽを向く。頭を蹴飛ばしてさらに恐怖を沁み込ませてやってもいいのだが、これ以上自分の手を汚す価値のある男だとは思えなくなっていた。こいつは落とせる。突っ張り通せるほど肝が据わった人間ではないはずだ。

「憲太、俺が誰だか分かるか」

「知らない」は「ひらはい」に聞こえた。顎のダメージは深刻かもしれない。

「県警捜査一課の真崎だ。真崎薫。名前で呼んだら殺してやるからな。昔からこの名前が大嫌いなんだ」

海老原の口元がわずかに引き攣った。冗談かどうか、判断しかねているに違いない。

「お前な、カツアゲする時はもう少し上手くやれよ」この男に残る子どもっぽい部分にわたしは気付いていた。やり方がいかにも稚拙《ちせつ》だし、引くべきタイミングを知らない。散々悪事を重ねてきたのに、近くにいいお手本がいなかったのだろう。

「目の付け所は悪くなかった。脅す相手が大物なら、見返りも大きいからな。だけど、そういう人間の後ろには大抵、暴力専門の人間が控えてるんだよ。今回の相手は、お前程度のワルが手を出すには大物過ぎたんだ。成功するには、身の程を知らないとな」

「俺をどうするつもりだ」発音は明瞭になっていた。やはり、無意識のうちに手加減してしまったのかもしれない。肘打ちは、本気でやれば相手の顎を砕くこともできるのに。

「どうもしない。説教するだけだ」

「馬鹿じゃねえか」精一杯突っ張った口調だったが、死にかけた小鳥が最後の囀《さえず》りを聞かせるようなものだった。

「これで手を引け」

「さっきから何言ってるんだよ。俺は何もしてねえからな」

「残念だけど、俺がこの目で見てたんだ」両目を指さしてやった。「刑事の目撃証言は何よりの証拠になるんだよ……お前、恐喝のネタはどこで手に入れたんだ」

「ネタ元は明かせないね」

「まだ分からないのか？　そういうことを言える立場じゃないんだよ」窓から体を引き剥がし、ゆっくりと近付く。海老原は後ずさろうとしたが、体に力が入らない様子だった。上から覆い被さるようにして続ける。「言いたくないなら言わなくてもいい。ただ、この件はこれで終わりだ」

「俺は何もしてねえからな」繰り返したが、先ほどより声は細かった。

「認めなくていいんだ。俺はお前を逮捕しようとは思ってない」

大きく見開かれた海老原の目に浮かんでいたのは、明らかな疑念だった。舌先で唇を濡らすと、裸電球の光を浴びてぬめぬめと光る。口紅を塗ったように赤かった。

「どういう……ことだ」

「頭の悪い男だな。人の言ったことをちゃんと聞け。お前を逮捕はしない」

「どうして……」

「これで手を引けば、今回の件は見逃してやる。ただし、今度同じことをしようとしたら、この程度じゃ済まない。今日は手加減したんだ。それを忘れるなよ」

「それが刑事の仕事かよ」

「刑事の仕事でやってるとは言ってない」

「だってあんた、刑事だって……」

「刑事の仕事でやってるとは言ってない」一段強い口調で繰り返すと、海老原の目の色が濃くなった。顔に血の気が戻り、薄い笑みのような表情さえ浮かぶ。

「分かった。あんた、あの男に雇われてるんだな。刑事さんのアルバイトってわけだ。そういうの、いい金になるんだろう」

「アルバイトじゃない。ボランティアだ。金は貰ってないからな」

「だったら、奴の手先かよ」

「勘違いするな。この計画を持ちだしたのは俺なんだよ。お前を痛めつけて手を引かせる。お前みたいな小悪党を痛めつけると気分がいいからな」

「よせよ」ようやく体の自由が利くようになったのか、海老原が胡坐《あぐら》をかいた。自分の体を見下ろし、雨と埃で全身が黒くなっているのに気付いて顔をしかめる。やがて顔を上げ、諦めたように溜息をついた。「分かったよ。やめりゃいいんだろう。だけど……」

「今まで脅し取った金については何も言わない。取っておけ」

海老原が目を眇《すが》め、かすかに首を傾げる。人より黒く染まった脳細胞は、フル回転しているだろう。これは何かの罠か？　この男は俺を陥《おとし》れようとしているのか？

「ちょっと待てよ。本当は何かあるんだろう」結局口を衝《つ》いたのは単純な疑問だった。

「ある」

「交換条件か？」

「そういうことだ。金が戻らないのは向こうも承知してる。今までカツアゲした額は？　今日の分は除いてだぜ」

「……二百万」

「それはお前にくれてやる。そいつを持って、どこでも好きな所に消えろ」

「交換条件は？」

「教えて欲しいことがある。いや、教えない限り、この部屋からは出さないし、殺すかもしれない」

「ちょっと待てよ」

「条件提示は終わったんだよ。お前には二つしか選択肢がないんだ。喋るか、ここで死体になるかだ。ここは俺のビルだからな。死体を放っておいても誰にもばれない」実際には、そんなことをすれば、下にある横浜中央法律事務所の連中がいずれ異臭に気付くだろう。安東が慌てふためく様を想像すると愉快ではあったが、その先に待っている面倒な展開を考えると、脅し文句は気の利いた台詞には思えなくなった。「お前は俺の質問に答える。それで俺は恐喝の件を忘れてやる。話は簡単だろう。理解できたか？」

「そんな都合のいい話、簡単に信じられるかよ」

「信じるしかないんだよ。俺はいつでも、お前を恐喝で逮捕することができるし、殺せる。それを忘れるな」

「分かった、分かったって」うんざりしたように唇を歪め、そっぽを向く。しかし、目だけはわたしを見ていた。「で、何が知りたい」

「青井はどこにいる」

海老原の顎ががくんと落ちた。目が大きく見開かれ、唇が細かく震えだす。

「知らねえな」絞りだす声はか細く、あっさりと嘘が露呈した。

「憲太、面倒なことはしたくないんだ。時間もない」ゆっくり首を振った。「さっさと話せ。そうすれば、すぐに解放してやる」

「知らねえものは言えねえな」

「いい加減にしろよ」低い声で押さえ付けるように言った。「青井の居場所を話せ。話さないともっとひどいことになる」

「これ以上ひどいことがあるのかね」腫れた顎をゆるりと撫でて顔をしかめる。

「お前も大したワルじゃないな。ちょっと殴られたぐらいで『ひどいこと』か。いいか、俺はここでお前の両肩を脱臼させることもできる。膝の皿を割って、一生足を引きずったままにしてやることもできる。歯を全部叩き割ってやってもいいんだぜ。その年で総入れ歯はきついだろう。ポテトチップスは好きか？　入れ歯じゃ、あの歯ざわりも楽しめないだろうな。ちなみに、殺すのはもっと簡単だ」右足の前蹴りを繰りだした。逃げる間もなく、海老原が凍り付く。靴底がわずかにかすめた左の耳が赤く染まった。少し遅れて痛みが襲ってきたのか、両手で耳を包み込む。

「冗談で言ってるんじゃないのは分かったな？　俺はいつでもできる。お前は網にかかったんだ。このままじゃ絶対に逃げられないんだぜ。それに、恐喝で逮捕されるよりも、殺されるよりも、もっとひどいことがあるかもしれない」

「……何だよ」上目遣いで、恨めしそうにわたしを見上げる。

「お前は青井と一緒に行動していた。殺人の従犯で逮捕できるかもしれない。俺がその気になればな。恐喝の件は黙っていてもいいけど、殺しとなるとそうはいかない」

はったりだった。殺人犯の友人だからという理由で逮捕していたら、全国の留置場はあっという間に満杯になる。

「青井の犯行は異常だからな。裁判官の心証だって最低だろうし、弁護士も庇《かば》いきれないだろう。お前は、そういう裁判に巻き込まれるんだ。今度外の空気を吸うのは、ずっと先のことになるんだぜ。お前、刑務所は好きか？」

海老原の口が薄く開く。漏れ出てきた言葉を、わたしはしっかりと頭の中のメモに書き込んだ。極太の、決して消えない文字で。

「青井とはどういう関係だったんだ」

ＢＭＷの中でわたしは訊ねたが、海老原は不貞腐《ふてくさ》れてそっぽを向いたままだった。

「親切に送ってやってるんだから、それぐらい喋れよ」

「送ってくれなんて頼んでねえよ」

「突っ張るなって。お前らが高校の同級生だったことは分かってる。奴は、その頃から異常だったのか？」

「普通だよ。口数が少なくて目立たない野郎だったけどな」

「昔から仲は良かったのか」

「高校の頃は、別に付き合いはなかった。よく会うようになったのは、つい最近だな。あいつは半端仕事ばかりしてたみたいだけど、どれも長続きしなくてね。俺も刑務所を出てからは同じようなものだった。たまたま野毛で呑んでる時に一緒になって、それからちょくちょく会うようになった」

「お前、奴とは普通に話ができるのか」

「あんたらは知らないだろうけどな」横を見ると、唇が皮肉に歪んでいた。「ああいう奴とは会話も成立しないと思ってるんだろう？　そんなことはねえんだよ」

「話題は何だ？　女か、車か？」

「奴は本の話をするのが好きでね」

「二人で読書会でもやってたのか」

「俺は本なんか読まねえよ。奴が進んで喋るのは本の話だけなんだ。ただし、全部犯罪関係だけど」一瞬間が空き、海老原がにわかに緊張する気配が伝わってきた。

「連続殺人犯の本。小説じゃなくて、ノンフィクション」

「そういうことに興味を持ってたのか」かすかに、背筋に寒気を感じる。

「だろうね。こっちにしてみりゃ気味が悪い話だけど、奴は本の内容を俺に喋りたがった。他に話す奴がいなかったんだろうな。人と普通の関係を築くのが苦手なんじゃねえかな。働いてもいないし、積極的にどこかへ出て行くのも面倒みたいだから。外へ出るのは、呑みに行く時だけだし」

実在の連続殺人犯に影響を受けたのか。そういう連中を英雄視し、自分の手を血で染めてみようと思ったのか——しかし、そういう本を読む趣味はわたしと重なる。わたしの場合、暇な時間に過去の事件を読み解くのは仕事の一環でもあるのだが、異常な事件を起こした犯人の心理状態に興味があるということでは、青井と一緒だろう。コインの表と裏。わたしは刑事の目で見て、青井は犯罪者の心で読む。

「呑むと様子が変わるとかいうことは？」

「ない」

「奴は働いてなかったんだな」

「少なくとも今はね」

「だったら、どうやって生活してたんだ」

「知らないな」肩をすくめる。「そういうことを訊くと、露骨に嫌な顔をしたからね。あいつのそういう顔、見たことないだろう。あれは……まあ、暗闇で見たい顔じゃない。とにかく、スポンサーでもいたんじゃないのかね」

「心当たりは？」

「知らねえ。今のはただの想像だよ」

「お前、何で青井と付き合ってたんだ」

「ああ？　何でって……」海老原の声が頼りなく途切れる。「変だよな。考えてみりゃ、別に楽しい男でもないしな。何でだろう」

海老原に説明を求めても無理だろう。人と人との関係は、一行で記述できるようなものではない。わたしが想像していたのは、負への渇望だ。海老原はワルになろうとしてなりきれていない。青井の中に完璧な暗黒を見て、憧れていたのかもしれない。もしもそうだとしたら、海老原は救いようのない馬鹿者だ。青井の悪と海老原の悪は質が違う。人を殺すことが性癖になってしまった人間と、せいぜい誰かを脅して金を巻き上げようとする人間では、天と地ほどの差があるのだ。

「奴が人殺しをしてるのは知ってたのか？　マスコミに名前が出る前のことだぜ」

「知らねえよ」そこだけは譲る気がないようだった。「知ってたなんて言ったら、俺をパクるつもりだろう」

「俺が欲しいのは青井だ。お前じゃない」

「とにかく、俺は知らねえ。それだけは本当だぜ。青井の名前を新聞やテレビで見て、たまげたぐらいだから」

「例の事件が起こり始めてからは会ってないのか」

「ああ、向こうも俺を避けてるんじゃないか？　こっちでもお断りだけどな」

「しばらくは逃げようなんて考えるなよ。またお前に聴くことがあるかもしれない。横浜を離れるのは、全部解決してからだ」

「分かってるよ」面倒臭そうに言って肩をすくめる。「あんた、しつこそうだからな。大人しくしてるよ」

アパートに着いた。海老原は乱暴に車のドアを開けたが、外に出る前に捨て台詞を投げ付けるのは忘れなかった。

「それにしても、あんたも相当のワルだよな。刑事さんが勝手にこんな取り引きをしていいのかね」

反論しなかった。する必要もなかった。覚悟はとうに固まっている。

「真崎さん、本当に楊さんを守る必要があったんですか」

「もちろん」

「そうですか？　危険なことなんて、何もなかったですけどね」奈津が口をつぐんだ。車内に沈黙が満ちる。彼女の疑念と不満が小波《さざなみ》のようにわたしに押し寄せた。

「どうして君に嘘をつく必要がある？」重い沈黙に耐え切れず、口を開いた。「とにかく助かったよ。これで大事なネタ元に恩を売ったことになるからな」

「青井の居場所は、どうして分かったんですか」落ち着いた声だが、ちくちくと刺すような棘《とげ》が見え隠れしている。自分が知らない間に話が進んでしまったのが気に食わないのだろう。わたしに対する不信感が芽生えているかもしれない。

「俺のネタ元を君に全部教えたわけじゃない。まだ隠し球があるんだ。マメに電話をかけるのが、ネタ元をキープしておくコツだよ」

「そう、ですか」深く息を吸う。「そうですよね。個人のネタ元は大事にしないといけませんよね」

「君を外したわけじゃない」言い訳したが、ひどくわざとらしく聞こえただろう。煙草に火を点け、窓を開けて雨混じりの風を車内に導き入れる。「分かった。正直に言うよ。いい格好がしたかっただけなんだ。君がいない間に情報が入ってきたのはたまたまだけど、それで君に自慢するつもりだった。仕事ができる人間だと思われたかったんだ」

「本気じゃないですよね」

沈黙。どうして簡単に見抜かれてしまうのだろう。奈津が鋭過ぎるのか、彼女の前では無意識にわたしのガードが下がってしまうのか。

「理屈はどうでもいい。とにかく、青井の尻尾を摑まえたんだから、大きな前進だ」

「そうですね」奈津が親指を嚙み、神経質そうに瞬《まばた》きをした。「でも、二人だけで大丈夫ですか？」

「自分を信じろ……でも、ここまでかな。青井を取り押さえるのは誰でもできる。ここまで追い詰めたのは俺たちなんだから、ここから先は一課に応援を頼んでもいい。それでも、その前に居場所を確認しないとな。奴の顔を拝んでおきたい。考えてみれば、俺は生で見てないから」

「もう見る必要はありません」

「おいおい」弱気を諫《いさ》めようとしたが、彼女の言葉の真意は別のところにあった。

「わたしは、しっかり頭に焼き付けてありますから。変装しても、髪型が変わっても、すぐに見分ける自信があります」

「さすがだ。そうこなくちゃ、な」路肩に車を停める。海老原の告げた青井のアパートまではあと百メートルほどだ。「ここからは歩こう。目立たない方がいい」

「それは無理です」奈津が反論した。外に向けられた視線は、激しく降る雨を追っている。「この雨の中、歩いている人なんかいませんよ。かえって目立ちます」

「阿呆《あほう》なカップルの真似でもするか。べたべたしてれば、雨も気にならないんじゃないかな」

「そんなことしなくても、わたしたちは十分馬鹿なカップルだと思いますけどね」

反論しようとしたが言葉が浮かばない。そう、わたしたちは馬鹿なカップルなのだろう。世間の常識から外れているということを考えれば。だが、この問題を彼女と深く話し合うつもりはなかった。少なくとも、今は。

一本の傘を分け合って、雨の中を歩きだした。足元で飛沫《しぶき》が跳ねるほどの強い雨である。わたしのレッドウィングのブーツについた黒い斑点はすぐに大きな染みになり、開口部が広い奈津のパンプスは、靴としての用をなさなくなった。

「ここですか」

「ああ」電柱の陰に隠れるようにして、二階建ての古びたアパートを見上げる。直方体を積み上げたような建物で、壁に掲げられた「ハイツ六浦第二」という看板の文字は色褪《あ》せていた。海老原の情報によると、青井の部屋は二〇一号室だから、左右どちらかの端のはずだが、二つの部屋に灯りは灯っていない。

「妙ですよね。どうして今まで居場所が分からなかったんでしょう？」

「海老原の名義で借りてたからさ」

「それもネタ元からの情報ですか」

「そういうこと」

奈津が、アパートではなくわたしを見上げた。また疑念の波が襲ってくる。が、わたしの神経を逆撫でするような台詞を口にしようとはしなかった。

「いないみたいですね」

「ああ」

「どうしますか」

「しばらく張ろう」街灯の灯りで腕時計を見た。七時。「奴が本当にここに住んでいるかどうか確認してから、一課に報告したい。空振りじゃ格好悪いからな」

「そうですね」

「車に戻ろう。それから、張り込み用の食事がいるな」

「真崎さん、車で待ってて下さい。わたし、歩いて買い出しに行ってきます」

「この雨じゃ無理だよ」掌を上に向けて、傘の外に突きだしてみる。掌からM—65の袖口までが、あっという間に濡れた。

「ここで立って待ってる方が不自然じゃないですか」

「じゃあ、君がここで待っててくれ。俺が買い出しに行く」

「わたしが行きたいんです」奈津がしつこく言い張った。その目は真剣で、コンビニエンスストアで弁当を選ぶことが、青井を取り押さえるのと同等の価値を持つ仕事だと訴えているようだった。

「気を遣ってくれるのはありがたいけど、どうしてだ？　俺は、君みたいな女性が気を遣うべき相手じゃないよ」

「自分を卑下《ひげ》しないで下さい」突然、奈津の声が強くなった。「真崎さんは……」

「やめよう」微笑を浮かべて首を振る。「そういうことを話す時間は、これからもたくさんあるはずだよな」

「そうですね。とにかく、買い出しはわたしが行きます。真崎さんはここで待ってて下さい」

時折アパートの方を振り返りながら、車まで戻った。周囲に人気《ひとけ》はない。傘を手渡す時、濡れて頬に張り付いた一筋の髪の毛を指先で撫で付けてやった。一瞬、奈津の顔に暖かな笑みが浮かぶ。

車に乗り込み、マウンテンの「クライミング」を聴きながら煙草を三本灰にした。

奈津は帰って来なかった。

〈女は預かった。これがいいかな？　言い方なんかどうでもいいか。奴も何が起きたかはもう分かっているだろう。この女が俺の切り札になる。奴にとってはアキレス腱だ。電話をかけなければ……とにかく話す内容をまとめよう。さっさと喋って人のいる場所から離れる。それに限る。ナイフはもう選んだ。俺は手作りのナイフしか使わないから一本一本感触が違う。切れ味はこの際関係ない。重要なのは重さだ。切っ先が肉に食い込めばあとは刃の重みで自然に入っていく。渾身《こんしん》の力を込めて入ってしまえば……なんていうのは素人のやることだ。俺は最低限の力で最高の効果を上げる。俺はサムの息子とは違う。奴は拳銃やショットガンを使った。放火もした。数を重ねただけで要するに単なる行き当たりばったりだ。尊敬すべきところは何もない。俺は計画を立てて規則正しくやる。そうすることが生きている証になるのだから。もうすぐ決着だ。奴は俺と話をしたいだろうか？　そんなことは考えてもいないだろう。俺は奴には理解できない存在だ。人間は自分より上のレベルの存在を理解することはできない。下を見下ろせば全てを視界に入れることはできるが上を見ても相手の足の裏しか見えないのだから〉

3

コンビニエンスストアはどこにあった？　来た途中の街の様子を思い出しながら、ゆっくり車を走らせる。大丈夫、何でもないんだと自分を安心させようとした。彼女は大人だし、自分で自分の面倒はみられる。しかも優秀な刑事だ。

だが、何度繰り返しても安心できない。かえって、嫌な予感が胸の内で膨れ上がった。アパートから一番近いコンビニエンスストアの駐車場に乱暴に車を突っ込み、自動ドアが開ききらないうちに体をこじ入れるように店に入る。レジで手持無沙汰にしていた二人の若い男の店員が、ぎょっとしたようにこちらを見た。大股《おおまた》でレジに近付き、カウンターに身を乗りだして訊ねる。

「ちょっと前に買い物に来た女性がいるはずだ」

二人は顔を見合わせた。同じような背格好だが、一人は肩まで髪をたらし、一人はほとんど坊主に刈り上げた髪を茶色に染めていた。自分に近い長髪の方を相手に決める。

「百六十センチ。痩せ型。グレーのパンツに紺色のジャケットを着てる。髪はそんなに長くない。たぶん、あんたが生まれてから今まで見た中で最高の美人だ」

「はっきり言ってくれ」

「ああ」長髪の店員がぼんやりとうなずいた。

「ああ、何だ」わたしが凄むと、びくりと肩を震わせる。

「来ました。しばらく前に」

「しばらくって、どれぐらい」

「三十……四十分前」

「どっちへ行った」

二人が揃って駐車場を指差した。買い物は済ませた。戻ろうとした。だが帰ってこなかった。クソ、ここへ来る途中、何かなかったか？　頭の中で、雨に濡れた街の風景を再現したが、事件や事故が起きたことを証明するようなものは何もなかった。

「あ、あれ」坊主頭の方が急に思い出したように手を打った。こちらの店員の方は肝が据わっているようで、わたしの睨みにも動じない。

「何だ」

「その人が出て行ったすぐ後で、車から人が出てきたんです」

「車？」

「駐車場に停まってて……お客さんじゃなかったんですけどね。店には入って来なかったし」

「駐車場のどこに停まってた」

「一番左端です」

「その車はどうした?」青井は免許を持っていない。車をどこで調達したのか。散々脅した海老原であるわけはない。盗難車、という線が頭に浮かんだ。調べていけば辿り着けるかもしれないが、正規のルートで調査を依頼すれば、一課に動きが漏れてしまう。

「いや、ええと、どうしたっけ?」助けを求めて相棒を見たが、答えは返ってこなかった。顎に指を当て、眉を寄せながら必死に考える。「その車から男の人が出てきたのは見たけど……次に気付いた時には、車はいなくなってたんじゃないかな」

「男の顔は見たか」青井の写真を取りだし、顔の前に突き付ける。長髪の店員の顔から血の気が引くのが見てとれた。「こいつだな?」

「はい、たぶん……」

「分かった」踵《きびす》を返したところで、長髪が恐る恐る切りだす。

「あの」

「何だ」肩越しに鋭い視線を投げる。

「何かあったんですか? 一一〇番でもしましょうか?」

「いや」即座に否定して唇を舐《な》める。「その必要はない」

俺が刑事だから、とは言わなかった。自分の間抜けさ加減を証明することになってしまうから。

外に出て、車が停まっていたという場所に立つ。何かあったとしても、雨が全てを洗い流してしまっただろう。アスファルト全体を覆った薄い水の皮膜に、雨が次々と穴を穿《うが》ち、白い敷物のようになった。店から漏れでる灯りを頼りに目を凝らす。ふと、何かが光ったように見えた。いや、光ったわけではない。灯りの中に、丸く白い物体が浮かび上がっているのだ。

ゴムボール。

体が震えだした。

ジーンズのポケットの中で電話が鳴りだす。慌てて引き抜いたので取り落としそうになった。表示を見ると「奈津」となっている。

「女は預かった」邪悪な声が耳に入り込み、わたしの脳をかき回した。

「青井か」歯をきつく嚙み締め過ぎ、鈍い痛みが走った。「俺が誰だか分かって話してるのか」

「もちろん、分かってる」機械で合成したようなぎこちない声、喋り方だった。「女を返して欲しいんだろう」

「彼女はどこにいる？」

「俺と一緒だ」

「どこなんだ！」腿《もも》に拳を打ち付けた。鈍い痛みが怒りに油を注ぐ。

「こんなことをしてただで済むと思うなよ。お前を殺す。必ず殺してやる」

「女を返して欲しいか？」

一つ、深呼吸をした。少しだけ気持ちが落ち着く。

「ああ」

「返してやるよ。女に興味はない」

「お前が興味があるのは殺しだけだな」

「さあな」

「交換条件は何だ？」

「一人で来い。仲間には知らせるな」

「俺を殺したいのか」

電話が沈黙した。あてずっぽうで言ったのだが、その沈黙が青井の異常な欲望を浮き彫りにした。あいつは一月前、俺を殺し損なったと思っているに違いない。今度こそ俺を殺すために奈津を人質に取ったのだ。クソ、冗談じゃない。

「四時間後だ」

「四時間後に何だ」

「もう一度電話する。横浜を離れるな」

「横浜は広いんだぜ。戸塚にいてもいいのか？　長津田辺りはどうなんだ」

「四時間後だ」

いきなり電話が切れた。膝から力が抜ける。その場に跪《ひざまず》き、天を仰いで叫びたい気分になった。顔を打つ強い雨は、わたしに対する罰になるかもしれない。だが今は、甘んじて罰を受けている暇があったら走るべきだ。


一課の連中に相談するわけにはいかなかった。「仲間には知らせるな」——硬質な青井の声が耳に蘇《よみがえ》る。あんな男の脅迫に大した意味があるとも思えなかったが、考えが読めないだけに万全を期したかった。それに、奈津のキャリアを台無しにするわけにはいかない。この一件に巻き込んでしまったことで、奈津の立場は危うくなっている。青井を逮捕できても、無罪放免というわけにはいかないだろう。彼女は青井に摑まらなかった。そのシナリオを押し通すしかない。

そのためには誰にも知らせず、一人でやるしかないのだ。どんな手を使っても。

青井のアパートに引き返した。ここにいるとは思えなかったが、調べておかなくてはならない。階段を二段飛ばしで上り、ドアを激しくノックする。返事はない。灯りも点いていない。ガスのメーターは回っているから、ここに住んでいるのは間違いないようだが、とにかく今はいないようだ。

古いアパートなので鍵も頼りなく、ヘアピンであっさりロックが外れた。静かにドアを開けて中に入り、闇に目が慣れるのを待つ。黴《かび》と汗の臭いが鼻をくすぐり、かすかな吐き気が込み上げてきた。人の気配はない。誰もいないと確信して、灯りを点けた。狭い玄関の先は狭く短い廊下で、左側には造りつけのキッチンがあった。右のドアはトイレとバスルームだろう。奥はフローリングの六畳間。靴を脱ぎ、中に入った。ガス台には薄らと埃が積もっており、調理器具や食器の類は一切ない。バスルームのドアを開けてみたが、狭い風呂桶は長いこと使われていないようで、あちこちに薄茶色の汚れがこびり付いている。トイレの蓋は跳ね上げられていた。トイレットペーパーは半分ほどに減り、端が十センチばかり垂れ下がっている。

奥の六畳間には、それこそ何もなかった。丸めた寝袋が置いてあるだけで布団もない。狭いクローゼットを開けてみると、シャツが何枚か、それに下着が丸めて置いてあるだけだった。一冊の本が、ぽつんと床に置いてある。『連続殺人犯の研究』。わたしが持っているのと同じものだ。書店売りはされておらず、警察の売店でないと買えないが、一般の人は絶対に手に入れられないわけでもない。奴はこの本を読み、先達たちに感情移入していたのだろう。あるいは「俺ならもっと上手くやれる」とほくそ笑んでいたのか。

青井は、わたしがここへ来ることも予想していたのかもしれない。本が一冊だけ置いてあるのも不自然だ。わたしに見せつけようとしたのかもしれない——自分のルーツの一端を。

生活の匂いはかすかだ。まさに寝るためだけの部屋だったのだろう。しかし、それも奇妙な話ではないか。青井は指名手配されている。その事実は本人も知っているはずだ。だったらどこへも行かず、この部屋に籠《こも》っているのが一番安全なはずなのに、籠城生活に必要なものは何もない。洗濯物の山、インスタント食品の残骸で床が見えないぐらいになっているのを想像していたのだが、まるで借り手がつかぬまま長年放置されているようではないか。

鑑識でも入れて徹底的に調べないと、この部屋に青井がいたことは証明できないだろう。海老原が嘘をついたとも思えないが、そもそもあの男は、この部屋で青井と会ったことはないと言っている。しかし、もう一度揺さぶってみるのは手かもしれない。海老原は、様々なことに対する耐性がそれほど強くない男だ。

そう、まず海老原だ。鍵を開けたまま部屋を出て車に戻る。濡れた衣類の放つ独特の臭気が車内に充満して、かすかな吐き気を覚えた。腕時計を見る。青井から電話がかかってきてから三十分が過ぎていた。奴が言っていた四時間後——午前零時までであと三時間半。青井が例によってナイフを持っていても、素手で立ち向かうのはそれほど難しくないだろう。だがわたしの頭の中には、柴田の皮肉な顔が浮かび、忠告が繰り返し鳴り響いていた。お前は甘い——彼ならきっと言うだろう。お前には素手であいつを殺せない、と。

頭を潰さないといけない。青井は人間ではなくヘビなのだから。

携帯電話を手にし、少し迷ってから電話をかける。しばらく待たされた後、縄田が電話口に出てきた。

「これはこれは」口元に浮かぶ笑みが容易に想像できた。「あんたに電話してもらえるとは光栄だな」

「仕方なしに電話してるんだ。それは分かって欲しい」

「俺の助けが欲しくなったんじゃないか」

「助けは欲しいけど、人手はいらない」

「何人でも用意できるけどね」自分の力を誇示するような宣言だった。「兵隊だったら、すぐに百人単位で集められる」

「必要ない。欲しいのは銃だ」

「銃ねえ。俺らが銃を持ってると、警察的には美味しい材料だよな。いい点数稼ぎになるだろう」

「俺はそっちの担当じゃないし、あんたらが一般人を撃たない限り興味もない。足のつかない銃が欲しいんだ」

「あるともないとも言えないな。あんたが何をやろうとしてるのか分からない限り、簡単には返事できない」

「ヘビの頭を潰すことにした」

「おい」縄田の声が低くなる。「つまり、野郎を見つけたんだな」

「それは言えない」

「あんた、何しようとしてる?」

「ヤクザに心配してもらう必要はない」

「こいつはでかい貸しになるぜ」

刑事としては許されないことだ。だが、全てを闇に葬った上で、わたしが警察を辞めれば済むことである——そう、わたしは今までのキャリアとこれからの人生をどぶに捨てるであろうことを、初めてはっきりと意識した。そんなもの、クソ食らえだ。愛する女を助けられなくては、生きている意味などない。天秤の一方が完全に下についた。

「貸しにはならない」

「どうして」

「これから先、警察官としての俺を利用することはできなくなるから」

「辞める気か、あんた」縄田の声に、わずかに同情するような響きが混じった。「それは馬鹿らしいんじゃないのか。青井みたいなクソ野郎のために警察を辞めるのは引き合わないぜ」

「そんなこと、あんたに心配してもらう必要はない。とにかく銃を都合してくれ。只《ただ》でとは言わない。金は払う」

「ますます警察官らしくない発言だな。それともう、辞表を出したのか」

「ノーコメント」

電話の向こうで縄田が沈黙した。やがて、一層低い声で切りだしてくる。

「足のつかない銃だな？」

「そう」

「用事が済んだら、あんたの方で確実に始末してくれるか？　それを約束してくれれば、何とかする」

「分かった。二時間――いや、一時間以内に欲しい」

「えらく急だな」

「ああ、急いでる」

「何とかしよう」

「頼む」

ヤクザに向かって「頼む」か。底なしの泥沼に足を踏み込んでしまったことを意識し、深く溜息をついた。クソ、溜息をついている暇などないのに。わたしはまだ、走り続けなければならないのだ。


あてどなく街を流し、痺れを切らし始めた頃に電話が鳴った。縄田ではなく金村。腕時計を見ると、電話してから四十分しか経っていない。どこからか調達してきたわけではなく、在庫処分ということなのだろう。

「どこ？」いきなり切りだしてくる。金村の軽い声を聞いて少しだけ安心した。わたしとの関係がばれても、厳しい処分を受けたわけではないようだ。

「今は……」雨で視界が悪くなっている。窓の外を見ると、道路の案内表示が辛うじて見えた。「金沢文庫の近くにいる」

「ちょっと遠いな。じゃあ、三十分後」

「場所は？」

「根岸とかでどうよ。中間地点だし」

「それでいい」

「じゃあ、駅を出てすぐの交差点にあるガソリンスタンドの辺り。本牧通り沿い」

「分かった」

電話を切り、細い脇道に入って方向転換した。金沢文庫？　俺はどうしてこんなところまで来てしまったのだろう。縄田に電話してからの記憶がほとんどなかった。クソ、しっかりしろ。こんな状態で青井と対決しても上手くいくわけがない。

雨がアスファルトを洗う。対向車のヘッドライトがかすむような天気の中、事故覚悟のスピードで車を走らせ、二十分で待ち合わせ場所に着いた。煙草に火を点け、そのまま待機する。最後の一本だった。すぐ目の前に自動販売機があるが、今夜はこれ以上吸わないことにする。約束の時刻ちょうどに、一台のメルセデスがわたしのBMWに水飛沫をかけながら前に割り込み、急停車した。パーキングランプがぼやけるように瞬く。ドアが開くと、金村が首をすくめて駆けだした。そのままBMWの助手席に飛び込み、「ひゃあ」と奇声を上げながら身を震わせる。車内に雨滴が飛び散った。

「ひでえ雨だね」

「涙雨だ」

「誰の？」

軽口を叩いてしまったことを後悔して口を閉ざすと、金村も押し黙った。差し出された白いビニール袋を前を向いたまま受け取り、ドアポケットに押し込んだ。

「どうするのよ、これ」

「お前が知る必要はない。それより、何でお前が来たんだ」

「さあ、上から言われただけだから。俺は下っ端だからね」自虐的な台詞に、唇が歪む。

「若頭から何も言われてないのか」

「別に」

「俺との関係がばれたから、殺されたかと思ったけどな」

「まさか」鼻で笑う。状況を深刻に捉えていないのは明らかだった。

「縄田は俺のことを何か言ってたか」

「いや」

「分かった……金を払おうかと思ってるんだが」

「そういう話は聞いてないけど」

「だったら、お前にお駄賃だ」M—65のポケットを探り、一万円札を三枚引き抜いて金村の手に押し付ける。

「じゃ、遠慮しないぜ」

「ああ。遠慮しないことは金持ちへの第一歩だ」

「なあ、奴を追い詰めたんだろう」

ちらりと横を見ると、金村の目は軽い興奮で輝いていた。

「ノーコメント」

「俺も手伝おうか。あんた一人でやるよりは確実だぜ。俺なら役に立つ」

この男は状況がまったく理解できていない。ちょっとした手助けでわたしに恩を売るつもりかもしれないが、金村では対処しきれない相手なのだ。ヤクザ者なら、手の内も読める。しかし青井は、こっちが野球の試合をしようというのにサッカーボールを持ちだすような人間なのだ。

「死にたくなければ、このまま大人しく帰れ」

「まさか」強がって笑ったが、わたしの顔を見ているうちに表情が凍り付いた。

「まさかじゃないんだ。それに、お前と会うのはこれが最後になる」

「寂しいこと言うなって、薫さんよ」煙草を咥え、火を点ける。わたしが見ているのに気付くと、パッケージを振って一本差しだした。無言で首を振る。

「さっさと帰れ」

「何だか帰りにくいんだよね」

「いいから、帰って縄田に報告しておけ」

「分かったよ」不承不承といった様子で、金村がのそのそとドアを押し開ける。吹き込んだ雨が、彼の肩を濡らした。振り返り、寂しげな顔で忠告をする。「どうでもいいけど、今日の雨はやばいらしいぜ。爆弾低気圧が近付いてるってさ。こういう時は、足元が滑りやすくなるから気をつけねえとな」

ご忠告ありがとう、と言う代わりに無言でうなずいた。わずかの間に、自分がヤクザに素直に礼を言うことに抵抗のない人間になってしまったことが信じられなかった。

一度自宅に戻った。部屋には入らず、駐車場に車を停めたままで、ビニール袋を剥いで中身を確認する。ロシア製のマカロフ。握ってみる。太いグリップは、最初からわたしに合わせて作られたように馴染んだ。弾が八発、フルに入っているのを確認する。しばらく膝の上に置いてじっとしていたが、弾倉を外したまま、もう一度ビニール袋で包み込んだ。M―65のポケットには楽に入るが、ジーンズでは苦しい。着替えることにした。わたりやポケットに余裕のあるミリタリーパンツなら、抜く時も引っかからないだろうし、動きの邪魔にもならない。

部屋に戻ると、微妙に異質な空気が襲ってきた。長年住んでいたのに、自分の部屋でないような感じがする。たぶんわたしは、もう新しい一歩を踏みだしてしまったのだ。全ては過去になる。激しく屋根を叩く雨音が耳を悩ませた。シャワーを浴びたい。何か腹に入れておきたい。様々な欲望が襲いかかってきたが、全てを却下した。青井はずっと先を走っている。だが、今ならまだ追いつける余地があるはずだ。線はつながっている。南太田まで走り、海老原を揺さぶってやることにした。

ミリタリーパンツに穿《は》き替え、念のためにビクトリノックスのナイフも用意した。車に乗り込んだ途端に電話が鳴りだす。青井が予告よりも早く連絡してきたのかと思ったが、ディスプレーに浮かんでいたのは新世界飯店の電話番号だった。

「邪魔かしら」

「いや」このまま話していていいのか？　キャッチホンにしていることを思い出して、自分を安心させた。青井からの電話を逃すことはない。「大丈夫ですよ」

「彼女、いるかしら。奈津さん」

「いえ」

「あら、一緒じゃないの？　彼女の携帯が通じないから、あなたに電話すれば摑まると思ったんだけど」

呑気なことを。だが、彼女を怒鳴りつけるわけにもいかない。

「今は別々です」

「そう。じゃあ、彼女に会ったら、わたしに電話するように伝えてくれる？」

「そうですね」一瞬、返事が遅れた。その間が持つ意味を、彼女は敏感に感じ取ったようだった。

「何かあったの？」

「仮に何かあったとしても、全部あなたに話すわけじゃないですよ」

「何を怒ってるのよ」そういう彼女の声の方がよほど怒っていた。「何かあったのね」

「ご心配には及びません」

「どうして今夜はそんなに他人行儀なの？　わたしはあなたが言った通り、彼女を守るのに協力したわよね」

「ええ。あなたは十分にやってくれました。それには感謝してます」

「何か失敗したのね」責めるような口吻《こうふん》だった。

「そうです。俺は失敗した。だから自分で決着をつけなくちゃいけない」

「援軍がいるんじゃないの？　警察の仲間には話したんでしょうね」わたしの沈黙を、彼女は否定として受け取ったようだ。いきなり口振りが硬くなる。「わたしの方で人を出すことはできるわよ。十分役に立つと思うけど――」

「中国人の殺し屋の助けは必要ありません」言ってしまってから、後悔の念が喉から溢れでそうになる。だが、彼女は気にする様子もなかった。

「強情な人ね」

「あなたに言われなくても分かってますよ」

「失敗したらあなたも奈津さんも危ない。違う？　それが分かってるなら、意地を張らないで援軍を頼んだら？　それは別に恥ずかしいことじゃないわよ」

「楊さん、誰かに頼ったら俺は俺じゃなくなるんだ」縄田から拳銃を譲ってもらったことを棚に上げ、わたしは吐きだした。無性に煙草が吸いたい。「心配しないで見てて下さい。もしも失敗したら――」

「どうするの？」

「骨は拾って下さい。万が一、二人とも死ぬようなことになったら、一緒の墓に入れて欲しい」

「そこまでの覚悟があるぐらいだったら、彼女を守るために、つまらないプライドは捨てなさいよ」

「プライドも彼女も両方守ります……とにかく、心配してくれてありがとう。無事に戻ったら連絡します」

「いいわよ。今夜なのね？」

「ええ」

「今日はずっと店にいるから。決着がついたら必ず電話してね」

電話を切り、きつく目を閉じた。ヘッドレストに後頭部を預け、携帯電話を握り締めた手を腹に押し付ける。ＢＭＷの屋根を叩く激しい雨音が、誰かの葬送曲のようにも聞こえた。それが自分を送るものではないことを切実に祈る。

4

新しいラッキー・ストライクの封を切り、海老原のアパートを見上げながら忙《せわ》しなく吸った。レンタカーは見当たらない。用済みになったのか、それともどこかに出かけているのか——あるいは、青井に貸したのか。窓に灯りは灯っていなかった。車のウィンドウを下ろして水溜りに煙草を弾き飛ばし、シートの上で身を捩《よじ》りながら上着を脱ぐ。Tシャツ一枚になったが寒気は感じなかった。体の奥底で冷たい焔《ほのお》が燃えている。

激しくドアをノックしたが返事はない。さらに激しく、海老原が無視できなくなるまで叩き続ける。この雨だ、隣の部屋の人間にはノックの音さえはっきりとは聞こえないだろう。そう思って遠慮なく拳を打ち付け続けたが、やはり反応はない。ドアノブに手をかけると軽く回った。一瞬息を止め、警戒レベルを最高にまで上げてからドアを開ける。

馴染みの臭いが鼻を襲った。海辺で嗅ぐ潮の香りに近いのだが、わずかに獣の臭いが混じっている。

新しい死体。

ドアを大きく開き、外へ空気を逃がす。空気が証拠になるなら、わたしの行動は大きな間違いだ。オーバーシューズがないので、仕方なく靴を脱いで部屋に上がる。しばらくその場に足を止めて、闇に目が慣れるのを待った。

狭いキッチンに続く六畳間で、海老原はうつ伏せに倒れていた。首から頭、背中の上半分までが赤く染まり、フローリングの床に血溜りができている。伸ばした右手の先、五十センチほどのところに携帯電話が落ちていた。助けは呼べなかったのだ。死まで五十センチ。慎重に前に回り込もうとした瞬間、海老原の体が一瞬動く。死んでいない？ 慌ててしゃがみ込み、首筋に触れた——血に濡れていないところはわずかしかなかったが。両手を床について口元に耳を寄せる。軽く息が触れたが弱々しく、海老原が最後の呼吸をしようとしているのは明らかだった。

「おい、海老原。憲太。生きてるか？」

口元から言葉にならない呻きが漏れた。細く開いた目は虚ろで、もう何も見えていないだろう。

「青井にやられたのか？ 奴なんだな？」背中を向けたところで、後ろから首筋を一突き。いつもの青井の手口だ。「海老原、おい、しっかりしろ！」

息が途切れる。再び首に手を当てた。一度だけ弱々しい脈動を感じたが、すぐに途切れる。しばらくそうしていたが、一度鼓動を忘れた心臓が再び動きだすことはなかった。ゆっくりと立ち上がると、膝が小さな悲鳴を上げる。救急車を呼ぶことにして部屋を出た。

青井はつい先ほどまでここにいたのではないだろうか。血なまぐさく淀《よど》んだ部屋の空気に、あの男の気配は残っていなかっただろうか。引き返してもう少し詳しく調べようかと考えた途端に携帯電話が鳴りだす。「公衆電話」の表示があった。

「今から三十分後に運河に来い」青井だった。今もわたしの動きを監視しているのか？　周囲を見回したが、気配は何も感じられなかった。ただ雨が、街に白いベールを張っているだけである。

「運河？」脅しの言葉を吐こうとしたが、我ながら間抜けな声で聞き返すことしかできなかった。

「万国橋のところの運河だ」

「彼女はそこにいるのか」

「倉庫。三十分後だ」

「海老原を殺したのはお前か」

無言だったが、認めたも同然だった。何故殺した？　おそらく邪魔になったからだ。海老原の背後にわたしの存在を感じ取ったのかもしれない。この男を生かしておいたら、わたしが追って来る。つながるロープを断ち切るために口を封じたのだろう。あるいは罰を与えるために。

「お前らしいやり方だな。相手が背中を向けている時しか襲わない。顔を見るのが怖いんだろう」

「そういう風に考えたことはない」

「海老原は友だちじゃないのか。どうしてあいつを殺した」

「友だち?」無邪気と言ってもいい口調だった。「何だ、それ」

「お前には理解できないか……まあ、無理だろうな」

いきなり電話が切れた。挑発にもまったく動じず、まるで紙に書いた台詞を棒読みしているようだった。興味深い。こんな時でなければ、じっくり話を聞いて精神分析をやってみたいところだ。

青井はなぜ、最初の予告よりも早い時刻を指定してきたのか。嫌な予感が渦巻き、口から不安が零《こぼ》れ落ちそうになる。奈津に何かあったのではないか。もはや人質の必要がなくなったから、早くわたしと決着をつけようと気が急《せ》いているのではないか——腹の底から湧き上がる笑みを堪《こら》えながら。クソ、急げ。ズボンのポケットに入った拳銃とナイフの存在を強く意識しながら、わたしは車に乗り込んだ。

車を走らせながら一一九番通報をした。男が一人、部屋で倒れている。刺されたらしい。重傷のようだ。自分の名前を言うわけにはいかなかったから、岩井の名前と、捜査一課の直通の電話番号を告げる。消防から確認の電話が入ったら、彼はどう反応するだろう。性質《たち》の悪い悪戯《いたずら》だが、普段のわたしならほくそ笑んでいたかもしれない。しかし今日に限っては「悪いことをしたかもしれない」と反省の念が込み上げるばかりだった。

大雨は、横浜の都市機能を半ば麻痺させてしまった。中区の中心部へ向かう道路は一部冠水しており、遠回りせざるを得なくなった。三十分というタイムリミットよりもできるだけ早く現場に着きたかったのだが、この分だとぎりぎりになるだろう。金村の言う爆弾低気圧が近付いているようで、雨ばかりか風も激しくなっていた。時折強風が吹き付けるとボディが揺れ、ハンドルを取られるほどである。大岡川は増水しており、時折光る雷鳴の下で、係留された釣り船が危うげに揉まれていた。野毛を避けて長者橋を渡り、一六号線に入って港に向かって走り続ける。根岸線の関内駅を過ぎ、官庁街が近付く頃には、指定された時間まであと十分になっていた。真下を地下鉄が通る本町三丁目の交差点を左折し、すぐに右折すると、第二合同庁舎を左に見ながら万国橋に向かう。クソ、県警本部のすぐ近くだ。まだ誰かが残っているだろう。呼べば応援に来てくれるかもしれない。

駄目だ。ここは青井の要求に従わなければならない。罠にはまった振りをして、一対一の対決に持ち込むのだ。ポケットに手を伸ばし、拳銃に触れる。鈍い鉄の感触も、気持ちを落ち着かせてはくれなかった。頭を潰せ。それは分かっているが、できるだけ銃は使いたくなかった。話を複雑にしたくなかったし、何より自分の手で仕留めることが大事なのだ。そう、青井が相手の熱を感じるためにナイフしか使わないのと同じように。

それは刑事としての最後の仕事になるはずである。悔いを残さずこの仕事から離れるためには、綺麗な幕引きが必要だ。だが、もしもそれができなかったら――奈津の命とぎりぎりの選択になったら――その時は迷わない。わたしの中にある天秤は、とうにその役割を放棄している。

万国橋に入る直前で、車を乗り捨てる。本当なら左手に見えるはずのみなとみらいの夜景は、完全に雨のカーテンに隠されていた。運河の水面が雨に叩かれ、風で波が走る。この辺には屋形船が大量に係留されているのだが、緑色の屋根は闇と雨に溶け込んでいた。ぼんやり見える屋根の位置が異常に高い。運河の水が堤防を越えんばかりになっているのだった。

運河沿いには高さ一メートルばかりの白いフェンスが張り巡らされており、そこから五メートルほどの細長い空間を隔てて倉庫が建ち並んでいる。一軒の倉庫の前に、青いアクセラが停まっていた。海老原のレンタカー。やはり青井が使っていたのだ。

走った。雨が顔を叩き、大きく開けた口の中にも飛び込む。前へ行こうとする心と、なかなか進まない足とのギャップに悪態をついた。倉庫は三つある。どれだ……一番手前からチェックを始める。高さが三メートルもある扉には、頑丈な南京錠がかかっていた。他の入り口があるかもしれない。倉庫と倉庫に挟まれた狭い通路を、体を横にするようにして進む。ほどなく裏に出た。横の方で水飛沫が上がり、フェンスのすぐ下まで増水していることに気付く。倉庫まで水が押し寄せるのも時間の問題だ。

真ん中の倉庫はぽっかりと暗い口を開けていた。慌てて壁に体を押し付ける。奈津がここにいるとすれば、青井も一緒だろう。だが雨は、全ての命あるものの気配を消していた。条件は同じだ。わたしが青井の存在を感じられないように、向こうもわたしの接近に気付かないだろう。

摑まえれば、一対一に持ち込めば、必ず勝てる。青井の精神は、人の常識では計り知れない次元に行ってしまっているかもしれないが、肉体は所詮《しょせん》人間のそれだ。しかもかなり貧弱な。銃でも持っていない限り、今夜のわたしを止めることはできない。じりじりと入り口に近付いた。雨が中に吹き込み、かなり奥までコンクリートの床が黒く濡れているのが見える。

青井は、正面から堂々と戦いを挑むような男ではない。奴が犯した三件――矢口と海老原を入れれば五件だ――の殺人は全て、背後から襲ったものである。それを考慮すれば、どんな風に待ち構えているかは想像できた。わたしが倉庫に足を踏み入れた途端に一撃、というやり口だ。とすると、入り口近くで息を潜めて待っているに違いない。感じられない青井の気配を感じ取ろうと息を潜めた。

自分の反射神経に賭けた。一歩下がり、助走をつけて倉庫に走り込む。そのままの勢いで前に体を投げだし、一回転して受身を取った。腹ばいになり、闇に目が慣れるのを待つ。激しい雨がスネアドラムのロールのように天井を打っていたが、それを打ち消さんばかりに自分の心臓が高鳴る音が聞こえた。

誰もいない。片膝をついて上体を起こし、ライターの火を点ける。小さな灯りは、自分の周囲二メートルだけを照らしだしたが、指先が熱くなってくる頃には目が闇に慣れてきた。入り口から向かって右側はがらんとした空間で、壁が見えている。左側には木製のパレットが天井近くまで積み重ねられ、壁のようになっていた。所々が通路のように細い隙間になっている。

人影が見えた。パレットの壁の前に横たわっている。体を丸めているようだ。奈津。ライターを消すと、再び暗闇がわたしを包み込んだ。尻ポケットから拳銃を取りだし、前のポケットに移す。ビクトリノックスのナイフを手に持ち、刃を出した。外からぼんやりとした光が忍び込んでくるが、隅々まで見えるほどではない。ゆっくりと奈津に近付き、跪《ひざまず》いた。

「大丈夫か、赤澤」

反応はない。首筋に手を当てた。しっかりと脈打っているので安堵の吐息を漏らす。両手は後ろに回されてきつく縛られ、膝もロープでぐるぐる巻きにされていた。顔をぐるりと一周するようにガムテープが巻かれているが、鼻は塞《ふさ》がれていない。口元に手を持っていくと、規則正しい鼻息が手をくすぐった。グレーのパンツは右膝が破けていたが、それ以外は服装に乱れもない。腕を縛めて《いまし》いるロープにナイフの刃を立てて切り裂き、同じように膝も解放した。肩を抱いて体を起こす。

「赤澤……奈津？」耳元で囁く。ゆっくりと目が開き、顔がこちらを向いた。ぼんやりとしているのは、ショックを受けたせいだ。おそらく、頭を殴られている。一瞬状況を把握《はあく》しかねたようだが、次の瞬間には優しい光が瞳に満ちる。どうしてこんな時にこんな表情を浮かべられる？　だが、ただ安心しただけではない、複雑な顔付きだった。

「大丈夫か」

二度、小さくうなずいた。口を塞ぐガムテープに手をかけようとした瞬間、その目が大きく見開かれる。空気が動いた。奈津を押し倒し、その勢いのまま床を蹴って前方に身を投げだす。何かが体をかすめ、左肩に鋭い痛みが走る。前方に影が飛びだした。反射的に飛びかかり、肩から腹にぶつかっていく。絡まるように倒れ、わたしが下になった。巴《ともえ》投げの要領で投げ飛ばし、さらに飛びかかる。からん、と冷たい音がした。ポケットから拳銃が零れ落ちるのを視界の隅で捉える。青井の顔がわたしのすぐ下にあった。特徴的な逆三角形の顔が歪み、薄く開いた口からしゅうしゅうと息が漏れる。タマネギとニンニクの臭いが鼻を衝いた。

摑まえた。右腕を押さえ付ける。青井は左腕をわたしの首に回そうとしたが、上体を起こして距離を置き、右腕を捻《ね》じ曲げた。青井の左手がわたしの髪を摑む。引っ張り込もうとしたので、その勢いを利用して頭突きを食らわせてやった。青井の口から苦痛の声が漏れ、潰れた鼻から血が噴きだす。左手で右手を押さえたまま、右の二の腕を喉元に押し付けた。そのまま喉仏を押し潰そうとしたが、青井は顎を引き、わたしの腕が入るのを防いでいる。さらに力を入れた。顔が捩れ、涎《よだれ》がわたしの腕を汚す。もう一歩だ。さらに力を込めた瞬間、背中を鋭い痛みが走り、力が抜ける。硬く冷たいものが筋肉を切り裂き、体の奥深くまで分け入ってきた。青井が膝を自分とわたしの体の間にねじ入れ、足の力を利用して縛めから逃れる。

息が抜ける。膝に力が入らず、立ち上がることもできなかった。急激に全身の血が抜けるようで、胸が苦しくなる。肺をやられたのか？　大丈夫、まだ半分残っている。しかし体に力が入らず、わたしはその場で尻餅をついてしまった。青井が大きく胸を上下させながら立ち上がる。左手に、わたしの血で濡れたナイフを握っていた。凶暴に鈍く光る、巨大なハンティングナイフ。薄笑いを浮かべる青井の顔がぼやけた。流れだした血が床を汚している。右半身が痺れてしまったようだった。左手をコンクリートの床につき、何とか上体を起こそうとする。青井が間合いを詰めてきた。興奮で目が輝き、頬が赤くなっている。色落ちしたジーンズの股間が、破れそうなほど膨らんでいるのがはっきり見えた。

「止まれ！」いつの間にかガムテープを外していた奈津が叫ぶ。青井の耳にはその警告は入らないようだった。

「止まれ！」もう一度声が響くと同時に、銃声が耳を劈《つんざ》いた。わたしと青井のほぼ中間地点でコンクリートの床が抉《えぐ》れ、白い破片が飛び散ってわたしの膝に当たる。凍り付いたように、青井が動きを止めた。慌てて奈津を見ると、左手で銃を構え、青井の腹に狙いを定めている。その手は震え、銃をきちんと保持するのにも一苦労しているようだった。右手を左手首に添え、何とか安定させる。肩が大きく上下していて、狙いが定まらない。息を凝らしているせいか、顔は熱を持ったように紅潮していた。

不意に青井の体から力が抜ける。余裕のある笑みを浮かべて、ゆっくりと奈津の方を見た。

「右利き」青井の声は奇妙に甲高く、わたしの神経を逆撫でした。奈津の右手に巻かれた包帯を見詰め、小さく首を振る。「左じゃ無理だな」

わたしに目を転じ、ナイフの刃をジーンズの腿に擦り付ける。黒く太い線が真っ直ぐに跡を残した。

「まだ楽しめるな」青井の唇が捻じ曲がった。「今度はいつにする?」

ふざけるな、と怒鳴ろうとしたが、声は喉に引っかかったままだった。急激に眠気が襲い、首が落ちそうになる。青井、次はないかもしれないぞ。お前はあの無理な体勢から、俺の急所を一撃した。

身を翻《ひるがえ》し、青井が走りだした。「動くな!」という奈津の警告はまったく耳に入らない様子で、倉庫の入り口に向かう。

「奈津、撃て!」

奈津がわたしの顔を見やる。目に絶望の色が浮かんでいた。左手が細かく震え、銃口が上下している。喉の奥から何か呻き声を漏らすと、右手に持ち替えた。左手を手首に添えるが、不自由な右で撃つのは左よりも難儀そうだった。最後の力を振り絞って奈津の元に駆け寄り、後ろから彼女の右手に自分の右手を添えて支える。

銃口がぴたりと安定し、動かないはずの奈津の右手に力が入った。人差し指が引き金を絞る。続けて二度、銃声が空気を震わせ、倉庫の外に飛びだしてフェンスに手をかけようとしていた青井に弾丸が噛み付いた。背中の左側、それに左の側頭部から血飛沫が飛び散り、降りしきる雨を赤く染める。青井の体が、背後から蹴飛ばされたようにフェンスを乗り越え、増水した運河に転落した。高く上がった水飛沫は、血の色に染まっているようにも見える。

「薫……」奈津が振り向き、わたしの首を抱き締める。途端に気絶しそうな痛みが走り、呻き声が喉から漏れた。奈津が慌てて身を引き、わたしの血で濡れた掌を見やる。「大丈夫だから。絶対大丈夫だから」

「どうかな」

「死なせないから、絶対。わたしが死なせないから」

「もう一度、薫って呼んでくれないか」

「薫？」

「大嫌いなんだけどな、その名前。君に呼ばれると嬉しい」

軽口もそれが限界だった。立ち上がろうとすると激しい眩暈《めまい》が襲い、その場に崩れ落ちそうになった。奈津が慌ててわたしの腕を抱え、体を支える。思いのほか力強く、体が宙に浮く感覚を覚えた。流れだした血の分だけ、体重が減ってしまったのかもしれない。彼女に支えられたまま、よろよろと倉庫を歩み出る。雨に体を叩かれ、それで少しだけ意識がはっきりした。同時に、耐え難い、燃えるような背中の痛みを強く意識する。呼吸が荒く、空気を求める喉が痛んだ。いくら息をしても、体の中に空気が留まらない。

フェンスに寄りかかり、荒く渦を巻く水面を眺めた。

「見えるか」

しばらく目を凝らしていた奈津が首を振る。

「いくらあいつでも無理だな。この水量じゃ……」生きて帰れない。そう言おうとしたのだが、わたしは水溜りの中に突っ伏し、奈津の声を遠くで聞くだけだった。

君にこういう失礼な手紙を書く非礼をお許しいただきたい。わたしを憎んでもらって構わないし、君にはそうする権利がある。君の名前を初めて奈津から聞いた時、わたしは長年隠していた秘密が破裂するのを感じた。最初に一番大事なことを言っておく。君のお兄さんを誘拐したのはわたしだ。

言い訳に取られるかもしれないから、ここは読み飛ばしてもらっても構わない。だが、今まで誰にも明かせなかったことをこうやって書き残すのが、わたしにとってどれだけ大事なことかは分かって欲しい。わたしはずっと罪の意識を背負っていた。

当時わたしは、海星社を立ち上げた直後だった。資金繰りが苦しい中での創業だったので、毎日が自転車操業になってしまったことは認める。ほどなく、にっちもさっちもいかなくなった。家族と社員を抱え、わたしには重い責任があった。だが、借りられるところからは全て金を借りてしまい、どうしようもないところまで追い詰められたのだ。奈津は生まれたばかりだったが、まだ歩くこともできない娘を道連れにして心中するしかない、と考えるところまで思い詰めた。

自分が犯罪に手を染めるようなことになるとは考えてもいなかった。しかも誘拐とは。誘拐が、極めて成功率の低い犯罪であることは、わたしにも分かっていた。だが、あの時はやらざるを得なかったのだ。

いくつかの要素がわたしに味方した。味方したなどとは不埒な言い方かもしれないが、それでわたしが生きていくための金を手に入れたのは事実だ。もちろん、君の家族には何の恨みもなかった。ただ金がありそうな家を狙っただけだ。金だけ奪えば人質は無事に帰すつもりだったが、あんなことになってしまったのは全てわたしの責任だ。悔やんでも悔やみきれない。だがあの頃のわたしは、自分が生き延びることだけで必死だった。君の家族から奪った二千万円は、わたしの事業を助け、家族を生き長らえさせてくれた。

実はあの時、わたしが誘拐しようとしたのは君だった。年長の子どもよりも小さな弟の方が扱いやすい。それが手違いで、君のお兄さんを誘拐することになった。わたしは誰も殺すつもりはなかった。傷付けるつもりもなかった。

時効になるまでは、全てを忘れようと身を粉にして働き続けた。それで許されるわけもないことは分かっていたし、ただただ、自分を苛《さいな》む記憶を封じ込めるための逃げに過ぎなかった。会社の経営は安定し、わたしも少しは金を儲けた。この金を君の家族に返すことができればと何度思ったことか。だが、そんなことをしても、亡くなった君のお兄さんは帰ってこない。しかしある日突然、女性に喜びを売って自分が稼いだ金が、ひどく汚いものに思えてきた。だからわたしは、自分のために金を使うのをやめた。稼いだ金のほとんどを寄付するようにしたのはそのためだ。それで罪が消えるはずもないことは分かっていたのだが、何かせずにはいられなかった。

このことは、今の今まで家族さえ知らなかった。だが、状況が変わってしまった。どこからか事実を嗅ぎ付け、わたしを脅す男が現れたからだ。しかも君と係わりができてしまった以上、少なくとも奈津に隠しておくことはできなくなった。娘には事情を話した。まだこの事実を咀嚼《そしゃく》できていない。いつかこんな日が来ると、自分では分かっていたのかもしれない。奈津が警察官になると言いだしたのは、わたしに対する単なる反発だったのかもしれないが、警察官になれば、いつか父親の犯罪を知ってしまうかもしれない。その可能性を考えた時、わたしは娘に全てを告白しようかとも思った。そうすれば、奈津は考え直したかもしれない。

できなかった。そのまま時だけが流れた。そして君が現れた。人生の最後に罪を告白しなければならなくなったのは、全て、わたしの意志の弱さのせいだ。

勝手なことを、と言うかもしれないが、今は肩の荷を下ろしたような気分だ。わたしはまもなく死ぬ。どんな責任の取り方をしたらいいかは、こんな状態になってもまだ分からない。やっと思い付いたのが、君に何か形あるものを残すことだったとは、我ながら情けない。わたしは君や君の家族に対して、もっと別の責任の取り方を考えるべきなのだろう。

君に許してもらえるとは思えない。できたらもっと生きたかった。生きて、君の叱責《しっせき》を受けるべきだった。だがわたしには、残された時間がない。

丁寧に手紙を折り畳み、封筒に戻す。左手に持って、ライターで隅に火を点けた。小さな火はすぐに大きな炎になり、手を焦がしそうになる。急いで手首をひっくり返して手紙を逆さにし、火がゆっくりと下に広がるのを見詰めた。思い付いて、それで煙草に火を点ける。人の記憶で煙草を吸うとどんな味がするのか。

苦かった。三分の二ほど燃えた手紙を運河に投げ捨てる。過去は火の粉を撒《ま》き散らしながら着水し、しばらくゆらゆらと漂っていたが、やがて濁った水の中に見えなくなった。

「真崎さん」

呼びかけに振り向く。奈津が立っていた。ベージュの薄いジャケットの襟がはためき、髪が風に流される。今日は真夏を予感させる陽射しがわたしたちに降り注いでいた。梅雨の終わりも近い。青井との邂逅《かいこう》から二週間が過ぎていた。奈津と会うのはあれ以来である。二人とも疲れ、何歳か年を取り、背中に重い物を背負っていた。わたしの場合、危うく命を奪いかけた傷も。

フェンスに背中を預け、両の二の腕を載せた。奈津がわたしに近付き、慎重に一メートルほどの間隔を置いてフェンスに右手を預ける。突然強い風が吹き付け、目を細めた。乱れた髪を丁寧に指で梳《す》いたが、海風には勝てない。わたしは彼女の仕草の全てを脳裏に焼き付けようとした。これが最後かもしれないから。

「青井、見つかりませんでしたね」

「ああ」

「海まで流されたんでしょうか」

「だと思う。死体になってね。背中と頭を撃たれたんだ。無事でいるわけがない」

あの日わたしは、病院のベッドの上で、事実関係を捻じ曲げて捜査一課の仲間に事情を説明した。人質を取ったと青井から連絡があったこと。仲間を連れて来れば人質は殺すと脅かされたこと。倉庫に来てみたら人質の話は嘘で、青井はわたしとの格闘の末に逃げ損なって運河に転落したこと。もちろん、奈津はそこにいなかったことになっている。無数の疑わしげな目に晒《さら》されながらも、わたしは決して自説を曲げず、その後の事情聴取でも整合性を保ったまま同じ話を続けた。

嘘は、百回言えば真実になる。

海老原の死については一言も喋らなかった。手口から、捜査一課は青井の犯行という線を打ちだしていたが、確証は得られていない。運河一帯、それに加えて海の捜索も行われたが、青井の遺体は発見されなかった。背中と頭を撃たれ——その事実は県警の書類には載っていないが——濁流が渦巻く運河に転落して生き延びた可能性はゼロに近い。即死でなかったことを願った。海中で、死に至る時間が長く引き延ばされたことを祈った。

いずれにせよ、県警は一〇〇パーセントとは言えないまでも、それなりに満足のいく結果を手に入れた。ただし、「被疑者死亡」と断言できる日は永遠に来ないだろう。闇から出てきた青井は、最後は海に消えた。死体になってもわたしたちの前に姿を現すことはないだろう。

わたしも完璧な答えを得たわけではない。疑問は幾つも残った。青井はどうやって生活していたのか。海老原は、赤澤がわたしの兄を誘拐したという情報をどこから得たのか。後者については、わたしは一時的に角を疑っていた。事実を知る数少ない人間のはずだったから。しかし、彼も海老原の脅しを受けて金を渡していたことを考えれば、その考えに無理があるのはすぐに分かる。それに、赤澤が手紙の中で書いた「家族も知らなかった」という言葉が嘘だとも思えなかった。たとえ角が、家族以上につながりの深いパートナーだったとしても。

すっきりしない。が、全ての事件が、ジグソーパズルのように完璧にパーツが当てはまって完成するわけではないのだ。パーツが見つからない時は、余計なことを喋ったり詮索したりすべきではない。わたしは、天秤を破壊して放棄したのだ。それで新しい地平が見えたわけではなかったが——捨てたものは長く尾を引き、新しい一歩を踏みだすことを躊躇《ためら》わせる。

「今、何を捨てたんですか」

「手紙」

「父の手紙ですね」

「君は知ってたんだな」

「聞きました……亡くなる直前に」

「そうか」

クソ、何を話せばいい？　あまりにも激しい衝撃を受け続けた結果、わたしの心は割れてしまった。あらゆる感情が流れだし、何も感じない。中を覗き込んでも、怒りも悲しみも喜びも見当たらない、空っぽの空間が口を開けているだけだろう。

「一つ、確認させてくれ」

「何でしょう」奈津がわたしの顔をちらりと見たが、すぐに目を逸《そ》らしてしまう。

「君は、青井にわざと摑まったんじゃないか。覚悟があって、警戒している人間を拉致《らち》するのは難しい。しかも青井は一人きりだったからな」

奈津が唇を嚙んだ。かつてわたしの肌に触れた柔らかさは失われてしまったようで、今は白く冷たく見える。

「どうしてそんな危険なことをした？　俺は確かに、青井を捕まえたかったよ。心の底からそう願ってた。だけど、君の命と引き換えにすることじゃない。君より大事なものなんか、何もない」

「わたしは無事じゃないですか。真崎さんは絶対に来てくれると信じてました」

「だけど、怪我をした」奈津は後頭部を手ひどく殴られていた。一歩間違えば致命傷である。

「大した怪我じゃありません。あれはチャンスだったんです」

「そう、結果的には上手くいった。だけど、どうしてあんなことをした？」

「父がしたことを、わたしは知らなかった。真崎さんが父に会った日に、初めて知らされたんです。誘拐犯の娘が刑事……洒落になりませんよね。わたしが警察官になるのを父が反対していたのも、そのせいかもしれない。悩みました。刑事を辞めるべきじゃないかって真剣に考えました。でも、父の容態が急変して……わたしは、父の代わりにあなたの役に立ちたかった。父の負債は、わたしが引き継いだんです」

「だから、自分の身を危険に晒してまで囮《おとり》になったのか……俺と寝たのか」

奈津が唇を嚙み、右手でフェンスを握り締める。血管が浮き上がり、指先が白くなった。

「俺は君が好きだ」彼女の顔から視線を逸らしたまま言った。「ずっとあいてた穴を君が埋めてくれたと思っていた。君に会えなかったら、俺はずっと不完全な人間のままだっただろうな」

「それはわたしも同じ」奈津が髪をかき上げた。右手で。

「君は不完全じゃない。普通の人が持っていないものをいろいろ持ってる」

「そんなことないわ」ふっと目を逸らす。今までは持っていたかもしれない。だが今、彼女の胸にあいた穴は、わたしが抱えていたものよりもはるかに大きいだろう。

「親と子は別人格だ」新しい煙草を咥える。何度かライターを試してみたが、風が強くて火が点かない。震える手でパッケージに戻した。刺された背中の傷が痛む。傷の奥にある柔らかいものはもっと強く痛んだ。「あの事件のことは……俺も分からない。想像したことはあるよ。もしも兄貴を誘拐した犯人に遭ったら、どうするだろうって。この手で殺してやるべきだと考えたこともあるし、逆に何もできないかもしれないと思ったこともある。それはたぶん……」

「あなたの中でも結論が出ていなかったから」

「そう。あの事件をどう捉えたらいいのか、今でも結論は出てない。親父さんがやったことが分かっても、憎むべきかどうか、判断できない」

「あなたは子どもだった。事件がトラウマになるには幼過ぎたんだと思うわ」

「たぶん。だけど、こんなことで何も感じられないのは、人間として根本的に何かが欠けてるからじゃないかな」

「そんなこと、ないわ」

「いや、君には俺のことが分からない」

「分からせて」一歩踏みだした。下手なダンスを踊るように、わたしは一歩引いた。

「親父さんのことで俺を……」阿呆な質問だ。だが、奈津と過ごした甘美な時間が、彼女の犠牲の上に成り立ったものではないかと思えてくる。

「違うわ」奈津の声は力強かった。「事件のことではあなたの力になりたかった。それは、父の遺志を継ぐことにもなると思ったから。でも、それとこれとは別問題よ」

「信じろって言っても無理だよ」笑みを漏らしたが、もしかしたら泣いているのかもしれないと自分で思った。

「それより、どうして警察を辞めたんですか」

「俺が辞めなければ、もっと大騒ぎになってた。だいたい俺は、枠をはみだし過ぎたんだ。ルールを曲げてまで刑事の仕事を続けることはできない。それに、君を巻き込まないためには、俺が辞めるのが一番簡単な方法だった」

運河に目をやった。あの夜とは違い、水面は穏やかな表情を見せて波も立っていない。屋形船は、平屋の家のようにどっしりと落ち着いていた。そう言えば去年の夏、ここの屋形船を借りて宴会をしたことがある。事件を追い、解決すれば仲間と酒を呑む。ごく普通の生活、それが辞表一枚で全て過去になった。想い出をあっさり捨て、しかもさほど後悔していない自分に驚く。

「辞めるのはわたしの方です」

「君は辞めちゃいけない。俺が辞めて丸く収まるなら、それでいいんだ。俺は後悔してない。警察官を辞めても、刑事であることを辞めたわけじゃないから」

「それは後からつけた理屈じゃないの？　わたしはあなたに何もしてあげられなかった。それが悔しい」

「自分を過小評価するな。君は自分を犠牲にしてまで俺のために動いてくれたんだから」もう一度煙草を咥える。今度は一発で火が点いた。「親父さんのことはおいておいても、俺みたいな男に尽くす必要はない。俺にはそんな価値はないし、そんなことをしても君には何の見返りもないんだから」

目を細め、煙の隙間から彼女の顔を見た。強くもなく弱くもない、ありのままの姿を見たのは初めてだろう。あまりにも愛《いと》おしく、彼女を自分のものにしたいという欲望は、今もなお抑えがたかった。

「じゃあ」ほんの少しだけ吸った煙草を運河に弾き飛ばし、歩き始める。奈津の側を通り過ぎる時、花の香りがかすかに匂った。

「わたしは何をしたらいいの？　あなたの願いは何なの？」

強さと優しさが同居した彼女の内面が言葉になって噴きだした。足が止まる。振り返れば、自分の弱さに直面する予感があった。足場を失い、これから先のことを何も決めていないわたしは、空威張りではあっても突っ張り通すべきなのだ。そのためには意識して強く地面を蹴り、大股で歩き続けなければならない。

「あなたの願いは何なの？」奈津が繰り返す。「それを、わたしに叶えさせて」

振り向いた。二週間前にはほとんど役に立たなかった右手を拳に握り、包み込むような視線でわたしを見ている。ジャケットのポケットに手を突っ込み、新しいゴムボールを取りだした。放ってやると、しっかりと右手で受け取る。

「俺の――」言葉が風に飛ばされる。

「何？」奈津が耳に手を当てる。

「俺の願いは――君を愛させてくれ」

※本書はフィクションであり、実在の人物、団体等とは一切関係ありません。

この作品は、二〇〇七年六月にＰＨＰ研究所より刊行された。

著者紹介

堂場瞬一（どうば　しゅんいち）

1963年生まれ。青山学院大学国際政治経済学部卒業。新聞社勤務のかたわら小説を執筆し、2000年秋『８年』にて第13回小説すばる新人賞を受賞。『久遠』（上・下）『断絶』（以上、中央公論新社）、『青の懺悔』『ＢＯＳＳ』『天空の祝宴』（以上、ＰＨＰ研究所）など著書多数。

ＰＨＰ文芸文庫　蒼の悔恨

2009年４月17日　第１版第１刷
2022年２月10日　第１版第18刷

著　者　堂場瞬一
発行者　永田貴之
発行所　株式会社ＰＨＰ研究所
東京本部　〒135-8137 江東区豊洲5-6-52
第三制作部　☎03-3520-9620（編集）
普及部　☎03-3520-9630（販売）
京都本部　〒601-8411 京都市南区西九条北ノ内町11
PHP INTERFACE　https://www.php.co.jp/
制作協力
組　版　株式会社PHPエディターズ・グループ
印刷所　図書印刷株式会社
製本所　東京美術紙工協業組合

ISBN978-4-569-67195-6

PHP文芸文庫

青の懺悔

堂場瞬一 著

県警を去り、探偵事務所を構えた真崎薫の前にかつての友人・長坂秀郎が現れる。その再会は事件の始まりであった。シリーズ第2弾。

PHP文芸文庫

ヒミコの夏

鯨統一郎 著

記憶喪失の不思議な少女との出会いが、新種の米「ヒミコ」に隠された陰謀を浮かび上がらせた。農業問題に材を得た異色の傑作ミステリー。

PHP文芸文庫

楊《よう》家《か》将《しょう》（上）

北方謙三 著

中国で『三国志』と人気を二分する物語『楊家将』。男たちの熱き闘いを描き、第38回吉川英治文学賞に輝いた歴史ロマン、待望の文庫化。

PHP文芸文庫

楊《よう》家《か》将《しょう》（下）

北方謙三 著

宋建国の英雄・楊業の前に立ちはだかる「白き狼」。運命に導かれ、戦場に向かう男たち。滅びゆく者たちの叫びが胸に迫る慟哭のラスト。